NEBELECK

Elisabeth Nesselrode ist in Mechernich in der Nordeifel geboren und aufgewachsen. Sie lebt seit zehn Jahren in Bayern. In München hat sie mehrere Jahre in der Film- und Fernsehbranche gearbeitet, bevor es sie 2017 für ein Zweitstudium nach Regensburg verschlagen hat. Sie schreibt, seit sie schreiben kann, besonders gern über das, was schwer begreiflich scheint, was im Schatten liegt.

ELISABETH NESSELRODE

NEBELECK

Oberpfalz Krimi

emons:

Bibliografische Information der Deutschen Nationalbibliothek
Die Deutsche Nationalbibliothek verzeichnet diese Publikation
in der Deutschen Nationalbibliografie; detaillierte bibliografische
Daten sind im Internet über http://dnb.d-nb.de abrufbar.

© Emons Verlag GmbH
Alle Rechte vorbehalten
Umschlagmotiv: Sally Mundy/Arcangel.com
Umschlaggestaltung: Nina Schäfer, nach einem Konzept
von Leonardo Magrelli und Nina Schäfer
Umsetzung: Tobias Doetsch
Gestaltung Innenteil: DÜDE Satz und Grafik, Odenthal
Lektorat: Carlos Westerkamp
Druck und Bindung: CPI – Clausen & Bosse, Leck
Printed in Germany 2021
ISBN 978-3-7408-1177-8
Oberpfalz Krimi
Originalausgabe

Unser Newsletter informiert Sie
regelmäßig über Neues von emons:
Kostenlos bestellen unter
www.emons-verlag.de

Für Ami

Prolog

Diese Nacht ist so schwarz, wie nur wenige es zu sein vermögen. Beinah jedes Fenster des alten Hofs leuchtet hell, beinah jedes Licht ist eingeschaltet. In der Dunkelheit rauschen die Wipfel der Kiefern, im Wald knacken Äste, raschelt das Laub, irgendwo kreischt ein Vogel. Lautlos bewegen sich Gestalten hinter den erleuchteten Fenstern, gleich einem unruhigen Schattenspiel, und verharren, als plötzlich ein tiefer, schmerzerfüllter Schrei die Nacht durchbricht. Dann wird alles ruhig, sogar die Baumkronen der Kiefern scheinen zu erstarren.

Sekunden später stürmt eine Gestalt aus der Vordertür. Sie zieht sich die Kapuze ihres schwarzen Pullovers über den Kopf und rennt, ohne sich ein einziges Mal umzublicken, über die Auffahrt davon, bis sie im Dickicht des Waldes verschwindet.

Jetzt ist es wieder ruhig. Es vergehen Minuten, Minuten, die sich wie Ewigkeiten ziehen, bis plötzlich eine zweite Person aus der Vordertür ins Freie tritt. Ihre Silhouette wird vom schummrigen Licht der eingeschalteten Lampen im Inneren angestrahlt, ihr weißes T-Shirt ist dunkel bespritzt, die Haare zerzaust. Sie legt den Kopf in den Nacken, saugt gierig die frische Nachtluft ein. Für einen Moment hält sie inne, als warte sie auf etwas. Sie dreht sich ein letztes Mal zum erleuchteten Hauseingang zurück und läuft dann über den Waldweg davon.

Irgendwann bleibt sie stehen, begutachtet beinah verwundert den glänzenden Gegenstand in ihrer Hand. Entschieden wirft sie ihn von sich, beobachtet, wie er auf dem Laub aufkommt und zwischen den raschelnden vertrockneten Blättern zu versinken scheint. Dann rennt sie weiter, so lange, bis der Widerhall ihrer Schritte nicht mehr zu hören ist und sie von der Dunkelheit des Waldes vollends verschluckt wird.

Der Hof auf der Lichtung ist verlassen. Das Licht brennt noch immer.

Doch nun herrscht tödliche Stille.

1

Der Himmel war wolkenlos an diesem Dienstagmorgen im April. Die Sonnenstrahlen kämpften sich zwischen den Blättern und Ästen der Bäume hindurch, spiegelten sich im tropfenden Tau und erweckten den kleinen Wald am Ortsrand aus der nächtlichen Ruhe. Ulrikes Mercedes-Oldtimer rauschte wie ein Fremdkörper über den Forstweg. Im Rückspiegel registrierte sie den trockenen Waldboden, die braune Wolke, die einen dunklen Film auf ihrer Heckscheibe hinterließ. Mit knirschenden Reifen kam ihr marineblauer W123 schließlich vor dem maroden Bauernhof zum Stehen. Ulrike schaltete den Motor aus, löste die durchgestreckten Arme vom Lenkrad, klappte die Sonnenblende herunter und begutachtete sich in dem kleinen Spiegel. Sie fuhr sich durchs kurze, rot gefärbte Haar, zog ihren Lippenstift nach, schob die Sonnenbrille vor bis auf die Nasenspitze und blickte über den Brillenrand auf die weiß-braune Fassade der riesigen Scheune, die sich wie ein Ungeheuer vor ihr aufbaute. Sie atmete tief durch und schloss für einen kurzen Moment die Augen. Dann schaltete sie das Radio aus, stieg aus dem Wagen und ließ die Autotür hinter sich zufallen.

Trotz des guten Wetters war es zu dieser frühen Uhrzeit noch immer bitterkalt. Ulrike schlug den Mantelkragen hoch und ging an der Außenfassade des Dreiseithofs vorbei auf den Eingang zu, vor dem ein rot-weißes Absperrband aufgespannt war. Eine junge Streifenpolizistin mit einem langen blonden Pferdeschwanz kam ihr entgegen. »Sind Sie …?«

»Hauptkommissarin Kork, Kripo Regensburg.«

»Franka Brandl, Polizeiinspektion Neumarkt. Wir haben schon auf Sie gewartet. Hier lang …« Franka Brandl zog das Absperrband nach oben, und Ulrike trat durch den niedrigen, weiß verputzten Eingang in die schummrige Diele des Wohnhauses. Es roch muffig, nach großem Hund und Zigarillos, nach dreckigem Geschirr und Kauzigkeit. So als wäre schon lang nicht mehr gelüftet worden.

Rechts der Diele lag die Küche, links davon ein kleines Wohnzimmer, in dem Staubkörner und Hundehaare von den in weißen Overalls umhergeisternden Mitarbeitern der Spurensicherung aufgewirbelt wurden und im trüben Licht tanzten. Trotz der vielen Personen, die sich im Gebäude befanden, lag eine gespenstische Ruhe in der Luft. Über die knarzende Holztreppe stiegen die beiden Frauen nach oben. Ein düsterer Flur erstreckte sich vor Ulrike, kleine Zimmer rechts und links, schwaches Licht erhellte das dunkle Holz des Fußbodens und warf Schatten an die Wand.

»Da vorn, im Schlafzimmer«, sagte Franka Brandl, und Ulrike folgte ihr zum letzten Raum auf der linken Seite. Als Ulrike sich an das matte Licht gewöhnt hatte, sah sie den Arm, der halb aus der Tür auf den Flurboden ragte. Sie schauderte. Dann trat sie ein.

Die Leiche lag verkrümmt neben dem Türblatt in einer getrockneten, rostig-dunkelroten Blutlache, das karierte Hemd war völlig durchtränkt, die Haare verklebt. Ein fahler Lichtschein erhellte das blutverschmierte, ebenmäßige Gesicht des Mannes, das von einem dichten Bart und kräftigen Augenbrauen umrahmt war. Aus dunklen Höhlen starrten ihr leere braune Augen entgegen, die zuletzt einen Punkt auf dem Flur fixiert haben mussten.

An solch einen Anblick würde Ulrike sich wohl nie gewöhnen. Trotz all der Jahre im Dienst der Kriminalpolizei, trotz all der Tatorte, all der Leichen, all der Tragödien. Dieser erste Blick verlangte ihr stets am meisten ab.

Sie zog den Schal über Mund und Nase und atmete durch den Stoff tief ein. »Mit wem haben wir es hier zu tun?«

Statt Franka Brandl antwortete ihr die tiefe Stimme eines Mannes, der bereits im Zimmer stand. »Leonard Berger, siebenundfünfzig Jahre. Lebte seit etwas mehr als einem Jahr allein hier auf dem Hof.«

Der Mann, der auf Ulrike zukam, war riesig, an die zwei

Meter groß. Er trug eine dunkelblaue Uniform, war um die fünfzig, hatte schwarz-graues, sauber nach hinten gekämmtes Haar, einen Schnurrbart und buschige Augenbrauen. »Yusuf Kaya, Hauptkommissar. Kripo Regensburg, nehme ich an? Wir hatten eigentlich mit Herrn Wimmer gerechnet –«

»Jetzt müssen Sie mit mir vorliebnehmen. Ulrike Kork, ich bin neu auf dem Posten«, unterbrach sie ihn forsch.

»Und heut das erste Mal im Einsatz?«

Ulrike nickte. »Hier ja, ich war davor beim LKA in München.«

»Aber von hier sind Sie auch nicht, oder? Das hört man.«

Ulrike beugte sich, statt einer Antwort, demonstrativ über die Leiche, um dem Small Talk ein Ende zu bereiten. »Wer hat ihn gefunden?«

»Eine Spaziergängerin aus dem Nachbarort. Sie war im Wald unterwegs, da kam ihr der Hund entgegen, und sie hat sich Sorgen gemacht. Sie ist draußen bei meinem Kollegen, der befragt sie gerade.«

»Wie lang liegt er hier schon?«

»Sicher ein paar Tage. Brutal niedergemetzelt haben sie ihn, den armen Kerl. Sechzehn Messerstiche in Brust- und Bauchgegend. Am Ende ist er wohl einfach verblutet.«

Ulrike blickte von der verkrümmten Hand aufs Türblatt, registrierte die blutigen Abdrücke auf der Klinke, die Spritzer auf dem dunklen Holz. »So wie es aussieht, wurde er direkt an Ort und Stelle niedergestochen …«

»Anscheinend, der Täter hat ihn im Türrahmen überrascht. Er kam vom Flur.«

»Fehlt was im Haus? Wertgegenstände, Geld?«

Yusuf Kaya schüttelte den Kopf. »Raubüberfall kann man ausschließen. Im Nachtkasten sind zweihundert Euro, sein Portemonnaie liegt gut sichtbar unten in der Garderobe, ebenfalls gefüllt. Abgesehen davon wär man hier sowieso nicht reich geworden. Der Typ hat wie ein Asket gelebt, das ist alles quasi Sperrmüll. Er ist nicht aus der Gegend. Letztes Jahr ist er hergezogen.«

»Wenn das mal keine Fehlentscheidung war«, bemerkte Ulrike und blickte ein letztes Mal in das aschfahle Gesicht und auf den leicht geöffneten Mund, der für die Ewigkeit zu einem morbiden Lächeln verzerrt war.

Ulrike trat nach draußen, stellte sich ins Sonnenlicht und sah sich um. Der Dreiseithof Nebeleck lag abgeschieden auf einer großen Lichtung in einem Waldstück, der nächste Ort Schwanghaus war etwa zehn Gehminuten entfernt. Neben der riesigen Scheune und dem Wohnhaus gab es noch einen alten Stall, der nur ein paar vor sich hin rostende landwirtschaftliche Geräte und etwas Holz enthielt. Die Wiese um den Hof hatte eine satte grüne Farbe und war gesprenkelt von leuchtend gelben Narzissen, die sich der Sonne entgegenstreckten. Vor dem tiefblauen Himmel bogen sich am Rande der Lichtung hohe Kiefern sanft im Ostwind.

Das malerische Farbenspiel des Frühjahrs kontrastierte so stark mit dem maroden Hof und der übel zugerichteten Leiche, dass Ulrike das Ganze für einen Augenblick wie eine Inszenierung vorkam. Doch hier war nichts inszeniert. Die Brutalität, durch die Leonard Berger den Tod gefunden hatte, war Indiz für ein Verbrechen, das aus purem Hass begangen worden war, das einer Hinrichtung gleichkam. Nur für einen Moment fragte sie sich, warum sie so starrsinnig darauf bestanden hatte, den Fall allein zu übernehmen. Nach allem, was in den letzten Wochen geschehen war, waren ihr die Arbeit, das Alleinsein und der Ortswechsel sehr gelegen gekommen. Auch in Regensburg hatte man ihr Drängen sofort akzeptiert, die Kriminalpolizeiinspektion war ohnehin völlig überlastet.

Sie drehte sich noch einmal zu dem Hof um und blickte durch die schmutzigen Fenster, rief sich die Leiche Bergers in Erinnerung. Es war dennoch ihre Entscheidung gewesen und jetzt auch ihre alleinige Verantwortung.

Ulrike schüttelte ihre Bedenken ab, bevor sie sich auf den Weg zum Polizeibus machte, in dem die Spaziergängerin befragt wurde, die den Toten gefunden hatte. Da erregte ganz plötzlich etwas ihre Aufmerksamkeit. Am Ende der Zufahrt zum Hof meinte sie eine Frau wahrzunehmen. Ihre Umrisse lösten sich nur kurz aus dem scharfkantigen Schattenspiel der Bäume, sie wirkte wie versteinert. Als sie Ulrikes Blick bemerkte, rannte sie davon und verschwand im Dunkel des Waldes.

* * *

Hallo du,
fällt mir schwer zu erklären, was heut passiert ist, als wir uns getroffen haben. Vielleicht war es Magie oder so was. Es hat sich zumindest so angefühlt. Ich bin ganz durcheinander seitdem, das ist mal sicher. Aber ich hab das Gefühl, als wär das jetzt Schicksal. Als hätt ich's doch immer gespürt, dass es so kommt, und jetzt weiß ich's halt, ich hätt nicht gedacht, dass mir so was noch passieren kann. Deswegen sag ich bloß Danke. Und dass ich an dich denk.
X.

2

Die Polizeiinspektion lag am Rande der Neumarkter Innenstadt. Ulrike wurde ein Arbeitsplatz direkt am Fenster des Großraumbüros zugewiesen, von dem sie auf einen riesigen Parkplatz blicken konnte, auf eine Kreuzung und den glänzenden Asphalt. In der Frühjahrswärme hatte sich das Büro ordentlich aufgeheizt. Ulrike hängte ihren grauen Mantel über den Schreibtischstuhl und schaltete den Computer ein. In der Ferne sah sie die knorrigen Zweige der Kiefern eines kleinen Waldstückes, das den in der Nähe liegenden Flugplatz säumte. Sie dachte zurück an den Hof und an das Gespräch mit der Spaziergängerin, die Leonard Berger entdeckt hatte.

Die junge Frau, Tamara Huber, kam aus dem Neubaugebiet, das zwischen dem Ortskern von Schwanghaus und dem verlassenen Bauernhof im Nadelwald lag. Sie war Anfang dreißig, lebte dort mit ihrem Mann und zwei gemeinsamen Kindern. Fast täglich ging sie mit ihrem blonden Hündchen hier spazieren. Dieses hatte sich während des Gesprächs auf der Wiese in der Sonne ausgestreckt, nicht ahnend, was die Verzögerung beim morgendlichen Auslauf verursacht hatte.

»Ist das ein Dackel?«, fragte Ulrike, nachdem sie sich neben die geöffnete Tür des Polizeibusses gestellt hatte.

»Nicht ganz, ein Basset Fauve de Bretagne, eine französische Jagdhund-Rasse«, antwortete die Frau mit bebender Stimme. Sie war verweint, ihre Augen waren weit geöffnet, ihre Hände ineinander verkrampft.

»Ich heiße Ulrike Kork und bin von der Kriminalpolizei in Regensburg. Wie geht's Ihnen? Ich kann mir vorstellen, was das für ein Schock für Sie gewesen sein muss.«

Tamara Huber griff sich an die Stirn. »Ich kann nicht begreifen, wer so was macht.«

Sie berichtete, dass sie mit ihrem Hund unterwegs gewesen war, als ihr plötzlich Bergers riesiger Deutsch Drahthaar aus

dem Wald entgegengeschossen kam und mit dem Stummelschwänzchen gewedelt hatte.

»Ich hab Theo sofort erkannt, dem Herrn Berger vom Nebeleck bin ich oft begegnet. Freundlich ist er gewesen, etwas
verschwiegen vielleicht, aber bestimmt kein schlechter Mensch.
Wir haben manchmal ein bisschen geratscht. Nichts Besonderes, übers Wetter oder so.«

Sie habe sich gewundert, warum der Hund ohne Herrchen
unterwegs war, also sei sie hinter ihm her zum Hof gegangen,
nur um zu schauen, ob alles in Ordnung sei. »Theo hat sich
dauernd zu mir umgedreht, wie um sicherzugehen, ob ich noch
da bin, er wollte mir was zeigen. Ich hab mich noch gewundert,
aber ab da wusste ich eigentlich schon, dass was nicht stimmt.«

Sie war bis zum Hof gelaufen, durch die geöffnete Eingangstür und weiter nach oben, erzählte sie unter Tränen. »Theo hat
ihn dauernd mit der Schnauze angetippt und gewinselt und
mich so angeschaut. Ich hab mich zu Tode erschrocken und
dann die Polizei angerufen.«

Tamara Huber schluchzte, und Ulrike reichte ihr ein Ta-
schentuch. Ein brauner VW Sharan kam neben ihnen zum Stehen. »Das ist mein Mann«, sagte sie. »Brauchen Sie noch was?«

Ulrike schüttelte den Kopf. »Wir werden Sie kontaktieren,
wenn noch Fragen offen sind.«

Tamara Huber nickte, verabschiedete sich und stieg mit
ihrem blonden Hund in den Wagen. Ulrike sah zu, wie das
Auto über die Auffahrt im Wald verschwand. Noch lange
schwebte der aufgewirbelte Dreck in der flirrenden Morgensonne.

Es war Mittag geworden. Ulrike checkte ihre Mails, druckte
die Dokumente aus, die sie bei den Kollegen in Regensburg
angefordert hatte, und machte sich auf den Weg in das kleine
Besprechungszimmer, das bereits voll besetzt war. Neben Yusuf Kaya und Franka Brandl erkannte sie noch den jüngeren
Polizisten, der die Aussage von Tamara Huber aufgenommen
hatte. Die anderen waren ihr unbekannt.

Wie immer zu Beginn einer neuen Ermittlung war sie auch dieses Mal von einem unnachgiebigen Tatendrang ergriffen. Doch irgendetwas anderes trieb sie zusätzlich an, als würde etwas in ihrem Unterbewusstsein sie permanent ermahnen, dieses Mal alles richtig zu machen, den Überblick nicht zu verlieren, die Oberhand zu behalten.

Nachdem sie sich vorgestellt hatte, begann sie: »Ich weiß, das ist eine außergewöhnliche Situation, aber eine solch brutale Tat verlangt, dass wir jetzt alle unser Möglichstes tun. Das bedeutet Überstunden und überdurchschnittliches Engagement –«

»Die Kollegen hier wissen sehr genau, wie überdurchschnittliches Engagement aussieht«, unterbrach Kaya sie. Er hatte die Arme vor der Brust verschränkt, sein Schnurrbart bewegte sich hin und her, was ein Indiz für Verärgerung zu sein schien.

»Es ist wichtig«, fuhr Ulrike fort, ohne sich die Anspannung anmerken zu lassen, »dass wir jetzt schnell sind, keine Zeit verlieren. Mit Unterstützung aus Regensburg ist vorerst nicht zu rechnen, daher müssen wir unsere Ressourcen jetzt möglichst sinnvoll einsetzen.« Sie taxierte den Raum, begegnete den stummen Blicken der vor ihr sitzenden Beamten. »Wir brauchen alle nur denkbaren Informationen zu Leonard Berger, seiner Familie und seinem Umfeld. Ich möchte, dass sich jemand in Schwanghaus umhört und nach Berger erkundigt, nach allem, was den Leuten in den letzten Tagen seltsam vorgekommen ist, Ungereimtheiten, neue Gesichter. Egal wie insignifikant. Wir brauchen –«

»Wir sind hier durchaus geschult, was Polizeiarbeit angeht, Frau Kork.«

Ulrike warf Kaya einen langen Blick zu. »Haben Sie einen Augenblick?«

Ein Murmeln ging durch den Raum. Kaya stand langsam auf und schritt mit einer Selbstgefälligkeit auf die Tür zu, dass es Ulrike vor Wut fast die Kehle zuschnürte.

»Ich weiß nicht, was dieses Kompetenzgerangel soll, aber ich muss Ihnen wohl nicht sagen, dass es in höchstem Maße unprofessionell ist«, zischte sie, nachdem Kaya die Tür hinter sich geschlossen hatte.

Er erwiderte ihren Blick seelenruhig. »Wir haben hier auf der Dienststelle schon Leichen gesehen und in Mordfällen ermittelt, das ist kein Neuland für uns. Unsere Zusammenarbeit mit der Kripo Regensburg ist immer gut verlaufen, Herr Wimmer hat nie –«

»Herr Wimmer ist nicht hier.«

»Mir ist bloß wichtig, dass Sie verstehen, dass Sie es nicht mit irgendwelchen Dorfpolizisten zu tun haben, die alle sechs Jahre mal eine Ehefrau aus einem Silo fischen und den Rest der Zeit Knöllchen an Falschparker verteilen oder im Wirtshaus Leberkas verdrücken.«

Ulrike warf einen Blick durch die Scheibe auf die Kollegen im Besprechungszimmer. »Ich hoffe nur, dass Sie sich nicht deswegen so aufgeführt haben, weil mal eine Frau das Sagen hat.«

»Ach, kommen Sie, was hat das damit zu tun? Die da drin hatten genauso Probleme mit einem Türken, der das Sagen hat.« Kaya zuckte mit den Schultern. »War's das?«

Ihre Reaktion war zögerlich, also öffnete er die Tür und ging auf seinen Platz zurück. Ulrike blieb noch für einen Augenblick im Flur stehen, atmete tief durch, dann schloss sie die Tür wieder hinter sich und fuhr mit der ersten Bestandsaufnahme fort.

Es war bereits alles zusammengetragen worden, was die Datenbanken und das Internet über das Mordopfer hergaben. Berger war 1963 in Wackersdorf geboren, hatte in Regensburg studiert, dann als Biologielehrer an einem staatlichen Gymnasium gearbeitet. Er hatte 1990 geheiratet, seine Frau Ingrid Berger war vor fünf Jahren nach einer langen Brustkrebserkrankung gestorben. Der gemeinsame Sohn Anton war siebenundzwanzig und lebte in München. Vor einem Jahr war Berger in Frührente gegangen und hatte sich mit dem Hofkauf in die komplette Einsamkeit zurückgezogen. Mehr gab es bislang nicht. Zu guter

Letzt ließ Ulrike noch ein aktuelles Foto des Verstorbenen an die Wand werfen. Ein Passfoto, vor drei Jahren geschossen.

Die Person, die ihr nun entgegenblickte, hatte gar nichts mit der gemein, deren Leiche am Morgen gefunden worden war. Statt eines aschfahlen, blutverschmierten Gesichts schaute sie einen Mann an, mit dem das Alter nicht besser hätte umgehen können. Graubraunes mittellanges Haar, ein Dreitagebart, freundliche braune Augen, ein angenehmes Lächeln umspielte die Mundwinkel. Leonard Berger war äußerst attraktiv gewesen. Unwillkürlich fühlte sie sich an Lutz erinnert, ihren ersten Ehemann, der eine ähnliche Unbefangenheit und Wärme ausgestrahlt hatte. Rasch schob sie den störenden Gedanken beiseite und löste den Blick von den dunklen Augen des Passbildes.

»Haben wir schon was aus der Rechtsmedizin?«, fragte sie und trommelte unruhig mit den Fingern auf den Tisch.

»Noch nicht viel«, antwortete Kaya. »Der Todeszeitpunkt liegt schätzungsweise zwei bis drei Tage zurück, sicher kann man das noch nicht sagen. Berger ist verblutet, ein Messerstich in die Aorta unterhalb der linken Herzkammer hat ziemlich schnell zum Tod geführt.«

»Gab es schon Kontakt zu den Angehörigen? Frau Brandl?«

Franka Brandl schüttelte den Kopf. »Nein, noch nicht. Ich hab dem Sohn auf die Mailbox gesprochen, aber bisher kam noch kein Rückruf.« Sie zögerte. »Da ist aber noch was anderes … Meine Cousine hat heut früh angerufen, sie hat nach Schwanghaus geheiratet und mitbekommen, was los ist. Sie hat mir erzählt, dass da so Gerüchte umgingen. Vielleicht war es aber auch nur dummes Geschwätz.«

»Was für Gerüchte?«

»Dass es einen Grund gab, warum der Herr Berger so plötzlich den Hof gekauft hat, warum er aus Regensburg abgehauen ist. Man sagt, dass da was an der Schule passiert ist. Mit einer Schülerin.«

Ulrike blickte wieder auf das Foto von Leonard Berger. Nun meinte sie noch mehr hinter den freundlichen Gesichtszügen erkennen zu können, als läge ein durchsichtiger Filter darauf. Sie seufzte. Du alter Hund, dachte sie. »Geben Sie mir die Adresse Ihrer Cousine. Ich rede mit ihr. Frau Brandl, Sie kommen mit.«

✳✳✳

Hallo du,
wieder hab ich mich so gefreut, wie ich dich gesehen hab.
Du bist einkaufen gewesen. Wie gut du wieder ausge-
schaut hast. Mir ist das Herz fast stehen geblieben, des-
wegen war ich auch so schweigsam dann. Manchmal weiß
man ja auch gar nicht, was man sagen soll, und man muss
ja auch nicht immer was sagen. Ich schau dich einfach nur
gern an. Ich denk oft, dass die Leute dann am schönsten
sind, wenn sie meinen, dass sie allein sind, wenn sie gar
nicht merken, dass jemand grad hinschaut.
Geht's dir nicht auch so? Ich denk an dich.
X.

3

Es war später Nachmittag, als Franka Brandl und Ulrike über die kurvigen Landstraßen nach Schwanghaus fuhren. Die Sonne stand schon am Horizont, über den Feldern lag ein fast durchsichtiger, dunstiger Nebel. Ulrike beobachtete durch das Autofenster einen Turmfalken, der im Rüttelflug in der Luft verharrte und sich dann auf den Boden hinunterstürzen ließ. Ob die Jagd erfolgreich gewesen war, konnte sie nicht mehr erkennen.

»Woher kommen Sie eigentlich?«, fragte Franka Brandl sie. »Man hört, dass Sie nicht von hier sind. Also, nicht aus Bayern.«

»Recklinghausen, Ruhrgebiet«, antwortete Ulrike.

»Und wie hat es Sie nach Regensburg verschlagen, wenn ich fragen darf?«

»Mein Mann ist aus der Nähe, also, aus Straubing.« Sie zögerte. »Ex-Mann«, korrigierte sie sich.

»Ach, Sie sind geschieden?«, fragte Franka. »Entschuldigung, das geht mich ja gar nichts an«, fügte sie dann verlegen hinzu.

»Das macht nichts. So gut wie, ich bin getrennt. Das dritte Mal, falls Sie es genau wissen wollen. Kaum zu glauben, was?« Ulrike schloss die Augen und räusperte sich. Ein langes Schweigen trat ein.

»Und wie gefällt es Ihnen hier so in der Oberpfalz?«, durchbrach Franka Brandl schließlich die angespannte Stille. »Die Leute sind hier vielleicht schon etwas –«

»Die Leute sind alle gleich. Jeder meint immer, er hätte die Originalität für sich gepachtet, aber letztlich ist es überall dasselbe. Egal wo man hinkommt.« Ulrike biss sich auf die Zunge und versuchte sich zu sammeln. Diese zynischen Kommentare, die sie klingen ließen wie einen alten, abgebrühten Westernhelden, musste sie sich dringend abgewöhnen. »Woher stammen

Sie?«, fragte sie Franka Brandl stattdessen und beobachtete die hübsche Blondine aus dem Augenwinkel.

»Von hier. Also, ein paar Dörfer weiter. Ich hab's nicht weit weg geschafft.« Sie lachte. »Aber wollte ich auch nie.«

»Es ist gut, wenn man weiß, wo man herkommt und wo man hingehört«, sagte Ulrike, und dann schwiegen beide wieder, bis sie die nächste Ortsausfahrt passiert hatten und Schwanghaus, in die hügelige Landschaft eingebettet, am Horizont in Sicht kam.

»Kennen Sie denn Schwanghaus?«

Franka Brandl zuckte mit den Schultern. »Ein Kaff wie jedes andere hier, viele Junge sind da, junge Familien. Die haben eine Grundschule und einen Kindergarten. Meine Cousine erzählt, sie hätten eine gute Dorfgemeinschaft.«

Schwanghaus lag mitten in einem Felderteppich, auf dem es gerade wieder zu wachsen und zu blühen begann. Ein alter Fendt Farmer fuhr vor ihnen durch den Ortskern. Gerade wurde Gülle ausgebracht, überall roch man das. Ulrike, die das Landleben nicht gewohnt war und eher mit dem Geruch von Ruß und Kohle aufgewachsen war, wurde etwas unwohl davon.

Vor einem Gebäude, das allem Anschein nach der Kindergarten sein musste, von dem Franka erzählt hatte, befand sich ein kleiner, gepflegter Spielplatz. Zwischen den bunten Häuserfassaden und den freundlichen Vorgärten konnte man noch das eine oder andere Fachwerk erkennen.

Einige Anwohner nutzten den Nachmittag für einen Spaziergang, streckten die Köpfe in die lang ersehnte Frühlingssonne. Andere verweilten in den Einfahrten der Bauernhöfe entlang der Hauptstraße, unterhielten sich mit den Bewohnern. Eine ältere Dame leerte einen Putzeimer im Gully neben dem Gehweg, ein junger Mann in blauer Arbeitshose schraubte an einem Motorrad herum. Kinder spielten in den Gärten Fußball oder schaukelten, irgendwo wurde der erste Grill angeschürt.

Im Ortszentrum strahlte die gelb verputzte Kirche mit dem

dunklen geschieferten, hoch aufragenden Turm in der Sonne, unweit davon befand sich ein Gasthaus, auf dessen Außenterrasse grüne, wuchtige Sonnenschirme Schatten spendeten. Ein Mann saß an einem der kleinen Tische, vor sich ein Weißbier, den rundlichen Bauch in eine enge Radlerkluft gepresst.

Ulrike schoss wieder das Bild der übel massakrierten Leiche von Leonard Berger in den Sinn. Es schien kaum möglich, es mit diesem freundlichen Ort in Verbindung zu setzen. Aus Erfahrung wusste sie jedoch, es konnte gleichermaßen hilfreich wie hinderlich sein, sich auf ein Gefühl zu verlassen. Die Aufklärung von Kriminalfällen war wie menschliches Verhalten schwer zu berechnen oder vorherzusehen, oft waren Dinge genau so, wie sie schienen, und ebenso oft waren sie es nicht.

Ulrike legte den Kopf schief und erinnerte sich an die letzte Woche, den alleinigen Einzug in die neue Wohnung, Thorstens Unfähigkeit, ihr in die Augen zu sehen, als sie ihre letzten Sachen abgeholt hatte. Vier Jahre hatte es diesmal nur gebraucht, vier Jahre, dann war wieder alles vorbei gewesen. Sie presste die Hände zusammen. Zumindest in diesem Fall musste sie einen klaren Kopf behalten.

Franka Brandls Cousine Stefanie Schweiger lebte in einem minzfarbenen Haus in einer Straße oberhalb des Friedhofes. Im Vorgarten wuchsen Krokusse und Narzissen. Sie stand schon in der Tür und winkte den beiden zu. Ulrike stieg aus dem Wagen und schaute sich um. Der Drosselweg war in warmes Abendlicht getaucht. Zwischen den gepflegten Reihenhäusern, den Blumen und den gekehrten Gehwegen nahm sie am Ende der Straße einen Mann wahr, der im Eingang eines Holzhauses lehnte. Neben ihm stand ein Betonmischer, ein Bauzaun säumte Haus und Garten. Der Mann war um die dreißig, hatte dunkelbraune, kurz geschorene Haare, trug einen Blaumann und rauchte eine Zigarette. Bis zur Haustür spürte Ulrike seinen Blick in ihrem Rücken, und als sie sich noch einmal umdrehte, stand er immer noch genauso da. Er schien zu überlegen, dann hob er die Hand kurz zum Gruß, nickte freundlich und kehrte ins Haus zurück.

»Ich hab Kaffee gemacht«, sagte Stefanie Schweiger und bat ihre Gäste an den großen runden Holztisch, auf dem ein blumiges Osterarrangement drapiert war. Sie war sichtlich nervös, wuselte umher, stellte Kekse auf den Tisch und fragte Ulrike zweimal, ob sie Zucker oder Milch wolle. In dem kleinen Haus schwebte kein Staubkorn durch die Lüfte, die Kissen auf dem Sofa waren aufgeschüttelt, die Decke sauber gefaltet, der Glastisch davor poliert.

Stefanie Schweiger war genau wie ihre Cousine blond und hatte grüne Augen, trug ihr Haar im kurzen, sportlichen Bob, war etwas pummelig und hatte eine schwarze Brille auf der Nase. Sie war Mutter von zwei Kindern, seit sechs Jahren verheiratet und kaum dreißig Jahre alt.

»Die Kleinen sind heut Nachmittag bei der Oma«, sagte sie und fuhr sich durchs kurze Haar. »Braucht ihr noch was?«

Erst als die Frage verneint wurde, setzte sie sich und nippte an ihrem Kaffee.

»Wie lang leben Sie schon hier?«, begann Ulrike und beobachtete, wie Stefanie Schweiger an dem kleinen Deckchen herumnestelte, auf dem die Osterdeko stand: ein Strauß Narzissen und einige aufwendig verzierte Ostereier, die in einem dunklen Holzgeflecht lagen.

»Seit fünf Jahren. Tom, mein Mann, der kommt von hier. Wir waren erst bei seinen Eltern in der Einliegerwohnung, dann haben wir das Grundstück günstig gekauft, gebaut und sind dann hierher. Genau.« Sie lachte nervös.

»Das ist keine Vernehmung, Steffi«, sagte Franka und legte ihrer Cousine beruhigend die Hand auf den Arm. »Frau Kork hat nur ein paar Fragen zu dem, was du mir heut Morgen erzählt hast.«

»Ja, ich weiß. Ich will ja nur nichts Falsches sagen, niemanden belasten oder so. Ich weiß ja nichts, ich hab das ja auch nur gehört.«

»Kannten Sie den Herrn Berger?«

»Na ja, ›kennen‹ nicht. Man wusste schon, wer es ist. Er war ja auch irgendwie auffällig. Da hat man schon öfter mal einen Blick riskiert, wenn man ihn gesehen hat, beim Einkaufen oder im Ort.«

»Und es wurde über ihn geredet?«

Stefanie nickte. »Ja, es wurde viel über ihn geredet. Warum er hier ist, was er macht und so weiter. Also, ich hab das nur gehört von den Müttern im Kindergarten und in der Nachbarschaft. Irgendwann hieß es, dass er wohl eine Minderjährige vernascht hätte. Also, eine Schülerin. Aber ich weiß auch gar nicht mehr genau, wer mir das gesagt hat. Und ob das überhaupt stimmt.« Sie atmete tief durch und trank erneut von ihrem Kaffee.

Ulrike horchte auf. Irgendetwas machte sie stutzig. »Wie war die Stimmung hier im Ort dem Herrn Berger gegenüber?«

Stefanie Schweiger überlegte einen Moment, bevor sie antwortete. »Das kann man nicht genau sagen. Aber als das rauskam … Das kann ja jeder verstehen, wenn man dann eher nicht mehr so positiv über jemanden denkt.« Sie setzte erneut die Tasse an, stellte sie dann mit klammen Fingern wieder ab und blickte zwischen Ulrike und ihrer Cousine hin und her. »Mehr kann ich über den Herrn Berger auch nicht sagen.« Ihre Stimme drohte zu brechen.

»Fühlen Sie sich wohl hier? In Schwanghaus?«

Stefanie Schweiger nickte heftig. »Ja, sehr, es ist ein wirklich schöner Fleck. Die Kinder lieben es auch. Wir sind sehr glücklich hier.«

Ulrike lächelte sie an. »Alles klar, Frau Schweiger. Danke für Ihre Zeit. Wir melden uns, falls wir noch Fragen haben. Es könnte sein, dass Sie nach Neumarkt kommen müssen, um eine Aussage zu machen. Wäre das möglich?«

Stefanie Schweiger sah beunruhigt zu Franka Brandl, die ihr ermutigend zunickte. »Ja klar, ich denk schon.«

»Vielen Dank! Sie haben uns sehr geholfen«, sagte Ulrike freundlich und schüttelte ihr die Hand.

»Wir sehen uns«, fügte Franka Brandl hinzu, drückte ihre Cousine, dann traten sie zurück in die Abendsonne.

Ulrike visierte das Holzhaus mit der Baustelle an. Der Mann im Blaumann stand wieder an der Tür und rauchte.

Als sie gerade in den Wagen gestiegen war, klingelte ihr Handy. Yusuf Kayas tiefe Stimme raunte durch den Hörer. »Wir haben bei Bergers ehemaliger Schule angerufen, aber da war heut keiner mehr. Wir müssen es morgen noch mal versuchen. Die Kollegen in München waren bei dem Sohn Anton Berger zu Hause und haben mit ihm gesprochen. Er kommt morgen vorbei. Hat sich bei der Frau Schweiger noch was ergeben?«

Franka Brandl ließ den Motor an, und der Wagen rollte um die Straßenecke.

»Ich ruf gleich zurück«, sagte Ulrike unvermittelt und legte auf. »Bleiben Sie stehen, Frau Brandl!« Im Rückspiegel konnte man gerade noch das Haus von Stefanie Schweiger sehen sowie ein Stück der Straße rechts davon. »Schalten Sie den Motor aus.«

Für einen Augenblick geschah nichts, dann schlenderte tatsächlich der Mann im Blaumann langsam den Gehweg entlang, direkt auf Stefanie Schweigers Haus zu. Davor angekommen, drehte er sich kurz um und entdeckte den Streifenwagen in der Kurve. Er holte sein Handy aus der Tasche, blickte darauf, ging dann beiläufig weiter die Straße hinunter und verschwand schließlich aus Ulrikes Blickfeld. »Bitte drehen Sie und fahren Sie ein Stück zurück.« Sie drückte die Wahlwiederholung auf ihrem Handy. Yusuf Kaya nahm das Gespräch ungehalten entgegen. In knappen Worten berichtete sie ihm von dem Besuch bei Stefanie Schweiger. »Eine Sache noch«, sagte sie am Ende des Gesprächs. »Drosselweg 28. Ich will wissen, wer da wohnt.«

Sie schaute wieder aus dem Fenster, die Straßen waren leer, der Himmel blutrot gefärbt. Ulrike dachte an das Gespräch mit Stefanie Schweiger und war sich nun sicher: Die junge Frau hatte vor irgendetwas Angst gehabt.

***

Hallo du,
ich wollt dich nicht erschrecken vorhin. Tut mir leid. Sei
mir nicht böse. Nur ein schneller Brief heute, um dir zu
sagen, dass ich das war an deinem Fenster.
X.

4

Im Lichtkegel der Straßenlaternen schwirrten Insekten im Kreis, dicke Motten ließen sich flatternd auf den Leuchten nieder. Die Straßen waren zu dieser späten Uhrzeit fast leer, nur ab und zu rauschte noch ein Auto über die Kreuzung. Ulrike saß noch immer hinter dem Schreibtisch am Fenster. Sie blätterte im Tatort- und Spurensicherungsbericht, studierte den rechtsmedizinischen Befund sowie ihre eigenen Aufzeichnungen. *SCHWANGHAUS,* stand in großen schwarzen Lettern auf einer Seite. Immer wieder zeichnete sie den Ortsnamen nach, bis das Papier fast rissig war. Erst am späten Nachmittag hatten die Kollegen mit den Befragungen der Nachbarschaft in dem Örtchen begonnen. Zu Ulrikes Verärgerung lag der Bericht dazu noch nicht vor.

Auch wenn sie wusste, dass es noch zu früh war, sinnvolle Schlussfolgerungen anzustellen, versuchte sie krampfhaft, zwischen all den Zetteln irgendetwas zu erspähen. Der Gedanke an die leere Wohnung, an all die Umzugskartons ließ sie frösteln, und so hatte sie beschlossen, noch zu bleiben. Yusuf Kaya hatte ihr widerwillig das Sofa in seinem Büro für den Notfall angeboten. Sie wollte nicht schlafen, doch ihre Augen begannen zu schmerzen, und ihr Kopf wurde von Minute zu Minute schwerer. Als sie noch jünger gewesen war, hatte sie nächtelang durchgearbeitet. Sobald es Nacht wurde und alle im Bett waren, sobald sie allein war, wurde sie damals noch von einer seltsamen Energie durchflutet, die jeden Anflug von Müdigkeit zunichtemachte und ihr einen so klaren Blick auf Zusammenhänge gestattete, wie es am Tag nie möglich gewesen wäre.

Lutz hatte das nie gemocht. Ständig war er nachts aufgestanden, hatte sich neben ihren Schreibtisch gestellt wie ein Schlafwandler und sie gebeten, nun endlich ins Bett zu kommen, er könne sonst nicht einschlafen. Irgendwann war sie dann einfach im Präsidium geblieben, aber das hatte es nur schlimmer gemacht. Die Nachtschwärmerei hatte sie sich Lutz zuliebe also abgewöhnt. Zur Scheidung war es trotzdem gekommen. Jeder Versuch, danach in den Zustand der nächtlichen Konzentration zurückzukehren, war erfolglos geblieben, und so schien es auch heute.

Ulrike stützte den Kopf auf den Händen ab. Aus dem Augenwinkel nahm sie das blinkende Handy neben dem Computerbildschirm wahr, das sie an all die Anrufe und Textnachrichten erinnerte, die sie seit Tagen, seit der Trennung von Thorsten, erreichten und bislang noch unbeantwortet geblieben waren. Sie drehte es um und blickte auf ihre Armbanduhr. Es war bald Mitternacht.

Ein letztes Mal beschloss Ulrike, alle Ermittlungsergebnisse des heutigen Tages zu ordnen. Sie rekapitulierte: Leonard Berger war vor einigen Tagen in seinem Haus brutal niedergestochen worden. Die Einschnitte in Brust und Bauch hatten jeweils eine Länge von etwa drei bis vier Zentimetern und waren bis zu acht Zentimeter tief. Man ging davon aus, dass es sich bei der Mordwaffe um ein großes Küchenmesser oder einen ähnlichen Gegenstand handelte, sicher konnte man das allerdings nicht sagen. Die Tür war nicht aufgebrochen worden, entweder hatte sie offen gestanden oder Berger hatte den Mörder hereingelassen, weil er die Person kannte. DNA-Spuren und Fingerabdrücke waren ans kriminaltechnische Labor weitergeleitet worden, Ergebnisse wurden bis zum Ende der Woche erwartet.

Auf den ersten Blick wirkte Nebeleck völlig verwahrlost, die Wohnung provisorisch, die Einrichtung zusammengewürfelt, das Mobiliar heruntergekommen. Mitten im Wald hatte sich Leonard Berger ein letztes Refugium der Trostlosigkeit erschaffen, in dem er hauste wie ein Obdachloser, als gehörte ihm das nicht, als ginge es ihn nichts an. Ein bisschen Holz schien er zu machen, manchmal kochte er wohl, den ungewaschenen Töpfen und Pfannen in der Küche nach zu urteilen. Alkoholischen Getränken gegenüber war er nicht abgeneigt, wie die zahllosen Flaschen und Bierkästen in der Abstellkammer neben der Küche zeigten. Bemerkenswert war seine Angewohnheit, Papiere und Dokumente zu horten, die stapelweise in seinem Arbeitszimmer gefunden worden waren. Sie befanden sich in Kartons neben dem Schreibtisch, quollen aus Ordnern oder lagen lose verstreut herum. Er schien sich nie die Mühe gemacht zu haben, sie ein- oder auszusortieren.

In all dem Chaos wirkten das große bunte Kissen von Theo vor dem Ofen und die grün angestrichene Hundehütte im Zwinger neben der Scheune wie die einzigen Orte der Gemütlichkeit. Berger hatte seinen Hund geliebt, so viel war sicher.

Er war vor einem Jahr aus Regensburg hierhergekommen. Finanziell schien er nicht schlecht gestellt gewesen zu sein, doch der Hofkauf hatte seine gesamten Reserven verschlungen. Nebeleck und den dazugehörenden Grund sowie ein kleines Stück Wald hatte er sofort bezahlt, ohne Kredit und ohne Raten für den stolzen Preis von über vierhunderttausend Euro. Ein Rückzugsort für seinen Lebensabend hätte es sein können, vielleicht hatte er extra dafür gespart.

Fotos von Berger, die sich im Internet finden ließen, vermittelten den Eindruck eines attraktiven, freundlichen Mannes, der seine Arbeit liebte. Die Freistellung im letzten Jahr schien plötzlich gekommen zu sein, vielleicht für ihn unerwartet, und inwieweit das mit einer Schülerin zusammenhing, konnte man noch nicht sagen. Es hatte keine polizeiliche Untersuchung stattgefunden. Genaueres würde man vermutlich in den nächsten Tagen von der Schule selbst erfahren können.

Diese ersten Erkenntnisse fügten sich zu dem Bild eines Mannes zusammen, der ganz plötzlich und unvermittelt sein geordnetes Leben aufgegeben hatte und schließlich auch sich selbst. Ulrike schloss die Augen und sah wieder seine Leiche vor sich. Ein schöner Mann war er trotzdem geblieben. Auch all das Blut konnte nicht darüber hinwegtäuschen, dass Leonard sich selbst mehr gepflegt zu haben schien als das Haus, in dem er lebte.

Sie seufzte und blickte wieder auf den Zettel mit den großen schwarzen Lettern. *SCHWANGHAUS*. Auch im Dörfchen in der Abendsonne, in dem es immer nach frisch gemähtem Gras und herzhaftem Grillgut zu riechen schien, lebten schwarze Schafe. Stefanie Schweigers Nachbar aus dem Drosselweg war der Polizei kein Unbekannter. Auf einem Stadtfest hatte er letztes Jahr schwer alkoholisiert mit einigen Bekannten einen Mann zusammengeschlagen. Eine Strafanzeige wegen gefährlicher Körperverletzung wurde später fallen gelassen. Matthias König, zweiunddreißig Jahre alt und Schlossermeister mit eigenem Betrieb, war bei der Schlägerei wohl als Rädelsführer in Erscheinung getreten und hatte irgendwann mit einer Bierflasche auf den wehrlosen Gegner eingeprügelt. Unklar blieb, worum es dabei gegangen war.

Ulrike rieb sich die Augen. Warum sie sich für König interessiere, hatte Yusuf Kaya sie gefragt. Nur ein Gefühl, hatte sie geantwortet. Es gab bislang keine Verknüpfungspunkte zwischen Leonard Berger und Matthias König, auch nicht zu irgendjemand anderem aus dem Ort. Dennoch kannten ihn die Leute, dennoch zerrissen sie sich das Maul über ihn. Es musste eine Verbindung geben!

Ulrike blickte auf die Straße, die Straßenlaternen, in deren Licht die Motten umherschwirrten, und auf die Ampel an der Kreuzung, die zu dieser Uhrzeit nicht mehr von Rot auf Grün umschaltete, sondern nur noch orange blinkte. Sie hatte das Gefühl, irgendetwas zu übersehen, irgendetwas ergab keinen Sinn.

Sie schloss die Lider und massierte ihre Augäpfel. Dann kapitulierte sie und ordnete die Blätter, als ihr plötzlich die Zeugenaussage von Tamara Huber in die Hände fiel.

»Der Hund«, sagte sie laut. Sie schaltete die Schreibtischlampe aus und griff nach ihrem Autoschlüssel.

Keine Minute später saß sie hinter dem Steuer ihres Wagens und machte sich über die menschenleeren Straßen auf den Weg nach Schwanghaus. Theo, Bergers Hund, war mittlerweile im Tierheim. Berger hatte seinen Hund geliebt, der Hund ihn genauso.

Am Ende war Theo es gewesen, der die Polizei zu seiner Leiche geführt hatte. Aber warum erst so spät? Konnte man dem rechtsmedizinischen Befund Glauben schenken, so lagen Tage zwischen der Ermordung Bergers und der Kontaktaufnahme des Hundes zu Tamara Huber, dabei waren die Waldwege gut besucht. Das große Tier hätte doch schon früher auffallen müssen, hätte schon früher auf sich aufmerksam machen können!

Nach etwa zehn Minuten Fahrt kam Ulrike zu dem Waldweg, der von der Landstraße direkt nach Nebeleck führte. Sie bog ab, der steinige Boden knirschte unter den Reifen. Die Bäume warfen im Scheinwerferlicht gespenstische Schatten. Ulrike schaltete das Radio an. Aus den scheppernden Lautsprechern brüllte ihr ein Volksmusiker entgegen. Sie schaltete es wieder aus.

Nebeleck lag in völliger Dunkelheit. Nicht mal der Mond spendete etwas Licht. Ulrike öffnete ihr Handschuhfach und holte eine große schwarze Taschenlampe hervor. Als sie aus dem Auto stieg, vernahm sie eine unangenehme drückende Stille, dann hatte sie im nächsten Augenblick das Gefühl, aus jeder Richtung käme ein Geräusch, beinah so, als wäre sie nicht allein. »Reiß dich zusammen, Ulli«, sagte sie zu sich selbst und ging festen Schrittes mit eingeschalteter Lampe auf den Hof zu.

Der Hundezwinger befand sich unterhalb der Scheune, im fahlen Schein der Taschenlampe wirkte er geradezu gespenstisch, wie ein kleines Gefängnis oder ein Kerker. Die Schatten der Gitterstäbe bewegten sich im Licht, je näher Ulrike dem Zwinger kam. Vor der Hütte sah sie die beiden Hundenäpfe aus Edelstahl, einer mit Wasser, der andere zur Hälfte mit einem Gemisch aus Nass- und Trockenfutter gefüllt. Ihre Ahnung bestätigte sich, denn hierfür schien es nur eine plausible Erklärung zu geben: Jemand hatte den Hund gefüttert, und jemand hatte ihn heute früh aus dem Zwinger gelassen.

5

Es war neun Uhr, und das kleine Café vor den Toren der Stadt hatte gerade geöffnet. Ulrike ließ sich an dem einzigen Außentisch nieder, der zu dieser Tageszeit der Morgensonne ausgesetzt war. Ihre Glieder schmerzten, ihr Magen grummelte, und sie sehnte sich nach einem frischen, starken Kaffee. Augenscheinlich war sie mit ihren siebenundvierzig Jahren mittlerweile wohl einfach zu alt, um bis tief in die Nacht zu arbeiten und dann auf einer schwarzen Ledercouch zu übernachten.

Sie legte den Kopf in den Nacken und blickte in den strahlend blauen Himmel über ihr, der wie schon am Vortag von keiner Wolke getrübt war. Dann beobachtete sie den vorbeifließenden Berufsverkehr auf der vor ihr liegenden Hauptstraße, die Fußgänger, die eiligen Schrittes an ihr vorbei durch das Stadttor in Richtung Innenstadt unterwegs waren, und lauschte auf die gedämpften Gespräche, die Motorengeräusche, das Klackern der Schuhsohlen auf dem Asphalt. Sie streckte die Beine aus und hielt das Gesicht wieder in die Sonne, nachdem sie bei der Kellnerin mit blondem Lockenkopf einen schwarzen Kaffee und ein französisches Frühstück bestellt hatte.

»Guten Morgen«, vernahm Ulrike plötzlich eine bekannte Stimme neben sich. Yusuf Kaya hatte sich vor ihr aufgebaut. »Darf ich?«

Sie nickte kurz und beobachtete, wie er sich auf den gegenüberstehenden Stuhl fallen ließ. »Jackie«, rief er der Bedienung zu, die darauf den Kopf zur Tür rausstreckte. »Morgen! Einen Milchkaffee bitte!« Sie hob den Daumen und verschwand dann eilig wieder im Inneren. »Sie sehen aus, als hätten Sie eine lange Nacht gehabt«, bemerkte Kaya und klang dabei etwas versöhnlicher als gestern. Seit ihrer Konfrontation war er ihr aus dem Weg gegangen und hatte nur einsilbig auf ihre Fragen und Anweisungen reagiert.

»Lass uns Du sagen, ich bin Ulrike«, entgegnete sie und streckte ihm ebenso versöhnlich die Hand entgegen in der Hoffnung, die Spannungen so etwas aufzulösen. »Was die lange Nacht betrifft, hast du recht. Ich war gestern noch mal beim Hof.«

Er runzelte die Stirn. »Allein? Warum?«

Ulrike erzählte von ihrem Einfall und der nächtlichen Entdeckung im Hundezwinger. »Ich bin keine Expertin, aber das Futter sah frisch aus, nicht wie etwas, das Berger schon vor Tagen hingestellt hätte. Noch dazu hätte Theo früher auf sich aufmerksam machen können, wäre er die ganze Zeit frei herumgelaufen.«

»Und er hat sich nicht selbst aus dem Zwinger befreit?«

Ulrike schüttelte den Kopf. »Keine Spuren am Schloss oder den Gitterstäben. Nichts. Jemand hatte einen Schlüssel, jemand hat ihn gefüttert, jemand hat ihn rausgelassen.«

»War es der Täter?«, fragte Yusuf.

»Ich kann mir das alles überhaupt nicht erklären. Warum hätte er gewollt, dass man die Leiche findet?«

Sie verstummte, als die blond gelockte Jackie mit einem Tablett neben dem Tisch erschien. Nachdem die Kellnerin den Kaffee und das französische Frühstück serviert hatte, nahm Ulrike ihren Gedanken wieder auf. »Und warum erst dann? Er kommt zum Hof, sticht Berger ab und kehrt ein paar Tage später wieder zurück …«

»… füttert den Hund und lässt ihn raus?«, ergänzte Yusuf.

»Völlig unvorstellbar«, sagte Ulrike und riss ein Stück von ihrem Buttercroissant ab.

»Möglicherweise gab es aber eine zweite Person auf dem Hof.«

»Schwer zu sagen. Vielleicht wäre es das Beste, die Spurensicherung durchkämmt noch einmal das Gebiet beim Zwinger.« Sie nahm einen Schluck Kaffee. »Wie steht es um die Befragungen in Schwanghaus? Wie weit seid ihr da? Ich warte immer noch auf einen Bericht.«

Yusuf stieß verärgert die Luft aus. »Die Kollegen sind gerade wieder vor Ort. So klein ist das Dorf nicht, mit dem Neubaugebiet sind das immerhin an die tausend Bewohner. Und außerdem denke ich, wir sollten uns eher auf Bergers direktes Umfeld konzentrieren. Wie zielführend kann es denn sein, jeden Nachbarn abzuklappern, zumal wir ohnehin schon wissen, dass Berger ein Außenseiter war?«

»Eben. Er war ein Außenseiter. Die Frage ist doch, warum. Es gibt kein direktes Umfeld.«

»Es gibt den Sohn, es gibt diese Geschichte mit der Schülerin«, gab Yusuf gereizt zurück.

»Das ist mir klar, aber was spricht dagegen, sich die nähere Umgebung anzuschauen? Wir müssen in alle Richtungen ermitteln«, warf sie ein.

»Mit welchem Personal? Uns werden jedes Jahr Gelder gestrichen, gleichzeitig bleibt auch das Tagesgeschäft nicht stehen, nur weil irgendein Wahnsinniger mit einem Küchenmesser durch die Gegend streift. Ich kann meine Leute nicht dazu abstellen, jeden Nachbarn in Schwanghaus zu befragen, es sei denn, die Inspektion in Regensburg schickt zusätzliches Personal.«

»Falls jemand im Ort etwas weiß, was gesehen hat, müssen wir das jetzt in Erfahrung bringen. Jetzt sofort. Du weißt, wie so etwas ist«, erwiderte sie.

»Mein Vorschlag ist, wir konzentrieren uns auf sein privates Umfeld, und dann sehen wir weiter.«

Er bedachte sie mit einem herausfordernden Blick, und Ulrike spürte, wie sie sich unwillkürlich verkrampfte. Sie beugte sich vor. »Das ist nicht der richtige Augenblick, um Kante zu zeigen, Yusuf. Ich leite die Ermittlungen, und ich möchte, dass das Dorf auf links gekrempelt wird. Der Bericht liegt heute Nachmittag auf meinem Schreibtisch.«

Sie lehnte sich zurück und trank von ihrem Kaffee. Er war kalt geworden.

»Euch geht's gut? Braucht ihr noch was?«, flötete Jackie aus der Tür des Cafés in die drückende Stille hinein. Bevor einer der beiden antworten konnte, klingelte Yusufs Handy.

»Er ist da?«, hörte Ulrike ihn sagen, nachdem er das Gespräch angenommen hatte. Anton, dachte sie, wickelte den Rest ihres Croissants in eine Serviette und trank den letzten Schluck Kaffee. Yusuf legte auf und winkte Jackie zu.

»Ich schreib's an!«, rief sie ihm hinterher.

Anton Berger kam nach seinem Vater. Dieselben Augen, dasselbe Lächeln, das in dem Moment der Begrüßung schwach und flüchtig über sein Gesicht huschte. Er sah übernächtigt aus, das schwarze Polohemd war zerknittert und sein Haar leicht zerzaust. Seine Freundin war ebenfalls dabei, eine brünette Schönheit mit langen dünnen Beinen, vollen Lippen und einer frechen Stupsnase.

»Vanessa Lehmann, angenehm«, sagte sie und schüttelte Ulrikes Hand.

»Fischhändchen«, hatte ihre Großmutter immer gesagt, wenn Ulrike beim Handschlag nicht zudrückte. Ein Fischhändchen hatte auch Vanessa Lehmann gegeben. Sie wirkte unsicher und genau wie ihr Freund übernächtigt. Yusuf und Ulrike führten sie in Yusufs Büro, Ulrike schloss die Tür hinter ihnen und wies sie an, sich auf die Stühle vor Yusufs Schreibtisch zu setzen. Er stellte sich in den Türrahmen, Ulrike nahm auf seinem Stuhl Platz.

»Ich weiß nicht, wie viel die Kollegen in München Ihnen schon erzählt haben, Herr Berger, aber Ihr Vater wurde gestern früh –«

»Er wurde ermordet«, unterbrach Anton Berger sie, seine Stimme hatte eine seltsame Klangfarbe angenommen, als er diese drei Worte ausgesprochen hatte. Für einen Augenblick wurde es ruhig, Vanessa legte einen Arm um seine Schulter. Er blickte auf seine Hände, die flach auf den Oberschenkeln lagen. »Er wurde ermordet, ich weiß.«

»Ich kann mir vorstellen, wie sich das für Sie anfühlen muss. Ich verspreche Ihnen, dass wir unser Möglichstes tun werden, um denjenigen zu finden und zur Rechenschaft zu ziehen, der das getan hat.« Ulrike hasste diese Momente, jedes Mal hatte sie das Gefühl, diese Worte, die sie sprechen musste, seien hohl und leer, aufgesetzt, völlig bedeutungslos.

Anton Berger sah schweigend aus dem Fenster. Es war still, nur die Stimmen der Kollegen im Großraumbüro drangen gedämpft herein.

»Mein Vater ist …«, begann Berger irgendwann mit zitternder Stimme, »mein Vater war nicht einfach. Und ich werde nicht lügen und behaupten, dass unser Verhältnis besonders gut war. Im Gegenteil. Aber er war kein schlechter Mensch. Die Umstände waren schwer.«

»Welche Umstände?«, fragte Ulrike.

»Meine Mutter ist vor fünf Jahren gestorben, und das hat er … Er hat's nicht verkraftet. Bis heute nicht. Er hat's versucht, aber er ist immer wieder eingeknickt.«

»Wann haben Sie ihn das letzte Mal gesehen?«

»Vor etwa zehn Monaten, im Juni letztes Jahr. Ich sage ja … Unser Verhältnis war nicht leicht. Er hat sich ja bemüht, es zu verbessern. Dann war er mal wieder für ein paar Monate präsent, hat angerufen, ist vorbeigekommen. Und dann war er wieder weg, ist abgetaucht, hat gesoffen, sich selbst bemitleidet. Er war nicht konstant. Er war kein Vater, auf den man sich wirklich verlassen konnte.«

»Und als Sie sich im Juni gesehen haben, wie war er da?«

Wieder bebte Antons Stimme. »Er war … Er war gut drauf damals. Er hat uns besucht, in München. Wir sind essen gegangen. Hat vom Hof erzählt, wie sich alles da entwickelt. Wir haben ihm versprochen vorbeizukommen … Daraus ist nichts geworden.«

Vanessa drückte seine Hand. »Wir wollten ja«, sagte sie, »aber er ist nicht mehr ans Telefon. Anton hat ihn nicht erreicht.«

»Können Sie mir sagen, wie es zu dieser Entscheidung kam, dass er den Hof gekauft hat?«

Anton zuckte mit den Schultern. »Sie kannten ihn nicht. Er war schnell zu begeistern, und spontan war er auch. Er hat ständig was anderes gehabt, was ihn interessiert … eine neue

Ablenkung. Vom Hof hat er mir erst erzählt, als er längst da gelebt hat. Das war typisch für ihn, er hat es halt einfach gemacht. Job gekündigt, Hof gekauft, abgehauen. Als ich davon gehört hab, da hab ich mich nicht mal gewundert. Ich dachte sogar, dass es vielleicht gut ist, wenn er mal zur Ruhe kommt.«

Ulrike zögerte, bevor sie die nächste Frage stellte. »Herr Berger, es gibt da ein Gerücht über einen Grund, warum Ihr Vater so plötzlich gekündigt hat.«

Plötzlich veränderte sich die Atmosphäre im Raum, Ulrike konnte regelrecht spüren, wie Anton Berger seine Aufmerksamkeit schärfte. »Was für ein Gerücht?« Die Worte brachte er gepresst heraus, zischte sie beinah.

»Es gibt das Gerücht, dass Ihr Vater mit einer Schülerin angebandelt hat.«

»Schwachsinn!«, brachte Berger aufgebracht hervor. »Wie ich Ihnen bereits gesagt habe, mein Vater war seltsam, er war verschroben, aber das … Das stimmt nicht.«

»Mit Verlaub«, schaltete sich Yusuf ein, »Sie haben Ihren Vater so lang nicht gesehen, Ihr Verhältnis war auch nicht das beste, wie können Sie da so sicher sein?«

Ulrike presste die Lippen aufeinander und beobachtete, wie sich Antons Augen zu Schlitzen verengten. »Ich weiß, dass mein Vater kein Kinderficker war!« Die letzten Worte brüllte er.

»Beruhig dich, Schatz«, sagte Vanessa leise und streichelte ihm über die Schulter.

Ulrike schaltete sich wieder ein. »Herr Berger, mein Kollege versucht nur, der Sache auf den Grund zu kommen. Wir unterstellen Ihrem Vater gar nichts, aber wir müssen jeder Spur nachgehen.«

Anton Berger schien sich langsam zu beruhigen, er schaute wieder aus dem Fenster. »Schon in Ordnung«, sagte er. »Haben Sie schon was anderes? Irgendwas?«

»Es ist noch zu früh, etwas zu sagen, aber wir gehen allen Spuren nach. Wir werden denjenigen finden, der Ihrem Vater das angetan hat.«

Berger war am Ende seiner Kräfte. »Kann ich hin? Auf den Hof?«

Ulrike nickte. »Ich begleite Sie.«

Ulrike beobachtete den kleinen Opel Corsa in ihrem Rückspiegel. Vanessa saß am Steuer, Anton neben ihr, den Kopf gegen die Scheibe gedrückt, die Augen geschlossen. Dann richtete sie den Blick wieder auf die Straße. Langsam zogen erste kleinere Wolken über den strahlend blauen Himmel. Laut Wettervorhersage sollte es heute noch regnen, dafür sprach bislang aber noch nichts. Sie wünschte sich fast den Regen herbei, dass es bald ein Ende nahm mit dieser absurden Idylle.

Ulrike atmete tief durch und rekapitulierte, was Anton Berger ihnen erzählt hatte. Sein Vater wirkte in seiner Beschreibung wie ein Fähnchen im Winde, sprunghaft, leicht depressiv. Vor diesem Hintergrund schien der Hofkauf wie eine Impulstat, eine plötzliche Eingebung in der Hoffnung, das eigene Leben zu verbessern, egal wie, egal wodurch. Und gleichzeitig wirkte der Kauf wie eine Flucht. Eine Flucht vor sich selbst und vielleicht auch vor etwas, das ihn am Ende doch eingeholt hatte.

Durch den Wald fuhr Ulrike geradewegs auf den Hof zu, der Opel Corsa kam neben ihr zum Stehen. Anton Berger stieg aus und schritt langsam und bedächtig auf das Gebäude zu. Sein Blick blieb am Zwinger hängen. »Theo«, wisperte er und schaute Ulrike dann an, »wo ist er?«

»Im Tierheim, Sie können ihn dort abholen, wenn Sie möchten.«

Anton nickte, dann ging er weiter. Er bewegte sich langsam wie ein Raubtier über das Grundstück, ohne den Hof aus den Augen zu lassen. Auf der riesigen Wiese vor der Scheune ließ er sich ins Gras fallen.

»Sie heißt Tanja«, sagte Vanessa Lehmann plötzlich. Sie hatte sich neben sie gestellt, lehnte sich an den Wagen und zündete sich eine Zigarette an. Sie inhalierte und warf dann ihre langen braunen Haare zurück.

»Wie bitte?« Ulrike schaute sie an. Mit geschlossenen Augen pustete Vanessa den Rauch langsam aus.

»Sie heißt Tanja«, wiederholte sie, »die Schülerin. Ihr Name ist Tanja Grass.«

Ulrike war sprachlos.

»Ich weiß nicht, warum er es Ihnen nicht gesagt hat. Irgendwie ist er damit nicht klargekommen, dass sein Vater jahrelang den Tod der Mutter nicht verkraftet hat, und dann ist plötzlich alles wieder gut, weil er eine Teenagerin vögelt.«

»Anton wusste davon?«

Vanessa nickte. »Ja, er wusste davon. Leonard hat es uns damals gesagt, als er uns besucht hat. Hat gesagt, dass sich jetzt endlich alles ändert. Dass er jetzt Tanja hat.«

Sie inhalierte erneut. Wie sie da stand und Anton beobachtete, der sich ins hohe Gras gelegt hatte, wirkte sie wie eine Löwenmutter. »Leonard war ein Scheißkerl. Es ging immer nur um ihn. Dass Anton auch seine Mutter verloren hat, dass er einen Vater gebraucht hätte, der sich um ihn kümmert, das hat er nicht verstanden. Er hat Anton sich selbst überlassen und ist währenddessen im Selbstmitleid versunken.«

Vanessa überlegte, bevor sie weitersprach. »Ich hätte mich nie zwischen Anton und Leonard gestellt, aber ich konnte nichts mit ihm anfangen. Hat seinen Sohn komplett alleingelassen, nichts für ihn getan. Wir sind seit drei Monaten verlobt«, sagte sie und hob ihre linke Hand, an deren Ringfinger ein kleiner Diamantring blitzte. »Wir haben ihm aufs Band gesprochen, er hat nicht mal zurückgerufen.«

»Und Tanja?«

»Tanja war Abiturientin, gerade fertig mit allem. Er hatte schon länger einen Blick auf sie, hat er erzählt. Ich weiß nicht, wie lang das schon ging mit denen. Aber alles sollte anders werden, mit ihr auf dem Hof. Er hat gesagt, er fühlt sich wie berufen. Ich glaube, das war der Moment, in dem Anton es gecheckt hat.«

»Was gecheckt?«

»Dass Leonard ein Scheißkerl ist. Und das ist nicht leicht

für ihn. Besonders jetzt, wo er tot ist. Ein lebender Scheißkerl als Vater ist immerhin besser als ein toter. Ich glaub, er hat das mit Tanja nicht gesagt, weil er ihn so nicht in Erinnerung behalten wollte.«

Sie trat die Zigarette auf dem Boden aus, dann ging sie auf die Wiese und setzte sich neben Anton ins Gras. »Komm, wir holen Theo«, hörte Ulrike sie sagen. Sie hatte den Arm um seine Schultern gelegt. Er schaute sie an und lächelte dann vorsichtig.

Als die beiden sich verabschiedet hatten und ins Auto gestiegen waren, fielen nun doch die ersten Tropfen vom Himmel.

6

Der Regen prasselte mit solch einer Gewalt auf Ulrikes Windschutzscheibe, dass sie zwischen den Wassermassen und den hektisch hin- und herschnellenden Scheibenwischern die Straße vor sich nur schemenhaft erkennen konnte. Sie hatte sich auf der A 3 hinter einem Lkw eingeordnet. Fast in dem Augenblick, als sie beim Max-Schultze-Steig über die Donau fuhr, hörte es schlagartig auf zu regnen. Bald schon sah sie die Türme des Regensburger Doms vor sich, die von der wolkendurchbrechenden Sonne angestrahlt wurden.

Sechs Monate waren vergangen, seit sie die Stelle in Regensburg angetreten hatte. Es hätte ein Neuanfang für sie und Thorsten werden sollen, der als Kinderarzt in Straubing arbeitete. Zunächst war sie bei ihm eingezogen, dann hatten sie beide monatelang nach einer neuen Bleibe gesucht. Ihr großes Zugeständnis, eine vierjährige Wochenend-Ehe zu beenden, war allerdings zu spät gekommen. Die einhundert Quadratmeter große Wohnung im Regensburger Westenviertel hatte sie in der letzten Woche allein bezogen. Thorsten hatte die Beziehung kurz vorher für beendet erklärt, als hätte er nur darauf gewartet, dass sie eine Wohnung fand, damit sie ausziehen könnte. Jetzt stapelten sich ihre Kisten in den leeren Zimmern, ein paar Möbel standen verstreut herum. Die Wohnung fühlte sich fremd an, wieder allein zu sein war ihr hingegen schmerzhaft bekannt. Heiraten ... Warum sie darauf drei Mal hereingefallen war, konnte sie sich nicht erklären. Vielleicht deswegen, weil sie in einer Ehe rechtlich gebunden war, ein zusätzlicher Anreiz, sich etwas mehr Mühe zu geben.

Ulrike öffnete die schwere Tür der lichtdurchfluteten Wohnung. Nach einer schnellen Dusche steckte sie ein paar Klamotten in eine Reisetasche, überprüfte den spärlichen Inhalt des Kühlschranks auf verderbliche Produkte und warf einen

Blick in den Spiegel, den sie neben der Eingangstür aufgehängt hatte. Sie sah müde aus, die roten Haare wirkten ausgewaschen, der graue Mantel hing schlaff an ihrem Körper.

Ulrike schnaubte, sie musste Haltung bewahren, also straffte sie die Schultern, hängte den Mantel an den Garderobenhaken und zog sich stattdessen eine hellbraune Lederjacke über, knetete etwas Gel in ihre Haare und trug braunen Lippenstift auf.

»Lass dich nicht so hängen«, hatte ihre Großmutter sie immer gerügt. »Die Dinge werden auch nicht besser, wenn du rumläufst wie ein nasser Sack.« Eine garstige Frau war sie gewesen, bisweilen geradezu bösartig. Aber damit hatte sie recht behalten.

Ohne sich noch ein einziges Mal umzublicken, als hätte sie es eilig herauszukommen, verließ Ulrike die Wohnung und ließ die Tür krachend hinter sich ins Schloss fallen. Auf der Straße angekommen, warf sie ihre Reisetasche in den Kofferraum und machte sich auf den Weg zum St.-Augustinus-Gymnasium in der Regensburger Altstadt, wo sie einen Termin mit dem Schulleiter hatte.

Ein Hinweis auf eine Tanja hatte sich weder in den persönlichen Unterlagen Leonard Bergers noch im Wohnhaus finden lassen. Ohnehin hatte Ulrike das Gefühl, dass die Ermittlungen nur schleppend vorangingen. Vor wenigen Stunden hatte Yusuf ihr den Bericht über die Befragungen in Schwanghaus auf den Schreibtisch gelegt und in knappen Worten geschildert, dass kaum etwas dabei herausgekommen war. Keiner dort wollte etwas bemerkt haben von Bergers Ermordung, keiner wollte etwas über ihn gewusst haben.

Die Genugtuung, mit der Yusuf ihr das mitgeteilt hatte, hatte Ulrike so sehr missfallen, dass sie nur allzu gern nach Regensburg gefahren war, um ein paar Kleidungsstücke zu holen, den Schulleiter zu befragen und Tanjas Fährte aufzunehmen. Sie hatte das Gefühl, aus dem Tritt zu sein, und abgesehen von Yusufs Impertinenz ärgerte sie das am meisten. Sie musste sich etwas einfallen lassen, um Yusuf stärker Paroli bieten zu können, sie musste sich eine Strategie überlegen, wachsamer werden, scharfsinniger – als müsste sie sich beweisen, dass sie trotz allem zumindest eine gute Kriminalpolizistin war.

Das St.-Augustinus-Gymnasium, in dem Leonard Berger mehrere Jahrzehnte als Biologie- und Erdkundelehrer gearbeitet hatte, lag mitten in der Altstadt von Regensburg. Der u-förmige Kastenbau mutete fast herrschaftlich an. Je näher man ihm allerdings kam, desto heruntergelebter wirkte er.

Ulrike stellte das Auto mitten auf dem Innenhof ab und lief geradewegs auf den Eingang zu. Kaum hatte sie das Gebäude betreten, in dem es wie in jeder Schule nach Turnschuhen und Pausenbroten roch, vernahm sie schon das dumpfe Hallen von Schritten auf dem schweren Steinboden.

»Frau Kork?«, hörte sie eine freundliche Männerstimme und sah einen etwas untersetzten Mann auf sich zukommen. »Schneider, wir hatten telefoniert. Ich bin der Schulleiter.« Er streckte ihr die Hand entgegen. »Hier entlang.«

Es war Punkt siebzehn Uhr, die Schule schien beinahe ausgestorben. Nur Schneiders Sekretärin saß noch hinter ihrem Schreibtisch im Vorzimmer des Büros. Sie lächelte, als sie Ulrike erblickte. »Käffchen?«, fragte sie mit einer quäkenden Stimme, sodass Ulrike unwillkürlich zusammenzuckte. Es hatte nur dieses Wort gebraucht, und Ulrike erkannte in der blonden hageren Frau eine Genossin aus Nordrhein-Westfalen.

»Schwarz«, sagte sie und reizte das dialektale Potenzial derart aus, dass die Augen der Frau kurz aufblitzten. Der Geheimcode war durchgedrungen, man hatte sich verstanden. In der bayerischen Provinz waren solche Begegnungen rar und deshalb erstaunlich. Ein seltsames Heimatempfinden machte sich in diesen Augenblicken jedes Mal breit in ihr, ein kleiner Stich, ein Hauch von Rührseligkeit, eine Erinnerung daran, wo sie herkam. Dieses Gefühl der Zusammengehörigkeit erlebte sie nur in diesen Momenten, wenn sie der Heimat in der Fremde begegnete, und weniger, wenn sie tatsächlich dort war, in der Heimat, in der sie sich fremd fühlte.

»Nehmen Sie Platz«, sagte der Schulleiter und ließ sich ihr gegenüber in einen riesigen schwarzen Schreibtischstuhl fallen, in dem er beinah wie ein kleiner Junge wirkte, der Chef spielte. Die hagere Sekretärin stellte den Kaffee auf einem Tablett auf dem Tisch ab und schloss dann die Tür.

Ulrike räusperte sich. »Sie haben schon gehört, was passiert ist, vermute ich?«

Sie beobachtete, wie Schneider den Kaffee ausschenkte, die Tasse vor ihr abstellte und dabei besorgt die Stirn in Falten zog. »Ja, ich habe davon gehört. Das gesamte Kollegium und unsere Schüler sind informiert. Es wurde in der Früh schon eine Morgenandacht abgehalten für Herrn Berger. Ein sehr geschätzter Kollege.«

»Was können Sie mir über ihn sagen? Was für ein Mann war er?«

Schneider ließ sich in seinen enorm großen Schreibtischstuhl zurücksinken und verschränkte die Arme vor der Brust. »Er war ein guter Lehrer, er war gern Lehrer. Hat sich immer was einfallen lassen, hatte jeden Schüler im Blick, seine Stärken und Schwächen. Die Kinder … Die waren ihm immer am wichtigsten.« Er seufzte und faltete die Hände vor sich wie zum Gebet. »Es war für uns alle eine sehr große Überraschung, als er plötzlich nicht mehr wollte.«

Ulrike trank einen Schluck Kaffee. Gut und stark hatte die Hagere ihn gekocht. »Sie wissen nicht, warum?«

»Nein«, sagte Schneider und schüttelte geistesabwesend den Kopf. »Das kann ich mir ganz und gar nicht erklären.« Er wirkte aufrichtig. »Man muss sagen, dass er zwischenzeitlich sehr niedergeschlagen war, nach dem Tod von Ingrid. Aber ich hatte das Gefühl, gerade in der Zeit vor seiner Kündigung, dass er sich wieder gut im Griff hatte, dass er richtiggehend aufgeblüht war.«

»Herr Schneider, wir haben Anlass, davon auszugehen, dass es durchaus einen Grund für diesen Stimmungswechsel gab. Wir haben davon gehört, dass Herr Berger ein Verhältnis mit einer Schülerin hatte, die im Jahr seiner Kündigung Abitur hier am Gymnasium gemacht hat.«

Schneider neigte den Kopf zur Seite, er schien zu überlegen.

»Ach, diese Geschichte … Ich will nichts Falsches sagen …
Einen Moment bitte.« Dann stand er auf und ging durch die
Tür zum Sekretariat. »Petra? Weißt du, ob Paul noch im Haus
ist? Kannst du mal im Lehrerzimmer durchklingeln lassen?«

Einen Augenblick später hörte man Petras quäkende Sing-
stimme dumpf durch die leicht geöffnete Tür. Paul war offenbar noch im Haus und stand schon wenige Minuten später
im Sekretariat. Er war groß gewachsen, hatte einen sauberen
Seitenscheitel, graues Haar und eine randlose Brille auf der
Nase.

»Paul, das ist Frau Kork. Sie ist Kriminalkommissarin und
ermittelt im Fall von Leonard.«

Paul reichte Ulrike die Hand und folgte ihnen dann in das
kleine Büro.

»Paul Heinzen war ein Kollege von Herrn Berger«, erklärte
Schneider. »Die beiden haben lange und eng zusammengearbeitet.«

»Worum geht es denn?«, fragte Heinzen und setzte sich auf
den Stuhl neben ihrem. Ulrike musterte den geradlinig wir-
kenden Mann neben ihr und riet, dass er Deutsch oder Latein
unterrichtete.

»Diese Geschichte, Paul, diese dumme Geschichte, die rum-
ging«, begann Schneider vorsichtig. »Dass der Leonard ein
Verhältnis hatte mit …«

»Mit Tanja Grass«, vollendete Paul Heinzen den Satz barsch.
Ulrike stutzte. »Was können Sie mir darüber sagen?«

Paul blickte sie unvermittelt an, seine Direktheit hatte etwas
Unangenehmes. »Tanja hat letztes Jahr bei uns Abitur gemacht.
Sie hatte Biologie Leistungskurs bei Leonard. Sie hat ihm ab
und an geholfen, kleinere Forschungsprojekte für die fünfte
Klasse zu organisieren. Die beiden haben sich ineinander ver-
guckt, da war sie noch siebzehn. Er ist aber erst ein Verhältnis
mit ihr eingegangen, als sie volljährig war. Als sie kurz danach
Abitur gemacht hat, wollten sie zusammen neu anfangen. Er
hat deswegen gekündigt.«

»Wussten noch andere davon?«

»Ich glaube nicht. Leonard und ich waren nicht eng befreundet, aber er wollte jemandem davon erzählen. Das Ganze war vertraulich. Irgendwie hat dann aber doch jemand was mitbekommen, es wurde getratscht. Die große Runde hat das aber komischerweise nicht gemacht.«

»Was wurde aus dieser Geschichte?«

Paul sah aus dem Fenster. »Ich weiß es nicht. Ich habe nichts mehr von ihr gehört und von ihm auch nicht. Bis gestern.« Er fixierte gedankenverloren einen Punkt auf der Scheibe. »Gibt es noch weitere Fragen?«

Ulrike schüttelte den Kopf.

»Danke, Paul«, sagte Schneider.

Heinzen stand auf, murmelte eine schnelle Verabschiedung und verließ dann wie ein Zinnsoldat strammen Schrittes das Büro.

»Ich brauche den Kontakt von Tanja Grass, von ihren Eltern.«

Schneider nickte und ging aus dem Raum. »Petra!«

Ulrikes zweiter Mann Harald, genannt Harry, war fünfzehn Jahre älter als sie gewesen. Ein Kollege aus dem LKA, mit dem sie zuvor eng zusammengearbeitet hatte. Die Faszination für ältere Männer konnte sie gut nachvollziehen, doch bei Tanja und Leonard lag der Altersunterschied bei fast vierzig Jahren. Wie hatte diese Beziehung funktioniert, in der einer alles erlebt und gefühlt hatte und die andere noch so wenig? Welche Verbindung hatte zwischen ihnen bestanden?

Nachdem sie von Petra die Kontaktdaten der Familie Grass bekommen hatte, reichte sie Schneider zum Abschied die Hand.

»Melden Sie sich, falls Sie noch Fragen haben. Ich wünsche Ihnen viel Erfolg«, sagte dieser und lächelte freundlich.

Gerade wollte sie das Sekretariat verlassen, da vernahm sie die quäkende Stimme von Petra hinter sich. »NRW?«, fragte sie.

»Recklinghausen«, antwortete Ulrike.

»Düren«, sagte die Hagere, und sie nickten sich verschworen zum Abschied zu.

Als Ulrike im Auto saß, wählte sie die Nummer, die auf dem Zettel stand.

»Ja?«, tönte eine schroffe Stimme.

»Herr Grass?«

»Wer will das wissen?«

»Kork, Kriminalpolizei Regensburg. Ich hätte gern mit Ihrer Tochter Tanja gesprochen.«

»Worum geht es?« Seine Worte stolperten, die Stimme hatte einen krächzenden Unterton. Ulrike vermutete, dass er schwer alkoholisiert war.

»Herr Grass, ich muss mit Ihrer Tochter in einer vertraulichen Angelegenheit sprechen.«

»Dann rufen Sie woanders an. Bei diesem Perversling zum Beispiel.«

»Herr Grass, wissen Sie, wo Ihre Tochter ist?«

»Ich hab meine Tochter seit zwei Jahren nicht mehr gesehen. Sagen Sie mir Bescheid, wenn Sie sie gefunden haben. Und wenn Sie sie haben, dann machen Sie Ihren gottverdammten Job und sperren Sie diesen Pädophilen weg.«

Es klickte in der Leitung.

***

Hallo du,
ich muss ein bisschen vorsichtig sein, deswegen kann ich nicht mehr so oft schreiben. Aber ich bin immer noch hier, hörst du? Ganz in deiner Nähe. Ich hab so oft an dich gedacht, du machst mich ganz verrückt, weißt du das eigentlich? Bald wird alles anders. Ich hab schon einen Plan. Du musst nur warten, bald verrat ich ihn dir. Und dann können wir zusammen sein, weil dann bin ich endlich frei. Ich denk an dich. Jede Sekunde.
X.

7

Die Sonne strahlte genau wie gestern und hatte an diesem Mittag bereits jeden Winkel des Besprechungszimmers aufgeheizt. Sie waren zu fünft, neben Yusuf und ihr bestand die neu gebildete Sonderkommission nur aus drei weiteren Beamten, die rund um die Uhr mit der Aufklärung des Falles beschäftigt waren. Der Gedanke verursachte Ulrike Übelkeit. Alle Hebel waren in Bewegung gesetzt worden, um Tanja Grass ausfindig zu machen. Man hatte ihre Freundinnen aus Schulzeiten und ihre Lehrer befragt, und man hatte ihre Mutter in einer kleinen Mietwohnung in der Nürnberger Südstadt ausfindig gemacht.

»Zugedröhnt bis in die Haarspitzen«, war die Rückmeldung der Beamten gewesen, die Frau Grass aufgesucht hatten. Konnte man dem Bericht Glauben schenken, hatte es einiger subtiler Hilfestellungen bedurft, sie an die Existenz ihrer Tochter zu erinnern. Doch auch danach war nicht viel aus ihr herauszubekommen gewesen. Seit ihr das Sorgerecht nach der Scheidung des Ehepaars Grass vor zehn Jahren entzogen worden war, hatte sich der Kontakt zwischen Mutter und Tochter auf ein absolutes Minimum beschränkt.

Auch sonst hatte Tanja wenig Aufsehen erregt. So schilderte es Franka Brandl während der Besprechung. Sie hatte den ganzen Vormittag am Telefon verbracht. »Keiner ihrer Mitschüler hatte wirklich was mit ihr zu tun. Sie war manchmal dabei, irgendwie hat sie wohl niemanden gestört, nettes Mädchen anscheinend, aber sehr still, extrem schüchtern. Keines von den Mädels, mit denen ich gesprochen habe, wusste, dass es einen Mann in ihrem Leben gab. Generell konnte niemand etwas Konkretes über sie sagen, außer, dass sie gut in der Schule war und dass ihr Elternhaus wohl nicht unproblematisch gewesen ist.« Franka zuckte mit den Schultern. »Sonst absolut gar nichts.«

»Keine beste Freundin? Keine enge Vertraute?«

»Eine engere Freundin ist, laut den Mitschülerinnen, Jennifer Hellwig. Wohnhaft in Nürnberg. Ich habe sie bisher noch nicht erreicht. Da bleibe ich dran.«

Ulrike betrachtete die Kopie des Passfotos, das sie von Tanjas Mutter erhalten hatte. Tanja war keine typische Schönheit. Und dennoch lag etwas in ihrem Blick, das einen fesselte und zweimal hinschauen ließ. Das braune, glatte Haar hing über ihrer Schulter, die Augen waren mandelförmig und groß, sie hatte auffallend hohe Wangenknochen und schmale Lippen, auf denen ein seltsames Lächeln lag.

Wo bist du?, dachte Ulrike und ließ alle möglichen Szenarien in ihrem Kopf wie einen Schnellfilm ablaufen: nichts ahnend, untergetaucht, entführt, tot. Selbst wenn sie in Nebeleck gewesen war, es gab keine Spur, sie hatte nichts zurückgelassen. Tanja war ein Phantom. Ulrike stellte sich das geisterhafte Wesen auf dem verlassenen Hof vor und hatte für einen Augenblick den absurden Gedanken, dass sie immer noch dort war, in einer Ecke stehend, auf einem Stuhl sitzend und sich über all den Trubel wundernd. Vielleicht hatte man sie einfach übersehen.

»Ich möchte, dass heute noch eine Fahndung herausgegeben wird. Wir müssen sie so schnell wie möglich finden.«

»Ich kümmere mich darum«, sagte Yusuf und machte eilig eine Notiz auf seinem Block.

»Und in Schwanghaus ist auch nichts herausgekommen?« Ulrike blätterte durch den Bericht, den Yusuf ihr gestern übergeben hatte. »Wer hat die Befragungen durchgeführt?«

Die beiden anderen Beamten, die neben Franka und Yusuf im Raum saßen, hoben simultan die Hände, der eine räusperte sich. Sein Name war Stefan Brunner. Ulrike hatte sich das markante Gesicht schon eingeprägt, seine Augen hatten unterschiedliche Farben, das eine tiefbraun, das andere eisblau.

»Wir haben immer nur dasselbe gehört«, berichtete Brunner. »Berger war ein Perverser, ein Trinker, Kauz aus der Stadt.

Anscheinend konnte keiner was mit ihm anfangen oder wollte was mit ihm zu tun haben.«

»Man muss dazu sagen, dass viel davon der übliche Klatsch war«, sagte der zweite Polizist, ein etwas untersetzter Blonder mit rotem Gesicht. »Irgendeine Sau wird ja immer durchs Dorf getrieben.«

»Ich frage mich, woher dieser Unmut kommt«, überlegte Ulrike laut. »Wenn keiner was mit ihm zu tun haben wollte, woher stammen dann all diese Geschichten?«

»Das haben wir auch gefragt. Und auch das wusste niemand so genau«, sagte der Untersetzte, dessen Namen Ulrike vergessen hatte.

»Es kann natürlich auch sein, dass sie sich dazu einfach nicht äußern wollten«, fügte Stefan Brunner hinzu.

Ulrike schaute zu Franka. »Deine Cousine, die hat auf diese Frage ganz ähnlich reagiert. Sie hat auch gesagt, dass sie nichts über den Ursprung dieser Gerüchte wüsste.«

Franka schien nachzudenken und nickte dann vorsichtig. »Das stimmt«, gab sie leise zurück.

Es wurde still, Ulrike seufzte. »Wir kommen nicht weiter, solange Tanja Grass verschwunden bleibt. Wir müssen sie finden. So schnell wie möglich!«, wiederholte sie und erklärte damit die Besprechung für beendet. Stühle wurden verschoben, Zettel raschelnd zusammengelegt. Die Tür wurde geöffnet, und bald war Ulrike ganz allein. Der Geruch von frisch aufgebrühtem Kaffee drang ihr in die Nase. In Gedanken versunken drückte sie auf dem Knopf ihres Kugelschreibers herum und legte die Stirn in Falten. Sie hatte das Gefühl, ihr würde die Zeit davonlaufen. Tag drei, und sie hatten nichts außer einem ausgebüxten Teenager und ein paar fiesen Gerüchten. Sie atmete tief durch, dann schlug sie ihren Block auf, blickte auf die erste Seite und die großen schwarzen Buchstaben. *SCHWANGHAUS.*

Jemand klopfte am Türrahmen. »Frau Kork?«, vernahm sie die Stimme von Stefan Brunner, der vorsichtig in den Raum linste.

»Ulrike«, erinnerte sie ihn freundlich an das vor der Besprechung angebotene Du. »Komm rein.«

Er räusperte sich. »Ich weiß nicht, ob mein Gefühl mich trügt, aber es gab da etwas, das mir aufgefallen ist. Vielleicht ist es nicht wichtig, aber ich wollte es trotzdem loswerden.«

»Was?«, fragte Ulrike ungeduldig.

»Wir waren im Drosselweg 28, wo Matthias König wohnt. Ich hatte einmal mit ihm zu tun, deswegen war er mir gegenüber recht freundlich und auch aufgeschlossen. Hat mich wie einen alten Bekannten behandelt.«

»Die Schlägerei auf dem Stadtfest?«

Stefan nickte. »Ja, auch wenn er natürlich der volle Prolet ist, haben wir uns damals ganz gut verstanden. Gestern, als wir da waren, da stand er im Garten und hat gearbeitet. Wir haben nach Herrn Berger gefragt, und er hat das Gleiche erzählt, was alle gesagt haben: Kennt er nicht, weiß er nichts von, hat nur gehört, dass der wohl ein Perverser ist, das Übliche.«

»Und was dann?«

»Wir haben uns nach Tanja erkundigt, und da …« Stefan Brunner zögerte für einen Augenblick. »Als wir den Namen gesagt haben, da hatte ich das Gefühl, da ist ihm ganz kurz seine Mimik entglitten. Nur für einen Moment.«

»Du meinst, dass er etwas wissen könnte?«

»Ich meine gar nichts«, sagte Brunner. »Ich hab es nur registriert. Das kam mir komisch vor.«

Ulrike nickte. »Danke. Gut beobachtet.«

Stefan Brunner verließ den Raum, und Ulrike sah wieder auf ihren Zettel. Gedankenverloren kritzelte sie Tanjas Namen auf das Papier. »Wo bist du, in Gottes Namen?«, wisperte sie.

***

Sie stand am Rande der Lichtung, völlig bewegungslos, und hielt den Atem an, während sie das einzigartige Naturschauspiel betrachtete, das sich ihr bot. Sie wusste nicht, wie oft sie schon Zeugin dieses Phänomens geworden war, aber es war ein Ritual gewesen. Fast jeden Morgen, wenn die Bedingungen stimmten, war sie aufgestanden, hatte sich einen Tee gemacht, war durch das hohe, feuchte Gras hier an genau diese Stelle gelaufen und hatte beobachtet, wie der Hof langsam hinter dem dampfenden Nebel verschwand.

Wenn die Sonne durch die Baumwipfel drang, legte sich der Nebel, und die feinen Tropfen in der Luft und auf dem Gras und den Ästen reflektierten das Licht und glitzerten in der kühlen Morgensonne. Es gab immer diesen kurzen Augenblick, den sie besonders liebte, wenn der Nebel gerade über dem Gras war und in dunstigen Schwaden nach oben stieg. Dann sah es so aus, als befände sie sich auf einer Wolke. Der Hof war von Sümpfen umgeben, hatte Leonard ihr am Anfang mal erklärt, als er noch mitgekommen war. Damals, als alles noch gut gewesen war.

»Du bist nicht wie die anderen, Elfe«, hatte er früher oft gesagt, »du lässt mich nie allein, richtig, Elfe?«

Sie hatte den Kopf geschüttelt und sich dann ganz tief zwischen seinen warmen Armen vergraben. Sie hatte gelogen.

Jetzt war alles anders. Der Nebel, der einst so mystisch um das Haus gekrochen war, wirkte an diesem Morgen bedrohlich, wie eine schwere Decke, unter der alles begraben lag. Ein Schauer lief ihr über den Rücken. Sie dachte an Leonard, seinen verkrümmten Körper, all das Blut. Sie war zurückgekehrt an jenem Morgen, aber es war zu spät gewesen. Sie hatte Theo im Zwinger gesehen, Leonard hätte ihn normalerweise um diese Uhrzeit schon rausgelassen und gefüttert gehabt. Tief in ihrem Inneren hatte sie da schon gewusst, dass sie zu spät gekommen war, und gleichzeitig nicht ganz aufgehört zu hoffen, dass es doch noch eine Chance gab, ihn zu retten.

Es war alles ihre Schuld gewesen, sie hätte nur etwas geduldiger mit ihm sein müssen, sie hätte warten müssen, bis sich alles wieder beruhigte, so wie Leonard es ihr immer gesagt hatte. Aber es war alles immer schlimmer geworden, und sie hatte Angst gehabt.

Sie schluchzte auf, ließ sich auf den feuchten Boden sinken

und steckte den Kopf zwischen die Knie. Nein, es war nicht allein ihre Schuld gewesen, dachte sie dann.

»Elfe, geh nicht ins Dorf«, hatte er einmal zu ihr gesagt. Er war tief in der Nacht nach Hause gekommen, seine Stimme war brüchig vom Alkohol. »Das sind Schlangen im Dorf. Und wenn du nicht aufpasst, dann schnappen sie zu, und dann fressen sie dich auf mit Haut und Haaren.«

8

Es war nach sieben, und Ulrike saß wieder an ihrem Schreibtisch am Fenster, von dem sie auf die Kreuzung blicken konnte. Der Untersetzte, sein Name war Dominik Stöckl, steckte gerade seine Brotzeitbox in seine Tasche und war auf dem Weg nach draußen. »Schönen Feierabend«, sagte er, und Ulrike winkte ihm kurz zu, ohne aufzublicken.

Franka Brandl saß ihr mit müden Augen gegenüber. Es hatte viel zu lang gedauert, von der Telefongesellschaft die Liste der von Bergers Handy und seinem Festnetzanschluss aus- und eingegangenen Anrufe zu erhalten. Franka arbeitete sich chronologisch von vorn nach hinten durch, markierte bekannte und unbekannte Nummern und ordnete die nicht bekannten Nummern Telefonanschlüssen zu. So würde sich nicht nur ein ganzheitliches Bild der Personen ergeben, mit denen Berger in den letzten Monaten Kontakt gehabt hatte, man könnte vielleicht sogar per Ausschlussverfahren Tanja ausfindig machen. Bislang war es nicht möglich gewesen, sie zu lokalisieren. Weder die Nummer, die sie von der Schule bekommen hatten, noch eine aktuellere, die Tanjas Vater durchgegeben hatte, waren noch auf sie angemeldet. Entweder hatte sie mittlerweile einen neuen Vertrag mit neuer Nummer oder ein Prepaid-Handy. Es schien so, als wollte sie nicht gefunden werden.

Franka stöhnte auf. Ulrike wusste, dass es eine nervenzehrende Arbeit war, die viel Geduld und Konzentration erforderte. »Kaffee?«, fragte sie, und Franka nickte erschöpft.

Ulrike stand von ihrem Stapel Papier auf. Man hatte bereits angefangen, Bergers Dokumente zu sortieren und sich einen Überblick zu verschaffen, womit er sich in den letzten, einsamen Monaten seines Lebens beschäftigt hatte. Der überwältigende Teil seiner beeindruckenden Sammlung war nichtssagend, Rechnungen lagen zwischen Kaufverträgen und Quittungen, Einkaufslisten und Zetteln, auf die Namen, Nummern,

Skizzen oder kurze Notizen gekritzelt und die dann aus einem Spiralblock ausgerissen worden waren. Viele Briefe, in erster Linie Rechnungen, waren über Monate nicht geöffnet worden. Bislang schien alles bedeutungslos für die Ermittlung. All der Wust, die völlige Unwilligkeit, wichtige Papiere zu sortieren, und gleichzeitig seine Angewohnheit, jede noch so gewöhnliche Notiz aufzuheben, verfestigten in Ulrike die Vorstellung von Leonard Berger als einem Mann, der die Kontrolle über sein Leben verloren hatte und diesen Kontrollverlust beinah zur Schau stellte.

Das Horten von Papierkram schien ein Prozess gewesen zu sein, der sich in kurzer Zeit verschlimmert hatte. Anfangs hatte Berger die Sachen noch gelocht und in Ordner eingeheftet, auch da jedoch ohne Logik oder Organisation. Die beschrifteten Ordner quollen irgendwann über, und so gab er offenbar sein zweifelhaftes System auf und warf alles einfach so in die Kartons, die neben seinem Schreibtisch gestanden hatten.

Nachdem Ulrike mit zwei vollen Tassen Kaffee zurückgekehrt war und wieder an ihrem Platz saß, drehte sie einen karierten Zettel um, der achtlos aus einem Block ausgerissen war. Es war einer der Zettel, auf denen Leonard Berger mit dem Kugelschreiber herumgekritzelt hatte. Eine seltsame Zeichnung, wie manche sie anfertigten, während sie telefonierten oder gelangweilt herumsaßen – davon gab es zahllose.

»Zum Verrücktwerden«, sagte sie und hob den Zettel hoch, sodass Franka das Gekritzel betrachten konnte. »Was soll das sein, eine Fee oder eine Elfe?«

Franka schüttelte den Kopf. »Ich hab keine Ahnung.«

Ulrike musste ganz plötzlich an Anneliese Meier denken, eine Frau, die sie vor ein paar Jahren tot in ihrer Wohnung aufgefunden hatten. Die alte Dame hatte alles aufgehoben, was ihr zwischen die Finger gekommen war. Anders als bei den Messie-Haushalten, die man aus dem Fernsehen kannte, hatte ihr Chaos jedoch ein beeindruckendes System gehabt. Deckel von Flaschen lagen in einem riesigen Korb in der Küche, nach Farbe und Größe sortiert, Puppen im Wohnzimmer reihten sich akkurat an alte Kuscheltiere auf dem Sofa, Teller, Tassen, kaputte Elektrogeräte, Bücher, Hefte, Taschen und Kleidung, alles hatte seinen Platz, alles war aufgeräumt. Die Gänge, die durch die zugestellten Räume führten, waren schmal und von Zeitungsstapeln gesäumt.

Und zwischen all diesem Müll, all ihren Schätzen, saß Anneliese Meier in einem Schaukelstuhl, halb skelettiert, friedlich entschlafen, hinter den dicken Mauern ihrer dunklen Erdgeschosswohnung mitten im Universitätsviertel in Schwabing. Niemand hatte etwas geahnt, die Nachbarn hatten sie als freundliche ältere Dame wahrgenommen, und doch war keinem aufgefallen, dass sie plötzlich nicht mehr da war. Sammeln gegen die Einsamkeit, so hatte man es sich damals erklärt. Es machte Sinn, dass man sich vergrub, wenn man das Gefühl, allein zu sein, nicht mehr ertragen konnte.

Als Ulrike hier nun vor dem Papierchaos von Leonard Berger saß, kam es ihr hingegen plötzlich so vor, als hätte er sein Leben dokumentieren wollen. Als hätte er Zeugnis ablegen wollen, dass er existiert hatte, hier auf all diesen Zetteln. Vielleicht hatte auch Anneliese Meier gesammelt, um nicht in Vergessenheit zu geraten und um sich nicht selbst zu vergessen.

Zwischen all den Belanglosigkeiten fiel Ulrike plötzlich der mehrere Seiten lange, abgegriffene Kaufvertrag für den Hof in die Hände. Der Kauf war durch eine Immobilienverwaltung in Nürnberg abgewickelt worden, nachdem Berger online auf das Objekt aufmerksam geworden war. Den Namen des ehemaligen Besitzers von Nebeleck las Ulrike gerade das erste Mal. Sie stockte.

»Peter König«, murmelte sie. Dann tippte sie den Namen in die Suchmaschine ein. Es bedurfte keiner langen Recherche, um den in Schwanghaus lebenden Peter König ausfindig zu machen. Zahlreiche Zeitungsartikel mit seinem Namen ließen sich online finden. Peter König war der Arzt im Ort, hatte seit letztem Jahr einen Sitz im Gemeinderat und darüber hinaus offenbar eine ganz generelle Freude daran, sein Gesicht in eine Zeitungskamera zu halten. »Gemeinderat eröffnet lokale Fußballsaison«, war der Titel eines Artikels, den ein Foto Königs zierte. Er trug einen Janker, hatte dunkles, grau meliertes Haar, ein strahlendes Lächeln und grüne Augen. Ein nicht unattraktiver Mann um die fünfzig, der freundlich, engagiert und offenherzig wirkte.

Es war nicht unwahrscheinlich, dass Peter König mit Matthias König verwandt war, dem neugierigen Nachbarn mit dem renovierten Holzhaus im Drosselweg, der schon wegen der Schlägerei auf dem Stadtfest im letzten Jahr zu unrühmlicher Prominenz gelangt war. Eine weitere Recherche im Online-Telefonbuch bestätigte: In Schwanghaus gab es mehrere Königs. Ulrike kritzelte den Namen und die Adresse auf einen Block und blätterte ein weiteres Mal den Kaufvertrag durch, als ihr eine kleine Notiz ins Auge fiel. Das Wort »Gutachten«, mit einem Fragezeichen versehen, stand in einer unteren Ecke.

»Was hast du eben gesagt?«, fragte Franka Brandl plötzlich.

»Wann?«

»Eben. Da hast du einen Namen gesagt. König?«

»Peter König. Was ist mit ihm?«, fragte Ulrike.

»Berger hat ihn einige Male angerufen in den letzten Wochen. So wie es aussieht, vor allem nachts.«

Es war eine spontane Entscheidung gewesen, nach Schwanghaus zu fahren, das Gefühl, ihr würde die Zeit davonlaufen, ließ Ulrike nicht los. Sie hatten zu wenige Hinweise, zu wenige Spuren, zu wenige Ressourcen und viel zu wenig Personal. Es war jetzt zehn Uhr abends, und statt Müdigkeit verspürte Ulrike den Drang, irgendwie weiterzukommen, egal wie. Die Rastlosigkeit, die seit Beginn der Ermittlungen ihr ständiger Begleiter gewesen war, trieb sie auch dieses Mal unerbittlich an. Gleichzeitig war sie mittlerweile fest überzeugt, dass sie den Faden hier aufnehmen musste, hier in Schwanghaus.

Franka Brandl war nach Hause gefahren, und da Ulrike sich nach wie vor weigerte, die einstündige Fahrt nach Regensburg auf sich zu nehmen, um in ihre leere Wohnung zurückzukehren, sah es ohnehin nach einer Nacht im Auto oder auf der schwarzen Couch in Yusufs Büro aus. Sie hatte es nicht eilig, ins Bett zu kommen. Und so führte ihre nächtliche Spazierfahrt sie als Erstes zum Haus von Peter König, das sich in einem etwas abgelegeneren Ortsteil von Schwanghaus an einem bewaldeten Hang befand.

Als ihr Wagen davor zum Stehen kam, staunte sie nicht schlecht. Ein Neubaupalast baute sich in der Dunkelheit vor ihr auf. Gläserne Fronten, weiß verputzte Wände, ein gepflegter Vorgarten, gestutzte Buchsbäume. Irgendwo brannte noch Licht in dem gläsernen Gebäude. Durch die riesige Fensterfront im Erdgeschoss konnte Ulrike die Silhouette einer Frau erkennen, die sich langsam durch die Wohnung bewegte. Sie blieb für einige Augenblicke am Fenster stehen, dann drehte sie sich ruckartig um. Das Licht ging aus. Jetzt war es völlig dunkel.

Ulrike legte den Rückwärtsgang ein und fuhr über die Hangstraße zurück in den Ort. Hinter verschlossenen Gardinen brannte Licht, irgendwo wurde krachend ein Rollladen heruntergelassen. Es war totenstill, der Ortskern war wie ausgestorben. In Schrittgeschwindigkeit fuhr sie die Hauptstraße entlang und parkte schließlich auf dem bekiesten Hof des Gasthauses. Der Einfall kam plötzlich, völlig unvermittelt. »Zum Boschuoster« stand in riesigen Lettern über der Tür. Unter dem leuchtenden Gansbräu-Schild hing ein zweites, das leicht im Ostwind hin und her baumelte: »Zimmer frei«. Auch im Inneren brannte noch Licht.

Als sie ausstieg, hörte sie leise Musik und Stimmen. Hinter den bräunlich-grünen Bleiglasfenstern waren einige Gestalten auszumachen, die an der Bar am Tresen lehnten. Sie öffnete die Tür und trat in den verrauchten Gastraum. Zehn Gesichter drehten sich simultan zu ihr um. Aus den Lautsprechern tönte leiser akustischer Blues. »Wir haben schon geschlossen!«, rief ihr jemand schroff entgegen. Der blaue Zigarettennebel raubte ihr den Atem, und erst als sie sich durch den Rauch weiter zur Bar vorgearbeitet hatte, konnte sie die Gesichter der Männer erkennen, die sie schweigend beobachteten. Matthias König stand am äußersten Ende der Bar, eine Zigarette in der Hand. Peter König war auch mit von der Partie.

Ulrike stellte sich neben sie, winkte dem Barkeeper hinter dem Tresen zu und versuchte sich währenddessen ihre Nervosität nicht anmerken zu lassen. Sie zückte ihren Dienstausweis und hielt ihn gut sichtbar nach oben.

»Kripo Regensburg, Ulrike Kork. Auch wenn schon geschlossen ist, ich hätt gern 'nen Willi«, sagte sie. »Und das freie Zimmer.«

Als der Schnaps vor ihr stand, hob sie das Glas und nickte den immer noch schweigenden Männern zu. »Prost, die Herren.«

9

Als die ersten Sonnenstrahlen durch die halb geschlossenen Jalousien in das kleine Zimmer fielen, öffnete Ulrike die Augen. Sie brauchte einen Moment, um sich darüber klar zu werden, wo sie sich befand und was passiert war. Trotz der brettharten Matratze fühlte sie sich ausgeruht. Das erste Mal in drei Tagen hatte sie wieder in einem richtigen Bett geschlafen. Sie blickte auf ihr Handy. Es war sechs Uhr siebenundzwanzig. In drei Minuten hätte ihr Wecker geklingelt.

Sie öffnete eine Textnachricht ihrer Schwester, die vor wenigen Minuten abgesendet worden war: *KANNST DU DICH MAL BITTE ENDLICH MELDEN??????* Sie sah Silke fast vor sich, wie sie ungehalten auf ihrem Handy herumtippte und den dunklen Lockenkopf verärgert schüttelte. Ulrike war fast versucht, die Nachricht zu löschen, stattdessen gab sie eine schnelle Antwort ein: *Melde mich im Laufe der Woche, alles gut. Viel zu tun. Grüße.* Nicht jetzt, nicht heute, dachte sie, legte das Gerät zurück auf den Nachtschrank, zog die Jalousien nach oben und öffnete das Fenster. Ein paar Autos rauschten in der Morgensonne durch das Dorf, auf der anderen Straßenseite sah sie einen älteren Herrn, der mit seinem Hund spazieren ging. Ulrike ließ sich zurück auf die Bettkante sinken und rieb sich den Schlaf aus den Augen.

Das Zimmer war klein, es hatte kaum fünfzehn Quadratmeter. Neben dem schmalen Bett, einem Nachtkästchen mit einer Bibel und einem Sessel stand noch ein etwas in die Jahre gekommener Schrank aus billigem Furnier in der Ecke. Es roch muffig, es musste Monate her sein, seit das letzte Mal jemand hier drin übernachtet hatte. Der Barkeeper mit den Ohrringen, der sich als Besitzer des Gasthauses herausgestellt hatte, hatte seine Schwester anrufen müssen, damit sie das Zimmer herrichtete. Wortlos hatte Ulrike dann beobachtet, wie die dicke Frau mit den blond gefärbten Haaren und dem dunkelbraunen Ansatz das Bett bezogen hatte. »Sie hain ja a Bscheid gem kinna«, hatte sie irgendwann in breitem Dialekt gebellt, während sie sich schnaufend vorlehnte, um die Matratze mit dem Spannbettlaken zu überziehen.

»Ja, das hätte ich natürlich«, hatte Ulrike kühl erwidert und sich im nächsten Moment schlagartig an etwas erinnert gefühlt, was Harry einmal zu ihr gesagt hatte, ihr zweiter Mann: »Du wirst irgendwann persönlich, Ulli. Das ist deine größte Schwäche als Polizistin.«

Ulrike hatte mit Harry zusammengearbeitet, er war ein Kollege, ein Mentor gewesen, und dann irgendwann mehr. Heute dachte Ulrike, dass sie wohl Bewunderung mit Zuneigung verwechselt hatte und Freundschaft mit Liebe. Die Ehe war zum Scheitern verurteilt, da hatte sie noch nicht einmal begonnen. Als sie nun an Harrys Worte dachte, wünschte sie sich, sie hätte es nie so weit kommen lassen. Vielleicht könnte sie ihn dann jetzt anrufen und ihn fragen, was er tun würde. Doch das war so oder so unmöglich.

Es war nicht das erste Mal, dass sie es vermisste, ihn nach seiner Meinung fragen zu können. Er kannte sie wie niemand sonst, und er hatte recht. Sie war persönlich geworden, nicht nur der Dicken mit den schlecht gefärbten Haaren, sondern dem ganzen Dorf gegenüber. Indem sie hierhergekommen war, hatte sie sich in einem Maße persönlich eingebracht, das man durchaus als unprofessionell bezeichnen konnte. Gleichzeitig war sie immer noch der festen Überzeugung, dass der Schritt gerechtfertigt gewesen war. Berger schien zwar ein Einzelgänger gewesen zu sein, doch er war dennoch im Dorf seltsam präsent, ein unbeliebter Außenseiter, zu dem jeder eine feste Meinung hatte. Ein Dorf, eine Gemeinschaft wie diese, hatte etwas Undurchdringbares. Nun war sie mittendrin, gleich hier im Gasthaus, im zentralen Nervensystem von Schwanghaus.

Ulrike ging über eine knarzende Holztreppe nach unten, sie hörte Musik aus dem Gastraum.

»Morgen«, begrüßte sie der Wirt mit den Ohrringen freundlich und lächelte sie an. Er hatte die Fenster geöffnet und war nun dabei, die Tische mit einem feuchten Lappen abzuwischen. »Ich war so frei«, sagte er dann und deutete auf einen Tisch in der Ecke, auf dem ein kleines Frühstück angerichtet war. Wurst, Käse, ein paar Essiggurken, ein kleines Plastikschälchen Honig, etwas Butter und drei Scheiben Graubrot. »Wie trinken Sie Ihren Kaffee?«

»Schwarz«, antwortete Ulrike geistesabwesend.

»Gut geschlafen?«, fragte er, nachdem er an den Tisch zurückgekehrt war, und füllte die weiße Tasse vor ihr aus einem Filterkaffeekännchen.

»Ja«, antwortete sie.

»Das freut mich. Hatten lang keinen Gast mehr hier im Zimmer.« Er lachte scheppernd. »Wenn Sie was brauchen, melden Sie sich«, fügte er dann hinzu und zog sich vom Tisch zurück. Wie er so sprach, gelang es Ulrike zum ersten Mal, den leichten Einschlag in seinem Dialekt zuzuordnen, der ihr in den letzten Tagen schon häufig aufgefallen war.

»Sie fränkeln hier auch alle ein bisschen, oder?«, rief sie ihm grinsend hinterher.

»Sagen Sie das mal nicht zu laut, Sie sind hier immer noch in der Oberpfalz«, gab er gespielt verärgert zurück und ging vor die Tür, um sich eine Kippe anzustecken.

Ulrike beobachtete ihn durch das geöffnete Fenster. Er hatte genau wie seine Schwester blond gefärbtes Haar, das etwas zu lang war und ihm struppig über die beringten Ohren hing, und trug ebenfalls einen beachtlichen Bauch vor sich her, der sich unter einem orangefarbenen T-Shirt mit weißem Aufdruck wölbte. Ulrike schätzte, dass er um die vierzig Jahre alt sein musste. Vor der Tür führte er immer wieder die Zigarette an die Lippen, über denen ein borstiger, leicht gelblich verfärbter Schnurrbart thronte. Er ging langsam auf und ab, bemerkte Ulrikes Blick, lächelte sie an und drehte sich wieder zurück, um erneut an der heruntergebrannten Zigarette zu ziehen, bevor er sie in dem kleinen Aschenbecher neben der Tür ausdrückte.

»Entschuldigung, wie war noch mal Ihr Name?«, fragte sie

ihn, als er begleitet von einer Wolke kalten Rauchs durch die Tür zurück in den Raum kam.

»Goerschel, René«, antwortete er. Er streckte ihr die Hand entgegen. »Angenehm.«

»Das ist Ihr Lokal, richtig?«, fragte Ulrike und schob sich ein Stück Graubrot in den Mund.

Er nickte. »Ja, in der Familie seit fünf Generationen«, antwortete er nicht ohne Stolz und ließ den Blick durch den Gastraum schweifen. »Hab bisschen was verändert vor ein paar Jahren, dass es moderner wird.«

Ulrike sah sich um. Erst jetzt fiel ihr auf, wie viel Arbeit in die Renovierung des großen Gastraumes gesteckt worden sein musste. Die Wände waren frisch geweißelt, die Lampen über den Tischen bestanden aus von der Decke hängenden Geweihen, an denen Glühbirnen befestigt waren. Das Fachwerk war teilweise freigelegt und aufwendig restauriert.

»Hab ich mal im Internet gesehen«, sagte Goerschel und wies auf die Lampen. Auch die grün-braunen Bleiglasfenster waren neu hergerichtet worden, die Wände schmückten Fotografien mit Motiven aus den Fünfzigern und Sechzigern, die Tische waren abgeschliffen und neu lasiert, genau wie die dunklen Holzstühle mit dem türkisen Bezug. Ulrike dachte an ihr kleines Zimmer im ersten Stock und konnte sich vorstellen, wie der Gastraum vor der Renovierung ausgesehen haben musste: eine teure Angelegenheit.

»Viel Kundschaft hier?«

Er zuckte mit den Schultern. »Viele aus dem Ort, mehr als früher, das schon. Man muss mit der Zeit gehen. Soll familienfreundlicher sein hier, dass die jungen Leute auch mal herkommen. Nächste Woche machen wir Pubquiz.«

»War der Herr Berger auch mal hier? Leonard Berger vom Nebeleck?«, fragte sie beiläufig und meinte zu beobachten, wie Goerschel um eine Nuance blasser wurde.

»Ja, der war schon manchmal hier. Nicht oft, aber manchmal, ja.«

»Und wie war er so?«

»Ich kannte ihn nicht. Er stand immer da vorn, in der Ecke. Am Stehtisch. Wenn das Wetter gut war, auch draußen. Hat sich fünf, sechs Bier genehmigt, dann ist er wieder abgehauen.«

»Haben Sie nicht mal mit ihm geredet?«

»Nein, nein. Nein. Hatte nichts mit ihm zu tun. Keinen Kontakt. Er hat mit keinem was zu tun gehabt im Dorf.«

Ulrike musterte ihn. Sie hätte auch ohne jahrelange Erfahrung als Polizistin diese letzte Aussage als Lüge entlarven können. Seine Augen wanderten hin und her, sein Bart zuckte.

»Ach so«, sagte sie nur. »Danke für Ihre Hilfe.«

Er nickte, fischte erneut eine Kippe aus der Schachtel in seiner Hosentasche und wollte sich gerade vor die Tür zurückziehen.

»Was ist mit Peter König? Der ist auch oft hier, oder?«

Goerschels Antwort kam unvermittelt. »Stammkunde. Peter ist ein Pfundskerl, der setzt sich echt ein für Schwanghaus. Auf den lass ich nichts kommen. Gar nichts.« Er schien noch irgendetwas sagen zu wollen, schwieg stattdessen, zog die Tür auf und stellte sich mit der brennenden Zigarette zurück in die Morgensonne. Wieder beobachtete Ulrike ihn, dieses Mal hatte sein Gang etwas Unruhiges, und die Finger, die sich fest um die Zigarette gelegt hatten, schienen zu zittern.

***

Hallo du,
so sehr sehne ich mich nach dir. So sehr sehne ich mich danach, dass wir endlich zusammen sein können. Ich hab ja auch viel drüber nachgedacht. Die ganze Zeit denk ich drüber nach. Bei mir ist es nicht so einfach. Wegen ihm. Aber ich hab eine Idee, mein Liebling. Er denkt, ich weiß es nicht, was er alles gemacht hat. Aber ich weiß es. Und wenn ich's dir sag, dann können wir beide frei sein. Ich sag's dir alles, und dafür holst du mich hier raus, ja? So kann es funktionieren. Mein Leben wird sich ändern und deines auch. Nicht mehr lang.

Ich bin so aufgeregt, ich kann kaum noch schlafen.
Und ich denk an dich. Immer.
X.

10

Peter Königs Praxis befand sich in einem renovierten Fachwerkgebäude direkt gegenüber der Kirche und nur wenige Meter vom Wirtshaus entfernt. Die Streben und Balken waren gelb, die Fensterläden grün gestrichen. Vor den Fenstern blühten Geranien in Blumenkästen. Ulrike ließ sich auf einer Parkbank auf der anderen Straßenseite nieder. Sie wartete auf Yusuf.

Vor zehn Minuten hatte sie ihn angerufen und ihn gebeten, nach Schwanghaus zu kommen, um der Befragung von Peter König beizuwohnen. Alles deutete darauf hin, dass es sich bei dem Arzt um eine zentrale Figur im Ort handelte, der über einen nicht unerheblichen Einfluss verfügte. Ulrike kannte solche Männer, sie wusste, wie sie für gewöhnlich auftraten, wie sehr sie auf ihre Erscheinung bedacht waren, auf ihre Selbstdarstellung, und sie wusste, wie schwer eine vermeintliche Unwahrheit hinter dieser Maskerade zu entlarven war. Trotz aller Unstimmigkeiten, trotz der Tatsache, dass die beiden versuchten, sich nicht mehr in die Quere zu kommen: Yusuf war ein fähiger Polizist, ein aufmerksamer Beamter. Vier Augen sahen mehr als zwei, vier Ohren hörten mehr.

Ulrike steckte sich gerade ein Kaugummi in den Mund, als sie Yusufs Wagen um die Kurve biegen sah. Sie überquerte die Straße und klopfte an die Scheibe, als er vor der Praxis geparkt hatte. Er wirkte müde, seine Augen waren unterlaufen, die Mundwinkel lugten hängend unter dem Bart hervor, sein Gesicht hatte eine gräuliche Farbe. Yusuf schien, genau wie sie selbst, jemand zu sein, dem man Schlafmangel und Stress ansehen konnte.

»Lange Nacht?«, fragte sie.

»Lange Nächte«, raunte er, ohne den Blick zu heben. »Wir trennen uns gerade, da bleibt der Schlaf schon mal aus.«

Ulrike hatte mit diesem privaten Bekenntnis nicht gerechnet.

»Kenn ich«, erwiderte sie knapp, weil sie nicht wusste, was sie sonst sagen sollte.

Er schlug die Autotür hinter sich zu. »Wollen wir?«, fragte er ungehalten.

Sie nickte wortlos und öffnete dann die grün lackierte Tür des Fachwerkhauses.

Sie traten in den geschmackvoll eingerichteten Eingangsbereich der Praxis. Eine blonde Arzthelferin stand hinter einer hölzernen Empfangstheke und tippte auf einer Tastatur, während sie einen Telefonhörer zwischen Ohr und Schulter balancierte. Ihre langen Haare hatte sie zu einem Pferdeschwanz zusammengebunden, sie trug ein weißes Polohemd und eine eng anliegende weiße Jeans.

»Guten Morgen. Wie kann ich Ihnen helfen?«, fragte sie, als sie das Gespräch beendet und den Hörer aufgelegt hatte.

»Kripo Regensburg, Kork mein Name«, sagte Ulrike. »Das ist mein Kollege Yusuf Kaya. Wir hätten gern mit dem Herrn König gesprochen.«

Die Blondine blickte etwas konsterniert zwischen beiden hin und her, dann lächelte sie freundlich und studierte den Terminplaner, der aufgeschlagen vor ihr lag. »Heut ist eher schlecht, der Dr. König hat den ganzen Morgen Patienten.« Sie wies auf die gegenüberliegende Milchglastür, hinter der Ulrike die unscharfen Konturen einiger Personen ausmachen konnte. Jemand hustete.

»Es ist wichtig«, unterbrach Yusuf die Arzthelferin streng. Sie allerdings blieb unbeeindruckt, hob seelenruhig den Telefonhörer, drückte einen Knopf auf dem Apparat und lächelte die beiden dabei unentwegt an.

»Peter, da ist die Yvonne«, flötete sie. Immer noch blickte sie zwischen Yusuf und Ulrike hin und her. »Du, hier sind zwei Mitarbeiter von der Polizei –«

»Kriminalpolizei«, unterbrach Ulrike sie.

»Kriminalpolizei«, korrigierte sich die Arzthelferin, legte kurz die Hand auf die Muschel. »Sorry«, flüsterte sie. »Die würden gern mit dir sprechen …«, sagte sie wieder lauter und lauschte dann schweigend. »Ich weiß es nicht, das haben sie nicht gesagt«, gab sie auf das tiefe Gemurmel am anderen Ende der Leitung zurück. »Alles klar«, erwiderte sie schließlich und legte den Hörer auf. »Er nimmt sich kurz Zeit. Er ist gleich da vorn«, fügte sie hinzu und wies auf eine Tür am Ende des Gangs.

Königs Büro bestand aus einem weitgehend verglasten Anbau des Hauses, den man von der Straße aus nicht sehen konnte und der sich mitten im hinter dem Gebäude liegenden Garten befand. Eine Schiebetür ins Grüne war geöffnet, man hörte Vogelgezwitscher und das Plätschern eines kleinen Brunnens im Garten. Im Zentrum des Raumes stand ein riesiger Schreibtisch, die nicht verglaste Wand rechts und links neben der Eingangstür war vollständig von Regalen bedeckt, in denen Bücher neben medizinischen Exponaten, Vasen und Hängepflanzen standen. Hinter dem Schreibtisch thronte Peter König in einem weißen Kittel, mit zurückgegelten Haaren und einem ordentlich ausrasierten Dreitagebart. Er war schlank, wirkte trainiert.

»Einen Augenblick bitte«, sagte er lang gezogen, unterzeichnete mit schwungvollen Lettern ein vor ihm liegendes Blatt Papier, legte es dann beiseite und hob den Kopf. Eine Reihe strahlend weißer Zähne kam zum Vorschein. Er stand auf und reichte ihnen die Hand. »Dr. Peter König, freut mich sehr.«

Ulrike und Yusuf erwiderten den festen Händedruck und nahmen auf den Stühlen Platz, die vor dem massiven Schreibtisch standen.

»Nicht schlecht«, sagte Ulrike und ließ anerkennend den Blick durch den Raum gleiten.

»Ach«, sagte der Arzt und machte eine wegwerfende Handbewegung. »Wir sind auf dem Land, wenn man ein bisschen was beiseitelegt, lebt man hier wie ein König.« Er lachte auf, lehnte sich dann in seinem Schreibtischstuhl zurück und verschränkte die Arme vor der Brust. »Sie haben gut geschlafen beim Boschuoster, hoffe ich?«, fragte er Ulrike.

»Ich kann mich nicht beklagen«, antwortete sie.

»Also, was kann ich für Sie tun?« Er beugte sich wieder vor, nahm einen Kugelschreiber, ließ ihn zwischen seinen Fingern hin und her gleiten, legte ihn dann zurück auf den Tisch und faltete die Hände.

»Sind Sie von hier?«, fragte Ulrike. Sie wollte Zeit gewinnen. Noch immer fiel es ihr schwer zu greifen, mit wem sie es hier wirklich zu tun hatte. Es war Harry gewesen, der ihr beigebracht hatte, dass das erste Gespräch mit einem unbekannten Gegenüber immer entscheidend war. Man war wachsamer, konnte Kalküle des anderen leichter entlarven.

König hatte einen festen Blick, er sprach bedacht, überlegt und wohlartikuliert. »Ich bin von hier, ja. Hier geboren und aufgewachsen. Ich habe in Regensburg studiert, danach war ich für einige Zeit in München und Hamburg. Aber als die Praxis hier zum Verkauf stand, bin ich zurückgekommen. Zu Hause ist es immer noch am schönsten«, sagte er lächelnd.

»Da ist wohl was dran«, antwortete Ulrike. »Sie haben Familie?«

König zögerte. »Ich bin verheiratet, wir haben keine Kinder.«

»Verwandtschaft hier in der Gegend? Ich hab gesehen, ihr Nachname ist öfter im Ort vertreten.«

»Das stimmt«, erklärte er, »Schwanghaus ist das Dorf der Könige.« Schon wieder lachte er.

»Das Potenzial für Wortwitze haben Sie jetzt jedenfalls ausgeschlachtet, mein Lieber«, bemerkte Yusuf leicht genervt.

Ulrike warf ihm einen kurzen Blick zu und versuchte sich gleichermaßen ein Schmunzeln wie ein Kopfschütteln zu verkneifen. Dann richtete sie den Fokus wieder auf König, der das Polizistengespann in erwartungsvoller Haltung taxierte. »Sie haben sicher gehört, was am Dienstag passiert ist.«

Peter König seufzte. »Ja, natürlich. Ich denke, davon hat jeder gehört. Ein solches Maß an Brutalität hat die Gemeinde, der ganze Landkreis wohl seit Jahren nicht gesehen.« Er stand auf und schenkte sich etwas Wasser ein. »Entschuldigen Sie bitte, meine Manieren! Wollen Sie auch etwas trinken?«

Ulrike lehnte dankend ab.

»Kannten Sie den Herrn Berger?«, fragte Yusuf, ohne auf die Frage einzugehen.

»›Kennen‹ ist übertrieben. Ich habe ihm den Hof verkauft. Ich hatte das Objekt vor einigen Jahren erworben, hatte einige Ideen dafür, aber daraus ist leider nichts geworden. Ein schöner Hof, sehr schönes Fleckchen. Leider nichts für mich.«

»Also hatten Sie Kontakt zu Berger?«

»Das würde ich nicht sagen, nein. Wir hatten damals kurz miteinander zu tun, doch Herr Berger hat sich dort sehr zurückgezogen. Er hatte wenig Interesse an der Dorfgemeinschaft.« Er zuckte mit den Schultern und nahm einen Schluck.

»Es wurde ziemlich viel über ihn geredet, haben Sie das auch so mitbekommen?«

»Ja, das habe ich. Aber ich halte nicht viel von solchen Schwätzereien. Na ja …« Er legte eine Pause ein und lehnte sich wieder in seinem Stuhl zurück. »Man soll nicht schlecht über Tote reden. Aber man muss leider zugeben, dass Herr Berger – Gott hab ihn selig – ein nicht gerade angenehmer Zeitgenosse war. Eher unfreundlich, Eigenbrötler, hat nicht gegrüßt … Solche Dinge eben. Man kann nichts machen, so etwas verzeihen die Schwanghauser nur schwer.«

»Klingt so, als hätte er keine Freunde hier gehabt.«

»Keine Freunde, nein. Aber auch keine Feinde. Indifferenz. Das beschreibt es ganz gut.«

Ulrike war der Unterhaltung schweigend gefolgt. Noch immer blieb ihr Gegenüber seltsam konturlos.

»Tanja Grass, kennen Sie die?«, fragte sie.

König blinzelte. Dann hob er fragend die Augenbrauen. »Wer ist das?«

Ulrike antwortete nicht. Sie schlug auf die Stuhllehnen und erhob sich. »Gut, vielen Dank, das war's fürs Erste.« Sie lächelte.

»Ich freu mich, wenn ich helfen kann«, sagte Peter König, stand ebenfalls auf und reichte ihnen erneut die Hand. Sie hatte sich schon der Tür zugewandt, da drehte Ulrike sich noch einmal um. »Eine Sache noch. Der Herr Berger, der hat sie angerufen. Mehrmals in den letzten Wochen, in der Nacht. Was hat er da gewollt?«

Sie beobachtete, wie Peter Königs Gesichtsausdruck sich kurz änderte. Er schüttelte den Kopf. »Ich weiß es nicht, das weiß ich wirklich nicht. Wir haben eine Nachtschaltung, ich habe davon nichts mitbekommen.«

Es war nur ein Augenblick, in dem Ulrike fast das Gefühl hatte, als sei eine Maske verrutscht, als hätte sie den Mann vor sich zum ersten Mal begreifen können. »Melden Sie sich, falls Ihnen noch etwas einfällt, ja?«

Peter König nickte. »Ich hoffe, Sie finden, wen Sie suchen.«

»Das werden wir. Ganz bestimmt.« Sie hob ihre Hand zum Gruß, dann verließen Yusuf und sie das Büro.

»Dampfplauderer«, sagte Yusuf, nachdem er die Wagentür hinter sich zugeschlagen hatte.

»Musste das sein, ihn so anzugehen?«, fragte Ulrike genervt.

»Wo ist das Problem? Wenn er doch einer ist?«

»Ein was?«

»Ein Dampfplauderer, Siebengscheiter, soll er halt zum Punkt kommen, Herrschaftszeiten.«

Sie seufzte und verdrehte die Augen. »Mal ganz im Ernst jetzt, Yusuf, es kann niemand –«

»Und was ist das für eine Nummer mit dem Gasthaus? Dass du dich hier schön ins Nest setzt und einen auf Kurzurlaub machst?«, unterbrach Yusuf sie unwirsch.

Ulrike schnaubte. »Wie und mit welchen Mitteln ich diese Ermittlung führe, ist ganz allein –«

Das Telefon klingelte in der Freisprechanlage. »Ja«, meldeten sich beide schroff.

Franka Brandl war am anderen Ende der Leitung. »Jennifer Hellwig ist hier.«

»Wer?«, fragte Ulrike.

»Tanjas Freundin. Jennifer Hellwig. Sie ist freiwillig hier erschienen, heute früh.«

»Und?«

»Kommt am besten her und hört's euch selbst an.«

***

Sie stand am Geländer der Brücke und blickte nach unten. Ihr Atem ging schwer, die Luft schmerzte ihr in der Lunge. Sie war so müde davon wegzulaufen, sich ständig zu verstecken, gejagt und gleichzeitig übersehen zu werden. Die Tränen, die sie geweint hatte, hatten salzige Krusten auf ihren Wangen hinterlassen. Es war nichts mehr übrig, sie waren versiegt.

Sie wusste nicht, wie viele Tage vergangen waren, seit sie beobachtet hatte, wie die Polizei sich auf dem Hof gesammelt hatte, seit die Rothaarige sie zwischen den Bäumen entdeckt hatte und sie wieder gerannt war. Wie der Teufel gerannt. Es hätten genauso Minuten wie Monate sein können. Sie hatte alles wie durch einen Nebel wahrgenommen. Doch plötzlich war alles ganz klar, all die Fragen, die sie sich gestellt hatte in den letzten Stunden und Tagen, all das schien plötzlich völlig irrelevant hier oben auf der Brücke.

Der Nebel hatte sich aufgelöst. Alles war gestochen scharf, die Stahlpfeiler um sie herum, die Baumwipfel, das satte Grün unter ihr. Sie hatte das Gefühl, die letzte Seite eines Buches aufzuschlagen, die letzten Worte einer Geschichte vor Augen zu haben. Der Wind hier oben blies gewaltig, verwehte ihr braunes Haar. Sie kletterte auf das Geländer, umklammerte den Stahlbalken neben sich und schloss die Augen.

»Du bist nicht wie die anderen, Elfe. Du lässt mich nie allein, richtig, Elfe?«

Sie nickte. Ich komm zu dir zurück, dachte sie. Dann lächelte sie, löste die klammen Finger vom kalten Stahl, streckte die Arme aus und ließ sich vom Wind in die Freiheit tragen.

11

Das Persönchen, das im Besprechungszimmer auf Ulrike wartete, hatte sich auf dem schwarzen Stuhl zusammengerollt, fast so, als wäre es ein Igel. Ulrike beobachtete Jennifer Hellwig vom Großraumbüro aus durch die Jalousien, wie sie sich unsicher umschaute, an ihrem Wasserglas nippte und unentwegt mit dem Zeigefinger die Brille zurück auf den geraden Nasenrücken schob. Als Ulrike die Tür öffnete, fuhr sie regelrecht hoch. »Jennifer Hellwig? Ich bin Ulrike Kork von der Kripo Regensburg. Darf ich Du sagen?«

Jennifer nickte und reichte ihr die Hand. Der feste Händedruck überraschte Ulrike. Sie ließ sich auf einen Stuhl neben Jennifer sinken und legte ihr Aufnahmegerät zwischen ihnen auf den Tisch. »Ist das okay für dich, wenn ich das Gespräch aufzeichne?«, fragte sie, und Jennifer bejahte. Ulrike schaltete das Gerät ein, drehte dann ihren Stuhl zu dem Mädchen, beugte sich vor und stützte die Ellbogen auf den Knien ab. »Wie geht es dir?«

Jennifer zuckte mit den Schultern. »Ich wollt mal wegen der Tanja Bescheid sagen, deswegen bin ich hier«, sagte sie mit dünner Stimme.

Jennifer hatte die langen dunkelblonden Haare zu einem ordentlichen Bauernzopf geflochten, den sie über ihre Schulter gelegt hatte. Hinter der rot umrandeten Brille versteckten sich braune Augen, die fest und bestimmt Ulrikes Blick erwiderten. Sie hatte die Hände ineinander verschlungen, die Fingerknöchel traten weiß hervor.

»Weißt du, wo sie ist?«

Wieder berührte das Mädchen mit dem Zeigefinger seine Brille. Sie schüttelte den Kopf. »Nein, ich weiß nicht, wo sie jetzt ist, aber sie war bei mir.«

»Wann war sie bei dir?«

»Letzte Woche und die Woche davor.«

»Und jetzt?«

»Ich weiß es nicht. Ich war mit meinen Eltern im Schwarzwald. Mein Papa ist da auf Kur. Ich hab den Anruf gestern gekriegt von Ihrer Kollegin, sie hat mir auf die Mailbox gesprochen, dass Tanja gesucht wird. Da bin ich dann zurückgekommen.«

»Du weißt, was passiert ist? Mit Leonard Berger.«

»War im Rundbrief von der Schule, hab ich vorgestern per Mail gekriegt.«

»Du bist also zurückgekommen … Und Tanja war nicht in deiner Wohnung?«

»Nein, sie war nicht in der Wohnung.«

»Hat sie alles mitgenommen?«

»Nein. Nicht alles. Aber einen Teil von ihren Sachen. Der Großteil ist noch bei mir.«

»Hast du eine aktuelle Nummer?«

»Ja, ich hab die schon Ihrer Kollegin gegeben. Ich hab Tanja nicht erreicht. Ich hab es sicher zwanzig Mal versucht.« Jennifers Stimme brach. »Ich hoff, Tanja … Ich hoff, sie hat nix Dummes gemacht. Oder macht noch was Dummes.« Sie schluchzte auf und hielt sich sofort die Hand vor den Mund, so als hätte sie sich selbst über das Geräusch erschrocken.

»Warum sollte sie etwas Dummes machen?«

»Weil Leonard tot ist. Und weil sie das nicht ertragen wird.«

Jennifer rollte sich erneut auf dem Stuhl zusammen. Ulrike legte ihr eine Hand auf die Schulter. »Mach ganz in Ruhe. Lass dir Zeit.«

Für einen langen Augenblick war es still. Dann holte Jennifer tief Luft und begann zu erzählen. »Ich war mit Tanja immer eng befreundet, und ich bin's auch heut noch. Aber der Herr Berger, diese ganze Sache mit Leonard, das war nicht gut für sie.«

Jennifer berichtete von Tanjas Elternhaus, von dem alkoholkranken Vater, der Mutter, die sich nicht für sie interessiert hatte, und davon, dass sich alles verändert hatte, als Leonard und Tanja nach der Schule manchmal spazieren gegangen waren, als er ihr plötzlich Aufmerksamkeit geschenkt hatte. »Sie hat nur noch von ihm gesprochen, hat sich immer irgendwo in der Nähe vom Lehrerzimmer aufgehalten. Da war sie grad mal siebzehn. Und er hat richtig drauf gelauert.«

»Worauf?«, fragte Ulrike.

»Darauf, dass sie achtzehn wird. Und dann war es bei uns eigentlich vorbei.«

»Warum?«

»Sie wollte nur über ihn reden, was sie so machen, wie es so war, bei ihm zu schlafen. Solche Dinge eben.« Jennifer lief rot an und blickte zwischen Ulrike und der Wand neben ihr hin und her, unfähig, einen Punkt ruhig anzuvisieren. »Der war fast sechzig. Ich fand's einfach nur eklig«, sagte sie plötzlich mit fester Stimme.

Ulrike musterte Jennifer erneut. Wie oft der erste Eindruck doch täuschte, dachte sie. Das zittrige Mädchen hatte offenbar eine bemerkenswert spitze Zunge, sobald es ins Reden kam, die so gar nicht zu der ebenso bemerkenswerten Fähigkeit passte, sich wie ein Igel zusammenzurollen. »Sie ist also zu ihm gezogen?«

»Ja, kurz nachdem sie achtzehn wurde, haben wir Abi gemacht. Und dann war sie nur noch bei ihm. Wir haben uns gar nicht mehr gesehen. Bis vor circa drei Wochen.«

»Was ist da passiert?«

Jennifer atmete tief durch. »Plötzlich stand sie vor meiner Tür, mit ihrem Koffer und lauter Zeug. Hat total geheult. Hat gesagt, sie hat ihn verlassen.«

»War sie davor auf dem Hof?«

»Ja, aber sie hat nicht gesagt, was genau da passiert ist. Darüber hat sie mit mir nicht gesprochen. Aber irgendwas ist passiert.«

»Und dann war sie wieder weg?«

»Dann war sie wieder weg.«

»Jennifer, kannst du mir sagen, wann sie weggelaufen ist? Das ist sehr wichtig.«

»Ich weiß nicht. Ich bin am Freitag letzte Woche gefahren,

da war sie noch da. Ich weiß nicht, wann sie weg ist. Aber sie hat mir was hingelegt.«

Sie griff in ihre Jackentasche und nahm ein Post-it heraus, das sie in eine Klarsichtfolie geschoben hatte. »Ich hab es mal besser eingepackt, wegen Fingerabdrücken oder anderen Spuren oder so.« Sie verzog die Lippen zu einem unbeholfenen Lächeln. »Sicherheitshalber.«

Ulrike begutachtete den Zettel vor sich.

Danke für alles, Jenny! Ich muss wieder zurück, es hat sich gut aufgeklärt. Hab dich lieb, Tanni.

Unter die Botschaft war ein schiefes Herz gemalt.

»Meinen Sie, dass etwas Schlimmes passiert ist? Dass sie auch ...?« Wieder sammelten sich Tränen in Jennifers Augen.

»Ich weiß es nicht, Jennifer.« Ulrike richtete sich in ihrem Stuhl auf. »Aber wir werden alles tun, um sie zu finden. Jemand fährt dich jetzt nach Hause und holt Tanjas Sachen ab. Du hast uns sehr geholfen, vielen Dank.«

Das Gespräch war beendet, und Jennifer erhob sich. Als sie die Hand schon auf die Klinke gelegt hatte, sagte sie: »Die Tanja hat dem Leonard bestimmt nix getan, falls Sie das denken. Das könnte die gar nicht. Ich mochte ihn nicht, es war schon komisch, dass er sie so ... ich weiß es nicht ... vereinnahmt hat. Aber er hat sie zumindest gesehen.«

»Wie meinst du das?«, fragte Ulrike.

»Ich weiß, dass sich das komisch anhört. Aber es ist so. Außer mir hat's niemanden gegeben, der die Tanja wirklich gerngehabt hat. Auch ihre Eltern nicht. Man kann sich das nicht vorstellen, aber die mochten sie einfach nicht. Als Herr Berger ... als Leonard ... Na ja, als das mit den beiden losging, da war sie ganz anders.« Jennifer überlegte. »Das hört sich jetzt wirklich bescheuert an, aber sie war anders, weil man sie auf einmal gesehen hat. Tanja war dann ... keine Ahnung ... irgendwie sichtbar. Jetzt ist er tot, und ich hab deshalb Angst um sie. Wissen Sie, was ich meine?«

Ulrike nickte. »Ja, das versteh ich genau.«

Jennifer starrte auf einen Punkt auf dem grauen Teppichboden. »Eigentlich logisch, dass sie wie vom Erdboden verschluckt ist, sobald Leonard stirbt.«

Ulrike dachte noch lange an Jennifers Worte, als diese schon längst die Polizeiinspektion verlassen hatte. Ein ungutes Gefühl hatte sie seit dem Gespräch begleitet, ein Gefühl, dass sie irgendetwas übersah, irgendetwas nicht richtig einordnete. Sie dachte daran, wie Anton Berger seinen Vater beschrieben hatte, wie im Ort über Berger gesprochen wurde, was Jennifer gerade erzählt hatte. Immer mehr fügte sich das Bild eines Mannes zusammen, der sich an irgendetwas klammern musste, um sich selbst zu bestätigen. Wie an einen großen Besitz, an ein blutjunges Mädchen, das ihn anbetete. Was hatte all das ausgelöst? Was war geschehen, dass sein Ego darauf angewiesen war?

Auch wenn Ulrikes Spürsinn sie nach Schwanghaus geführt hatte, waren zu viele andere Fragen noch offen.

Sie hatte gerade beschlossen, sich wieder dem Zettelberg zu widmen, als es laut an der Tür des Konferenzraumes schepperte. Dominik Stöckl, der untersetzte Kollege, stand schwer atmend im Türrahmen. »Ich glaub, wir haben da was. Kann sein, dass wir sie gefunden haben.« In seiner rechten Hand hielt er ein schnurloses Telefon, noch immer ans Ohr gepresst.

»Wen?«

»Ist von einer alten Eisenbahnbrücke gesprungen, Beschreibung passt. Ein Spaziergänger hat die Polizei gerufen, hat sie springen sehen. Kollegen sind schon vor Ort.«

»Wen denn, in Gottes Namen?« Ulrike konnte sich ihre Ungeduld nicht erklären, sie kannte die Antwort.

»Tanja Grass«, sagte Dominik Stöckl.

Ulrike stürmte aus dem Raum und griff im Vorbeigehen nach ihrer Jacke, die auf dem Stuhl lag. Sie wandte sich Stöckl zu, dessen Gesichtsfarbe einen geradezu ungesunden Rotton angenommen hatte, während er immer noch am Telefon hing. »Alles klar«, sagte er und legte auf. »Sie ist auf dem Weg ins Krankenhaus.«

»Ins Krankenhaus?«

Er schüttelte ungläubig den Kopf. »Die lebt noch. Keine Ahnung, wie das möglich ist. Aber die lebt noch.«

***

Hallo du,
ich werd wahnsinnig, wenn ich dich mit ihr seh. Ich glaub,
das ertrag ich kaum noch. Wann wirst du endlich verste-
hen, dass sie nicht richtig ist für dich? Wann verstehst du,
was ich dir alles geben kann? Ich weiß, ich muss Geduld
haben. Wahre Liebe braucht Geduld. Aber es tut weh.
Und ein geduldiger Mensch bin ich nie gewesen.
Ich sehne mich nach dir.
X.

12

Das dicke, in roten Stoff eingebundene Büchlein lag vor Ulrike auf dem Schreibtisch. Sie hatte die Augen geschlossen und versuchte die Umgebung auszublenden, nur für einen kurzen Augenblick. Drei Tage waren seit dem Leichenfund vergangen, und noch immer gab es keine Spur.

Tanja war direkt von der Unfallstelle nach Regensburg geflogen worden. Das Mädchen hatte sich anscheinend jeden Knochen im Körper gebrochen. Dass sie beim Aufprall auf den Boden nach dem Sprung von der zwanzig Meter hohen Brücke nicht sofort gestorben war, war ein Wunder. Man hatte den Spaziergänger befragt, der in genau dem Moment auf der Wiese unterwegs gewesen war. Er hatte ausgesagt, dass er sie zunächst gar nicht gesehen hatte. Erst als sie sich auf das Geländer gestellt hatte, hatte er begriffen, was passieren würde. Er hatte ihr zugerufen, aber sie war zu weit entfernt gewesen, und so hatte er mitansehen müssen, wie das Mädchen sich mit ausgestreckten Armen hinunterfallen ließ.

Die Brücke befand sich direkt neben einem kleinen Waldstück, führte über eine grüne, leicht hügelige Wiese, durch deren Mitte ein Bächlein floss. Tanja war nahe beim Waldrand gefunden worden, ein paar Bäume mussten den Fall gebremst haben. Etwas Ähnliches hatte auch der Zeuge berichtet. Dennoch war das Schicksal von Tanja Grass noch nicht entschieden. Die Ärzte kämpften in Regensburg um ihr Leben, ihre Chancen standen schlecht.

Direkt nachdem Dominik Stöckl sie über die Neuigkeit informiert hatte, hatten sie sich auf den Weg zur Brücke gemacht. Ulrike hatte die Stelle am Waldrand gesehen, an der Tanjas Körper aufgeschlagen war, das Blut, ein paar Äste und Blätter, die sie im freien Fall mitgerissen hatte. Oben hatte man ihren Rucksack gefunden. Den hatte Tanja etwas weiter draußen auf der Brücke zurückgelassen. Wäre sie an dieser Stelle gesprungen, dann hätte nichts ihren Fall gebremst. Entweder hatte sie sich unterbewusst für die kleine Chance entschieden, überleben zu können, oder sie hatte einen Schutzengel an ihrer Seite gehabt.

Ulrike glaubte nicht an das Schicksal, an Engel oder an Gott. Sie glaubte an Gefühle, Instinkte und an die Hoffnung. Und in ebenjenem Moment, in dem sie die Augen geschlossen hatte, hoffte sie, dass Tanja eine zweite Chance im Leben geschenkt werden würde.

Es war später Abend, die Jalousien waren geschlossen, dennoch drang der Schein der Straßenlaternen durch die Lamellen und warf ein Muster aus Licht und Schatten auf die Wände, das sich gelegentlich rot färbte oder in breiten Streifen über die Decke wanderte, wenn ein Auto vorbeifuhr. Ulrike hatte ihre Schreibtischlampe ausgeschaltet, nur der Computer war noch an und erhellte das rote Büchlein vor ihr. Man hatte es in Tanjas Rucksack gefunden. Es war ihr Tagebuch. Es erzählte die Geschichte einer jungen Frau, die nicht so recht verstand, was eigentlich der Sinn und Zweck ihrer Existenz war. Zwischen diesen Zeilen erzählte das Buch außerdem die Geschichte eines Mannes, der diese Ahnungslosigkeit ausgenutzt hatte, um sich selbst zu bestätigen.

Die Einträge, sogar die Schrift waren kindlich. Immer begann Tanja mit den gleichen Worten: *Liebes Büchlein*. Sie erzählte von den Dingen, die sie unternahmen, von Reisen, dem Umzug in die Provinz, von dem einfachen Leben in Nebeleck, von ihrem Gemüsebeet, das sie hinter dem Haus angelegt hatte. Vor allem erzählte sie aber von Leonard, beschrieb sein Äußeres, sein Wesen, seinen Charakter in blumigen, schmeichelnden Worten, als handele es sich um ihren König.

Wenn sie schrieb, *dass Leo es nicht will, wenn ich in den Ort gehe*, dann war es nicht schwer, sich vorzustellen, wie ihr Gegenüber diese Verehrung instrumentalisierte, wie er das Mädchen instrumentalisierte, das niemanden hatte außer seinem Leo, der dem eingebildet sinnlosen Leben einen Sinn gab.

Das Buch umfasste einen Zeitraum von zwei Jahren. Der erste Eintrag stammte vom Juni vorletzten Jahres und enthielt nur wenige Worte:

Liebes Büchlein, er hat mich heute hinter dem Sportplatz geküsst. Aaah, ich kann es kaum glauben. Ich bin sooo glücklich.

Ulrike hatte sich bei diesen Zeilen augenblicklich an Jennifers Worte erinnert, als sie gesagt hatte, dass Berger Tanja »sichtbar« gemacht habe. Sie hatte erst in ebenjenem Moment damit angefangen, ihr Leben zu dokumentieren, als er sich ihr auf diese Weise genähert hatte. Damals war sie noch siebzehn Jahre alt gewesen, Berger fast vierzig Jahre älter.

Auch wenn alles so rosarot begonnen hatte, die Geschichte aus dem roten Büchlein nahm eine dunkle Wende. Ab dem Herbst des letzten Jahres war diese Wende offenkundig. Nur noch selten schrieb Tanja in ihr Büchlein, die Einträge wurden kürzer, die Sätze abgehackter. *Weiß nicht, wo er ist*, stand dort in krakeligen Buchstaben auf der einen Seite, *hat laut geschrien*, auf der nächsten.

Tanjas Einsamkeit und Ratlosigkeit gingen mit seinem Niedergang einher. Leonard war zum Trinker, zum Choleriker geworden, der Tanja mit immer seltener werdenden Charme-Offensiven bei Laune hielt und erfolgreich davon zu überzeugen schien, dass er Zeit bräuchte, dass er etwas durchmachte, dass sie Geduld haben müsste.

Tanja hatte Geduld gehabt – bis vor drei Wochen. Es hatte eine zweite Frau gegeben, das hatte sie irgendwie herausgefunden.

Ich hab die Briefe gefunden, er liebt eine andere. Ich musste mich im Garten übergeben. Könnte schreien und weinen. Ich glaub, ich muss hier weg.

Das war der letzte Eintrag gewesen. Leonard hatte sich abgewendet, und so hatte auch Tanjas Geschichte geendet, die Geschichte aus dem roten, in Stoff eingebundenen Büchlein.

Ulrike blickte auf die Uhr auf dem Computer. Es war dreiundzwanzig Uhr zwölf. Sie hatte die Seiten des Büchleins nummeriert, eine chronologische Abfolge der Beziehung erstellt und Besonderheiten und Unklarheiten notiert. Sie hatte das gesamte Buch wie einen Körper seziert und obduziert. Erschöpfung machte sich breit. Sie atmete tief durch, dann schaltete sie den Computer aus, packte ihre Tasche, zog sich ihre Jacke über und verließ das Gebäude. Etwas richtungslos schlenderte sie zur viel befahrenen Nürnberger Straße, überquerte diese und trat dann durch das minzfarbene Stadttor mit den Staffelgiebeln in die Neumarkter Innenstadt.

Ulrike sog die Luft ein, die vom warmen Frühlingstag noch etwas aufgeheizt war, und nahm die Geräusche um sich herum wahr, das gleichmäßige Plätschern der Gespräche. Auf der breiten Einkaufsstraße, zwischen den bunten Häusern mit den spitzen roten Dächern, war viel los an diesem Freitagabend. Leute tummelten sich vor den Restaurants und Kneipen. Ulrike betrachtete zwei Mädchen, die ihr untergehakt und kichernd entgegenkamen. Sie mussten in Tanjas Alter sein. Wieder dachte sie an das junge Mädchen, hoffte, es würde leben, um seine Geschichte zu erzählen.

Ulrike schlenderte weiter, sah hoch zu den beleuchteten kupfergrünen Türmen des Rathauses und der Kirche, begutachtete die Auslagen eines Haushaltswarengeschäfts neben dem Rathaus und bog dann in eine kleinere, nicht minder belebte Straße ab. Inmitten des geschäftigen abendlichen Rauschens der Innenstadt ließ sie sich immer weitertreiben, unfähig, einen klaren Gedanken zu fassen. Irgendwann hatte sie ein kleineres Stadttor passiert und die Altstadt hinter sich gelassen. Sie fand sich an einer Straßenkreuzung wieder, überlegte kurz umzukehren und fasste stattdessen eine freundlich aussehende Spelunke unweit der Kreuzung ins Auge. »Frankys Bistro« stand in geschwungenen Lettern auf einem Leuchtschild über der Tür.

Ulrike betrat die kleine Kneipe. Ein Mann mit einem langen grauen Zopf stand hinter dem Tresen und scherzte mit zwei Frauen an der Bar. Der Laden war einigermaßen gut gefüllt, aber Ulrike konnte noch einen Platz am Tresen ergattern. Aus den Lautsprechern drang Kenny Loggins, was sie augenblicklich in ihre Jugend zurücktransportierte. Vor ihrem inneren Auge flogen Bilder von Lutz vorbei, Bilder der ersten gemeinsamen Wohnung, der kleinen Kochnische, in der es immer nach einer Mischung aus Knoblauch und Tabasco roch.

»Was kann ich dir bringen?«, fragte der Barkeeper und riss sie aus der fernen Erinnerung.

»Weißweinschorle«, antwortete sie. Dann überlegte sie kurz. »Nein«, sagte sie. »Whisky. Doppelt.«

Er lachte. »Langer Tag?«

»Du hast keine Vorstellung«, sagte sie. Sie stützte das Kinn auf die Handfläche und ergab sich wieder den Geräuschen um sie herum, den Stimmen, dem Gelächter, den klirrenden Gläsern und dem Geruch von altem Holz und abgestandenem Bier. Sie fischte ihr Handy aus der Jackentasche, ließ die Finger unschlüssig über den Bildschirm fliegen. Zwölf ungelesene Nachrichten, achtzehn unbeantwortete Anrufe.

»Ist hier noch frei?«, fragte plötzlich eine bekannte Stimme neben ihr. Ulrike sperrte das Handy hastig und blickte Yusuf an, der mit einem halb ausgetrunkenen Bier vor ihr stand. »Bist du erst jetzt aus dem Büro raus?«

Ulrike nickte und rückte mit ihrem Hocker zur Seite, damit Yusuf sich neben sie an die Bar stellen konnte. Die hängenden Mundwinkel und die müden Augen ließen vermuten, dass er an diesem Abend nicht auf Konfrontation aus war. »Und du? Willst gerade nicht zu Hause sein?«

»Du kennst dich wohl aus«, sagte er.

»Dreimal«, antwortete sie und streckte drei Finger in die Luft.

»Dreimal geschieden?«

»Dritte steht mir jetzt bevor, so wie es aussieht.« Sie nahm das schwere Whiskyglas in die Hand, das der Mann mit dem Zopf vor sie gestellt hatte, und hob es, um mit Yusuf anzustoßen.

»Respekt.«

Sie verzog das Gesicht, während die rauchige, warme Schärfe ihren Rachen hinunterfloss. »Vor was?«

»Vor so viel … na ja, vor so viel gutem Willen.«

Sie senkte den Blick. »Das hat nichts mit gutem Willen zu tun. Ganz im Gegenteil. Ich hab zu früh aufgegeben.«

»Wann?«, fragte er.

»Beim Ersten. Der Erste war der, bei dem ich hätte bleiben müssen.«

Yusuf erwiderte nichts, stattdessen stürzte er den letzten Rest seines Biers in einem Schluck herunter und gab dem Barkeeper mit einem Handzeichen zu verstehen, dass er Nachschub brauchte. Dann zeichnete er gedankenverloren den runden Wasserkreis, den das Glas auf dem schäbigen Tresen hinterlassen hatte, nach.

»Dani und ich sind seit vierzehn Jahren verheiratet, wir haben zwei kleine Mädchen, acht und elf Jahre alt«, sagte er zögerlich, als das zweite Bier vor ihm stand.

»Und was ist passiert?«, fragte Ulrike und verfolgte die schnellen Handgriffe des Barkeepers hinter dem Tresen.

»Wenn ich das wüsste. Irgendwie ist da nichts mehr. Jedenfalls nicht mehr das, was früher da war.« Er machte eine Pause. »Ach, es spielt keine Rolle.« Er schüttelte den Kopf.

Ulrike lächelte kaum merklich. »Das hat man auch schon oft gesehen. Zwei Bullen am Bartresen vor den Trümmern ihrer Ehen. Geradezu …«

»Geradezu billig«, vollendete Yusuf ihren Satz. »Und du? Wie kommt's, dass du hier gestrandet bist?«

In knappen Worten schilderte Ulrike ihm den sechzehn Jahre zurückliegenden Umzug nach Bayern, den Aufstieg zur Dezernatsleiterin beim LKA, und vermied es dabei sorgsam, Harry oder Lutz zu erwähnen. »Ich hab die Stelle in Regensburg vor sechs Monaten angenommen, für Thorsten, meinen dritten Mann.« Sie zuckte mit den Schultern. »Ziemliches Durcheinander, die ganze Sache.«

»Warum?«

»Hat sich in die Mutter eines Patienten verliebt. Ein Kinderarzt, verdächtige Sorte.«

»Und hast du Kinder?«, fragte er.

Ulrike fuhr zusammen, der Griff um ihr Glas verkrampfte sich. »Lass uns nicht darüber reden«, brachte sie mühsam her vor. »Nicht heute.«

Er runzelte die Stirn und warf ihr einen schnellen Blick zu. »Gut. Gefällt es dir hier in der Oberpfalz?«, wechselte er dann eilig das Gesprächsthema.

Ulrike erzählte ihm bereitwillig von ihrem Umzug nach Regensburg, davon, dass sie in der Oberpfalz bislang weitaus seltener als »Preiss« beschimpft worden war als in München, und von ihrem redseligen Nachbarn in der Wohnung unter ihrer, einem gebürtigen Weidener, den sie kaum verstehen konnte und dessen Redeschwall sie nur durch freundliches Nicken oder unverfängliche Kommentare wie »Ja« oder »Gibt's ja nicht« zu unterbrechen wagte.

»Na ja, es ist anders als München«, schloss sie, »kleiner, ehrlicher vielleicht. Schwer zu sagen.« Sie trank einen weiteren Schluck Whisky und verzog das Gesicht. »In jedem Fall eine willkommene Abwechslung zu diesem Trachtenwahn. Für jemanden aus dem Pott ist dieses ständige Aufgestrapse eigentlich fast nicht zu ertragen.«

Yusuf räusperte sich grinsend. »Ich bin im Trachtenverein«, gestand er dann.

»Yusuf, nicht dein Ernst. Warum, in Gottes Namen?«

»Ich bin da so reingerutscht«, gab er zurück.

Ulrike musterte ihn mit einer Mischung aus Bestürzung und Belustigung, bevor sie in Lachen ausbrach.

Yusuf fiel ein, dann trank er sein Bier aus. »So, Feierabend«, sagte er. »Soll ich dich mitnehmen?«

Die beiden schwiegen, während sie nach Schwanghaus fuhren. Die Dörfer und Felder um sie herum lagen in völliger Dunkelheit. Ulrike legte den Kopf ans Fenster und schloss die Augen. Zum ersten Mal seit Tagen war sie von einer schweren, angenehmen Müdigkeit erfasst, die sie in einen leichten Schlaf fallen ließ. Erst als sie das Geräusch des knirschenden Kieses unter den Reifen vernahm, schreckte sie auf. »Wir sind da«, sagte er.

Ulrike schnallte sich ab und öffnete die Tür. »Danke, Yusuf.« Sie zögerte kurz. »Hoffe, wir kriegen das ab jetzt besser hin.«

»Ich werde meinen Teil tun«, gab er zurück.

Sie stieg aus, hob die Hand zum Abschied und war im Begriff, die Tür zuzuschlagen.

»Eine Sache noch«, hielt er sie zurück. »Warum hast du dich hier eingemietet? Um Wachhund zu spielen? Regensburg ist doch bloß eine Stunde entfernt.«

Sie zuckte mit den Schultern, sah auf die angestrahlte Hauptstraße und tippte mit den Fingern auf das Autodach. »Um wenigstens in dieser Sache die Kontrolle zu haben«, antwortete sie dann, fast zu sich selbst.

Yusuf nickte, als wüsste er genau, wovon sie sprach. »Pass bloß auf, kommt mir so vor, als würdest du das ein bisschen zu nah an dich ranlassen«, fügte er hinzu.

»Ich pass schon auf«, antwortete sie mit fester Stimme, als müsse sie sich selbst davon überzeugen.

Yusuf wendete den Wagen, und Ulrike sah ihm nach, bis die Rücklichter verschwammen und schließlich hinter der Kurve verschwunden waren. Es war halb eins. Im Gasthaus war das Licht bereits ausgeschaltet. René Goerschel hatte ihr erklärt, dass sie nachts über die Hintertür in das Gasthaus käme, und ihr für diesen Zweck einen zweiten Schlüssel gegeben.

Ulrike wollte gerade um das Haus herumgehen, da blickte sie nach oben. In ihrem Zimmer brannte Licht. Sie hielt den Atem an. Hinter den geschlossenen Gardinen sah sie die Silhouette einer schlanken Person, die sich langsam durch den Raum bewegte.

13

Nur ein Hauch süßlichen Dufts verriet Ulrike, dass jemand dagewesen war, als sie den Raum betrat. Es war ihr kaum gelungen, die Hintertür lautlos zu öffnen, und die Treppenstufen hatten bei fast jedem Schritt knarzend nachgegeben. Oben auf dem Flur angekommen, sah sie, dass ihre Zimmertür nur angelehnt war, das Licht ausgeschaltet. Der Eindringling hatte ihr Kommen bemerkt.

Ulrike stellte sich schweigend in die Mitte des Raumes, atmete den Geruch ein, versuchte sich die süßliche Note einzuprägen, und lauschte auf die Geräusche um sie herum. Die Person konnte noch nicht lange weg sein, vielleicht war sie in einem Nebenzimmer, vielleicht hatte sie sich im schattigen Schutz des Wäscheschranks auf dem Flur versteckt und wartete darauf, dass Ulrike die Tür schließen würde, um dann unbemerkt entkommen zu können. Ulrike bemühte sich, ihren Atem zu kontrollieren, hörte ihren eigenen Herzschlag dumpf in sich widerhallen.

Langsam drehte sie sich, versuchte sich jeden Gegenstand im Zimmer einzuprägen, die bläulichen Kanten, die sich durch das Licht der Straßenlaternen und der Leuchtreklame an der Hauswand von der dunklen Umgebung abhoben. Mit vorsichtigen Schritten ging sie zurück auf den Flur, legte die Hand auf den Lichtschalter, der sich neben der Tür befand. Sie meinte, Geräusche aus einem Nebenzimmer zu hören, ein leises Knarzen, ein Atmen vielleicht.

Sie drückte den Schalter, lief im selben Augenblick zum Nebenzimmer, riss die Tür zur Abstellkammer auf. Durch den Schwung fiel ein Plastikeimer laut scheppernd auf den Boden. Ulrike stieß die Luft aus, sie drehte sich um ihre eigene Achse, schaute in jeden Winkel. Sie war allein.

Sie ging zurück in ihr Zimmer, schloss die Tür und stellte sich ans Fenster. Sie meinte, nichts Verdächtiges erkennen zu können, als plötzlich auf der gegenüberliegenden Straßenseite eine Gestalt in den Lichtkegel trat. Schnellen Schrittes verschwand sie wieder in der Dunkelheit. Die Gestalt hatte eine dunkle Jeans getragen und eine schwarze Regenjacke. Ulrike war sich fast sicher, dass es sich um eine Frau gehandelt hatte.

Der Himmel war noch immer wolkenlos, die Sonne schien. Es war acht Uhr morgens, und Ulrike trat, nach einem schnellen Frühstück, aus der Tür des Gasthauses in die Morgensonne. Eine Gruppe Dorfbewohner war gerade damit beschäftigt, die Hauptstraße zu schmücken. Wimpelgirlanden wurden zwischen den Laternen aufgehängt, die Zäune am Gasthaus und an der Kirche waren bereits dekoriert. Auf dem Dorfplatz, der sich vor der Kirche befand, hatte man Buden aufgebaut. Vor einer kleinen Bühne standen mehrere Biertische und Bänke, daneben ein ausrangierter alter Wagen der Feuerwehr, der zur Schenke umfunktioniert worden war. Aus der Küche des Gasthauses roch es nach einer Mischung aus Frischgebackenem und altem Frittierfett.

Sie hörte hinter sich ein Feuerzeug klicken, gleich darauf stieg ihr Zigarettenrauch in die Nase. »Morgen«, sagte René Goerschel mit belegter Stimme. »Gut geschlafen?«

Ulrike drehte sich um. Goerschel trug heute ein hellgrünes, etwas zerknittertes Hemd, er sah müde aus, sein Gesicht war zerfurcht. Sie sah davon ab, ihm von ihrem nächtlichen Besuch zu erzählen, nickte ihm stattdessen bloß zu und wies fragend auf die Wimpelgirlande. »Parade?«

»Frühlingsfest, jeden dritten Samstag im April.«

»Eine Tradition?«

»So sieht's aus.« Goerschel nahm einen tiefen Zug von seiner Zigarette, dann hustete er. Er spuckte auf den Boden, drückte die Zigarette aus und war gerade auf dem Weg zurück in sein Gasthaus. »Kommen Sie doch auch vorbei«, sagte er noch, bevor er im Inneren verschwand.

»Vielleicht«, erwiderte Ulrike, dann griff sie in der Tasche nach ihrem Autoschlüssel.

Im Auto wählte sie Frankas Nummer und legte ihr Handy

dann in die Aussparung der Konsole, in der früher mal das Kassettenfach gewesen war.

»Hallo?«

»Guten Morgen, Franka. Hast du schon was aus dem Krankenhaus gehört? Wie geht es Tanja?«

»Ich habe die Station vor einer halben Stunde angerufen. Sie haben bis spät in die Nacht operiert. Polytrauma, Beckenringfraktur. Sie hat sehr viel Blut verloren. Gerade ist sie stabil, liegt im künstlichen Koma und wird beatmet. Man kann noch nichts sagen.«

»Also nicht über den Berg?«

»Nicht über den Berg.«

»Ich komme jetzt rein. Bin schon auf dem Weg.«

»Alles klar«, sagte Franka, dann klickte es in der Leitung.

Während der etwa zehnminütigen Fahrt ließ sie sich die Fragen durch den Kopf gehen, die so schnell wie möglich geklärt werden mussten, um die Ermittlung voranzubringen. Ihr fielen zahlreiche ein, aber nicht eine einzige Antwort: Wer war die andere Frau, von der Tanja in ihrem Buch gesprochen hatte? Und wer war in der letzten Nacht in ihrem Zimmer gewesen?

Es fiel ihr schwer, in diesem Fall einen roten Faden zu erkennen, eine Spur, ein Muster. Sie dachte an Harry, seine unfehlbaren Prognosen, seine Fähigkeit, die Perspektive zu wechseln, Dinge aus einem anderen Blickwinkel zu betrachten.

Plötzlich überkam Ulrike eine tiefe Erschöpfung. Sie parkte den Wagen vor der Polizeiinspektion, schaltete den Motor aus und blickte durch die verdreckte Windschutzscheibe auf die gelbe Wand vor ihr.

»Führen wir uns vor Augen, mit wem wir es zu tun haben«, hatte Harry häufig gesagt. Hier lag das Problem, dachte sie auf einmal. Tanja konnte als Verdächtige nicht ausgeschlossen werden, aber solange sie nicht in der Lage war, ihre Geschichte zu erzählen, gab es kaum eine Möglichkeit, ihr etwas nachzuweisen. Weder sie noch Berger waren im Ort integriert gewesen. Sie hatten nur sich gehabt. Wenn Tanja unschuldig war, dann wussten sie nichts. Dann kannten sie nicht mal das Motiv für das Verbrechen, wussten nicht, ob es aus Liebe begangen worden war, aus Hass, Neid oder Gier. Dann lag die Identität der gesuchten Person noch immer völlig im Schatten. Es gab nur eine Sache, derer man sich einigermaßen sicher sein konnte: Täter und Opfer hatten sich gekannt. Der Mord kam einer Hinrichtung gleich. Der Täter war persönlich geworden, und er musste in Rage gewesen sein.

Es war neun Uhr, und Ulrike hatte sich gemeinsam mit Franka Brandl, Dominik Stöckl und Stefan Brunner ins Besprechungszimmer zurückgezogen. Auf dem Tisch stand frischer Kaffee, Franka hatte Croissants mitgebracht. Ulrike sah ihren müden Kollegen an, wie sehr sie sich ein freies Wochenende gewünscht hätten. Sie hatte Dominik Stöckl gebeten, diskret Informationen über Peter König einzuholen. Schmatzend teilte er seine Ergebnisse mit, während der Blätterteig des Croissants, das er sich gerade einverleibte, auf seinen Bauch segelte.

Peter König schien, Dominik Stöckls Bericht zufolge, nicht erst ein reicher Mann geworden, sondern als solcher geboren worden zu sein. Sein Vater hatte halb Schwanghaus sowie weitere Immobilien im Umkreis sein Eigen genannt. Der gesamte Besitz war nach seinem Tod an den ältesten Sohn Peter übergegangen. Der hatte unmittelbar danach den Pflichtteil an seine Geschwister ausgezahlt und sich dann daran gemacht, das Imperium des Vaters weiter auszubauen. »Der Typ heißt nicht nur so, er ist so was wie der König in Schwanghaus. Nicht nur, dass er Immobilien hat ohne Ende, er steckt auch Geld ins Dorf. Er hat den Kindergarten mitfinanziert, hat im letzten Jahr fünfzehntausend Euro für die Renovierung der Kirchenglocken lockergemacht, und in dem Gasthaus, bei diesem …«

»René Goerschel«, vollendete Ulrike seinen Satz. »Da hat er auch investiert?«

»Ja. Ihm scheint das Dorf irgendwie sehr am Herzen zu liegen.«

Oder die Loyalität der Bewohner, fügte sie in Gedanken hinzu. »Privat?«

»Er ist verheiratet, seit siebzehn Jahren. Natascha König, geborene Marburg. So eine ehemalige Schönheitskönigin, hat wohl schon mal gemodelt.«

»Und gibt es eine Verbindung zu Berger?«

»Bis auf den Hauskauf nichts, was man auf Papier nachweisen könnte. Was die Notiz mit dem Gutachten angeht ... Das ist etwas komplizierter. Der Sachverständige, der das Gutachten angefertigt hat, lebt nicht mehr. Wenn du aber meine persönliche Meinung hören magst?«

»Ich bitte darum.«

»Der Berger hat zu viel gezahlt für die Bruchbude. Fast eine halbe Million! Ich kann mir nicht vorstellen, dass das Haus das wert ist. Total feucht alles, runtergekommen, muffig. Ich hab mir noch mal seine Kontoauszüge vorgenommen. Er hat sich zwar nicht hoch verschuldet, aber sein gesamtes Erspartes ist dafür draufgegangen. Und damit nicht genug: Dauernd standen Reparaturen und kleinere Renovierungen an. Kampf gegen Windmühlen bei dem Schuppen. Ich möcht wetten, dass der König am Gutachten gedreht hat. Mal 'nen Malermeister durch den Keller geschickt und den Schimmel überstrichen, was weiß ich. 'ne halbe Million, das war viel zu viel!«

Ulrike drehte ihren Kugelschreiber auf dem Block vor ihr. »Vielleicht gibt es eine Möglichkeit herauszufinden, ob Berger einen zweiten Sachverständigen gesucht hat. Ob er etwas unternommen hat in der Richtung. Könntest du dich da mal umhören?«

Dominik nickte.

»Ich hätte da auch noch was«, meldete sich Stefan plötzlich zu Wort. »Ich sitz seit heut Morgen wieder vor Bergers Unterlagen. Es ist ein Ding der Unmöglichkeit, was Bedeutungsvolles zwischen dem ganzen Müll zu finden, besonders nicht die Briefe, die Tanja in ihrem Tagebuch angesprochen hat. Aber Berger hat auf einem Zettel eine Nummer notiert, mit Edding und Ausrufezeichen.«

»Was ist das für eine Nummer?«

»Der Anschluss gehört einer Angela König. Das ist Peter

Königs Schwester, wohnt in der Nähe von Parsberg. Ich hab versucht, sie zu erreichen, bislang ohne Erfolg.«

»Gute Arbeit, bleib da dran.« Ulrike seufzte und nahm einen großen Schluck Kaffee. »Ich weiß, wir sind unterbesetzt, aber wir müssen sowohl Leonard Bergers Leben durchleuchten als auch herausfinden, ob es jemanden in Schwanghaus gab, mit dem er zu tun hatte.«

Sie machte eine kurze Pause. »Führen wir uns vor Augen, mit wem wir es zu tun haben«, sprach sie Harrys Worte nach und wiederholte ihre eigenen Überlegungen, die sie sich im Auto gemacht hatte.

»Ein Verbrechen aus Eifersucht, aus Leidenschaft. Dann könnte es Tanja gewesen sein«, sagte Franka. »Ihr Timing passt, der Auszug bei der Freundin, ein Motiv hätte sie auch … die andere Frau.«

Ulrike nickte in Gedanken versunken. Auch wenn sie die Tatsache nur ungern ins Auge fasste, dass Tanja eine Mörderin sein könnte, gab es dennoch starke Hinweise darauf, die sich nicht von der Hand weisen ließen. »Das stimmt, ihr Motiv passt zu der Art des Verbrechens. Befragung fällt derzeit aber flach. So oder so: Wir müssen diese andere Frau finden, mit der Berger eine Affäre gehabt haben soll.«

»Nur wo?«, fragte Franka. »Wo und wie?«

»Hat jemand Lust auf ein Dorffest heute Abend?«, fragte Ulrike statt einer Antwort.

※※※

Hallo du,
noch immer kann ich nicht fassen, was passiert ist. Dich zu sehen, dich so nah bei mir zu spüren macht mich so glücklich, so unfassbar glücklich. Jetzt wird endlich alles gut. Ich weiß es genau.
Ich denk an dich.
X.

14

Es war Abend geworden, der Himmel strahlte in grellen Farben, die Sonne senkte sich, einem roten Feuerball gleich, dem Horizont entgegen. Ulrike und Franka waren auf dem Weg nach Schwanghaus. Ein langer Tag, eine lange Woche gingen zu Ende. Stefan hatte Peter Königs Schwester noch nicht erreichen können und würde am Montag bei ihr vorbeifahren, Dominik hatte sich mit der Gutachtenfälschung auseinandergesetzt, Franka hatte weitere Familienmitglieder von Leonard Berger zur Befragung ausfindig gemacht, während Ulrike versucht hatte, alle Ermittlungsergebnisse zusammenzuführen und in einen Kontext zueinander zu stellen. Es ergab sich ein mosaikartiges Gesamtbild, bestehend aus zahlreichen Unklarheiten, Ungereimtheiten und Indizien. Doch noch immer fehlte Stichhaltiges, wie Beweise und harte Fakten.

Leonard Berger hatte man anfangs für einen kauzigen Einsiedler gehalten. Diese erste Einschätzung mussten sie mit allen Ermittlungsergebnissen und Befragungen neu überdenken. Berger war ein Mann gewesen, der gleichermaßen sensibel wie despotisch daherkam. Der sich nach Mitleid und Sympathie verzehrte und im selben Moment zu cholerischen Anfällen und Kontrollverlust neigte.

Dachte Ulrike länger über diesen Zustand nach, kam ihr der Vater einer Grundschulfreundin in den Sinn. Er hatte in einer Kohlezeche in Bottrop gearbeitet, irgendwann hatte man ihn arbeitsunfähig erklärt, wohl wegen seiner Alkoholkrankheit. Ulrike verknüpfte mit ihm eine dieser Erinnerungen, die sich im Kindesalter tief einprägten, die man nie wieder vergaß. Die Mädchen hatten sich zum Spielen verabredet, saßen im Wohnzimmer auf dem Boden, als er ins Zimmer gekommen war. Er hatte gestunken, geschwankt und sich in den Sessel am Fenster fallen gelassen. Dann hatte er nach draußen geschaut und irgendetwas laut gesagt. An den genauen Wortlaut konnte Ulrike sich nicht mehr erinnern, vielmehr daran, *wie* er es gesagt hatte. So rau, heiser und kehlig hatte er geklungen, dass man meinen konnte, die Stimmbänder seien verletzt, als wären sie nichts weiter als eine offene Wunde. Die Stimme schien zerrissen in verschiedene Laute, die sich zu einem hohlen Krächzen vereinten.

Es war das erste Mal gewesen, dass Ulrike so etwas gehört hatte, damals hatte sie sich noch erschrocken. Als junge Streifenpolizistin hatte sie diese Veränderung der Stimmlage durch Alkohol, Zigarettenkonsum und Drogen auf den Straßen mehr als häufig vernommen. Bis heute verknüpfte sie das Geräusch mit Scheitern, mit Zerrissenheit, mit etwas, das für immer zerstört und nicht reparabel war. Wenn sie sich die Fotos von Leonard Berger ansah, den sie zu Beginn noch als attraktiven, wenn auch kauzigen Mann wahrgenommen hatte, wenn sie all die Erkenntnisse über ihn in die Betrachtung miteinschloss, dann hatte sie das gleiche Gefühl, dieselbe kindliche innere Regung, die sie empfunden hatte, als sie die Stimme von Linda Schuberts Vater gehört hatte. Irgendetwas war Berger für immer kaputtgegangen, und sosehr er es auch versucht hatte, er hatte es nicht reparieren können.

Ulrike spekulierte, dass sein Wunsch, anerkannt zu werden und Bestätigung zu erfahren, ihm schließlich den Tod gebracht hatte. Und auch wenn die Möglichkeit bestand, dass Tanja dafür verantwortlich war, so ließ Ulrike das Gefühl nicht los, dass sie in Schwanghaus Antworten finden konnte. In dem Ort, in dem die Sonne schien und die Menschen immer lachten und in dem kein Platz war für eine zerstörte Seele wie die von Leonard Berger.

Franka parkte ihren Wagen hinter Ulrikes Oldtimer vor dem Gasthaus. Sie hatte sich umgezogen, trug einen grünen Trenchcoat, eine graue Jeans und weiße Sneaker. Sie war bis heute schwer zu durchschauen, dachte Ulrike, doch ihr Ehrgeiz und ihre stumme Entschiedenheit erinnerten sie an sich selbst oder vielmehr an eine jüngere Version von sich selbst.

Gemeinsam schritten sie auf den Festplatz zu. Es roch nach

Grillfleisch und Bier, aus den Lautsprechern drang Musik, überall waren Menschen, die sich auf den Straßen tummelten, auf dem Dorfplatz und den Bierbänken. Es wurde laut gelacht und irgendwo sogar gesungen. Die Kinder waren im Bett, jetzt wurde getrunken. Ulrike und Franka waren zum richtigen Zeitpunkt gekommen.

»Ist wie in der Schule, die Beliebten sitzen immer zusammen«, sagte Ulrike und deutete auf einen Biertisch in prominenter Lage vor der kleinen Bühne. In der Mitte der Runde saß Peter König, im grünen Janker, auf den er irgendeine goldene Auszeichnung geheftet hatte. Die grau melierten Haare hatte er ordentlich nach hinten gekämmt, er war frisch rasiert und wirkte leicht gebräunt. Außerdem erkannte Ulrike René Goerschel am anderen Ende und Matthias König, seinem lokalprominenten Namensvetter gegenüber.

»Wissen wir eigentlich, ob die verwandt sind, Matthias und Peter König?«, fragte sie.

Franka zuckte mit den Schultern. »Ich weiß es nicht, aber gemessen daran, wie viele mit dem Namen hier wohnen, ist es wohl so was wie einer dieser Dorfnamen.«

»Einer hat mal zehn Jungs bekommen, und keiner ist weggezogen?«

»So ungefähr.«

»Verdächtig …«

»Allerdings.« Franka schmunzelte.

Als die beiden sich an die Schenke stellten, erkannte Peter König Ulrike und winkte ihr freundlich zu. Franka hatte zwei Bier bei der blutjungen Bedienung bestellt und reichte Ulrike eines davon. Nachdem sie angestoßen hatten, wies Franka auf ihre Cousine, die in einer Traube von Menschen auf der anderen Seite der Bühne stand. »Ich geh mal kurz Hallo sagen.«

Ulrike nickte und sah sich um. Es war viel los, ein buntes Gewusel an Personen, die wohl auch aus anderen Ortschaften stammten, die beieinanderstanden, lachten und sich zuprosteten. Bunte Girlanden und Glühbirnen waren aufgehängt worden, auf jedem Tisch stand ein kleiner Blumenstrauß.

Beiläufig studierte Ulrike Peter Königs Tisch etwas genauer. Vier Frauen, sechs Männer. Alle lachten, waren guter Stimmung, König sprach. Die vollmundige Stimme drang bis zu ihr herüber, übertönte beinah die Musik und die Gespräche der anderen. Gestikulierend sah er sich gelegentlich um, beobachtete die umliegenden Tische aus dem Augenwinkel. Er wusste, wer er war, wusste um seinen Einfluss, seine Stellung. Er war ein großer Mann in dem kleinen Dorf. Als er ihren Blick auffing, winkte er sie zu sich. Zögernd ging sie auf die Gruppe zu.

»Guten Abend«, sagte sie und stellte sich an das Kopfende des Tisches. »Ein schönes Fest haben Sie hier!«

»Schwanghauser Tradition«, antwortete König.

»Vom Peter ins Leben gerufen«, sagte eine Frau, die ihm gegenübersaß. Sie sah gepflegt aus, wenn auch wie jemand, der zu den Versuchungen des Lebens nicht Nein gesagt hatte. Die blond gefärbten Haare hatte sie ordentlich hochgesteckt, sie trug eine rosa Seidenbluse und auffälligen Modeschmuck.

»Darf ich vorstellen, meine Cousine Gabi«, sagte Peter König. »Ihr Sohn Matthias dürfte Ihnen bereits bekannt sein.« Er stellte den Rest der Runde vor. Neben einer Gemeinderätin mit ihrem Mann, René Goerschel und einem weiteren befreundeten Paar aus dem Ort saß noch Peters Bruder Christian am Tisch, ein langer, hagerer Typ, dem man die Verwandtschaft kaum ansah. Ebenso wie sein Körper schien auch sein Gesicht seltsam in die Länge gezogen zu sein, das schüttere Haar stand ihm vom Kopf ab. Nur die grünen Augen, dieser wachsame Blick, ließen eine Ähnlichkeit zu Peter erkennen.

Die zehnte Person am Tisch wurde Ulrike als Peter Königs Frau vorgestellt. Man sah sofort, dass sie einmal sehr schön gewesen sein musste. Ihr schwarzes Haar, das sie zu einem Zopf zusammengebunden hatte, hing ihr in einer langen seidigen Bahn über der Schulter, sie hatte große dunkelbraune Augen und volle Lippen. Sie saß ganz außen, fast so, als gehörte sie nicht richtig dazu. Vor ihr stand ein großes Glas Weinschorle. Der leere Blick und die wässrigen Augen ließen vermuten, dass sie betrunken war.

Etwas störte Ulrike an dem Bild, das sich ihr bot. Etwas, das sie wieder an die Fragmente auf der Magnetwand im Büro erinnerte, an die raue, aus tausend Lauten zusammengesetzte Stimme von Linda Schuberts Vater. Sie versuchte die vor ihr sitzende Gruppe zu deuten, die ihr engagierte Fragen stellte. Ulrike war geneigt, ihnen zu unterstellen, etwas verbergen zu wollen, als wäre es nicht echt. Es schien, als sei diese Gemeinschaft ein fragiles Konstrukt. Entweder es war schon immer so gewesen, oder es war etwas passiert, das die Risse verursacht hatte. Sie driftete ab. »Du hast eine blühende Phantasie, Ulli«, das hatte Harry oft gesagt. »Bleib bei den Fakten.« Ulrike nickte innerlich und löste sich aus ihren wirren Gedanken.

Es war neun Uhr, als sich Peter König erhob und die Bühne betrat. Mittlerweile waren dort ein Schlagzeug, mehrere Mikrofone und ein paar Gitarren aufgestellt worden. Ulrike klopfte auf die Tischplatte und ging zurück zum Ausschank, wo Franka bereits auf sie wartete. »Der König spricht zu seinem Volk«, sagte Ulrike zu ihr und bestellte ihnen zwei weitere Gansbräu-Helle.

Ein Mann, der unweit von ihr entfernt stand, lachte. »Gut beobachtet«, sagte er. Er hatte graues, mittellanges Haar, trug eine Brille mit kleinen, kreisrunden Gläsern und eine hellbraune Lederweste. Um seinen Hals hing eine Spiegelreflexkamera.

»Fotograf?«, fragte sie ihn.

Er nickte. »Dieter Nowak, Reporter beim Lokalteil der Mittelbayerischen.«

»Freut mich«, sagte sie. »Ulrike Kork.«

»Sie sind die Polizistin, richtig? Die bei dem Dicken in der Wirtschaft wohnt?«

Sie musste lachen. »Ja, die bin ich.«

Er lächelte und erwiderte ihren Blick etwas zu lang. Ulrike war irritiert. »Meine Kollegin von der Polizei Neumarkt, Franka Brandl.«

Die beiden reichten sich die Hand. Peter König nestelte am Mikrofon herum, es schien technische Probleme zu geben.

»Und wie gefällt es Ihnen hier in unserem Vorzeigekaff?«
Ulrike sah ihn anerkennend an. »Ein Dissident, wie schön.«
Sie nahm einen Schluck von ihrem Bier. »Sie kommen von
hier?«

»Nicht direkt«, sagte er. »Ich wohn ein bisschen weiter
hinten am Waldrand. Bin vor zehn Jahren aus Neumarkt hergezogen.«

»Kannten Sie zufällig Leonard Berger?«

Bevor er antworten konnte, kündigte das Knacken des Mi-
krofons Peter Königs Ansprache an.

»Liebe Freunde, liebe Schwanghauser, liebe Gäste«, begann
er mit lang gezogenen Worten. »Ich freue mich, dass wir zum
fünften Mal unser Frühlingsfest bei diesem Königswetter ver-
anstalten können.«

Franka prustete, dann presste sie die Lippen aufeinander.
»*Königs*wetter, der Typ kennt echt nix«, wisperte sie Ulrike
zu.

Aus dem Publikum ertönte ein Johlen. Es kam von Peter
Königs Tisch, seine Frau hatte wie zum Kampf die Faust in die
Luft gereckt. Für einen Augenblick verlor König die Fassung.
Jemand neben ihr zog ihren Arm zurück. Er sammelte sich
erneut.

»Und ich freue mich umso mehr, unsere Haus- und Hof-
Band auf der Bühne zu begrüßen. Gebt alle einen kräftigen
Applaus für Frauenkron!«

Die Menge johlte. Mehrere Männer kamen auf die Bühne,
einer davon René Goerschel, der sich hinter das Schlagzeug
klemmte. Matthias König war ebenfalls mit von der Partie,
hängte sich eine Gitarre um und stellte sich ans Mikrofon. Die
anderen beiden, ein dicklicher Altmetaller und ein großer Typ
mit Haarknoten auf dem Kopf, konnte Ulrike nicht zuordnen.
Aus den Lautsprechern ertönte nun etwas, das man als rockige
Volksmusik bezeichnen konnte und etwas an voXXclub oder
Andreas Gabalier erinnerte. Sie beobachtete Dieter Nowak,
der um die Bühne herumwanderte und Fotos schoss. Franka
bemerkte ihren Blick.

»Ganz nett, der Typ, oder?«, fragte sie forsch, das Bier hatte sie sichtlich aufgelockert.

Ulrike schnalzte verärgert mit der Zunge und ließ ihre Frage unkommentiert. »Kennst du ihn?«

»Sind uns ein paarmal begegnet, bei Autounfällen oder so. Ist schwer in Ordnung, drängt sich nicht auf. Mehr weiß ich nicht über ihn.«

Königs Frau hatte sich von der Bierbank erhoben und ging vor die Bühne, wo sie sich unkontrolliert hin und her bewegte, wie eine flatternde Fahne im Wind. In diesem Augenblick kehrte auch Dieter Nowak zum Ausschank zurück, klickte auf dem Bildschirm seiner Kamera herum und hängte sie sich dann wieder um den Hals. »Das sollte reichen«, sagte er wie zu sich selbst. »Darf ich den Damen was ausgeben?«

Beide nickten, und binnen weniger Momente standen wieder drei gefüllte Gläser vor ihnen. »Sie haben mich gefragt, ob ich Leonard Berger kannte?«, sagte er, nachdem sie angestoßen hatten. »Ich kannte ihn. Nicht gut, aber wir sind uns ab und an begegnet. Sein Mädchen hab ich auch ein paarmal gesehen. Ist oft spazieren gegangen, da kam sie manchmal bei meinem Haus vorbei.«

»Alle Achtung, Sie sind der Erste, der das so offen zugibt.«

Dieter Nowak stutzte. »Der Erste in Schwanghaus? Aber mit Peter König haben Sie schon geredet, oder?«

Ulrike nickte. Sie war plötzlich hellwach.

»Leonard war kein Fremder im Ort, das kann ich Ihnen sagen. Und er und König …« Er schnaubte. »Die kannten sich. Die kannten sich gut.«

15

Dieter Nowak lebte in einem Bungalow am Waldrand. Das eingeschossige, hellblau verputzte Haus war von einem großen Garten umgeben, sogar ein kleines Gewächshaus nannte der Hobbygärtner sein Eigen. Es war früher Morgen, und Ulrike war gleich nach dem Aufstehen aufgebrochen. Auf den Feldwegen wirbelten die Traktoren braunen Staub auf. Die Sonne schien noch immer, seit gut einem Monat hatte es nur einige wenige Male geregnet.

Ulrike hatte am gestrigen Abend beschlossen, das Gespräch mit Nowak in Ruhe und allein fortzusetzen. Möglichst früh, hatte sie verlangt, was Nowak entgegenkam, der nach eigener Aussage seit zwanzig Jahren nicht länger als bis fünf Uhr geschlafen hatte. Er war Junggeselle, und je näher Ulrike dem Bungalow kam, desto offenkundiger wurde, dass die lange Zeit allein nicht nur an seinem Auftreten, sondern auch an seiner Lebensart gewisse Spuren des Skurrilen, des Sonderbaren hinterlassen hatte.

Zwischen den zahlreichen Pflanzen war der Garten aufwendig dekoriert. Den Zaun zierten einige Muschelketten, an einem kleinen Teich war eine Armee Steinfrösche aufgestellt. Besonders fiel aber die große Holzschnitzerei einer nackten Frau ins Auge, die vor seinem Gewächshaus stand. Als Ulrike die üppigen Brüste der Skulptur bemerkte, hob sie anerkennend die Augenbrauen.

Sie hatte gerade das Gartentor geöffnet, da trat auch Nowak durch die Tür seines Wohnzimmers auf die große Holzterrasse. Ulrike sah zu, wie er versuchte, das Kabel seines Laptops bis zum Terrassentisch zu führen, auf dem der vorsintflutliche Computer aufgestellt war. »Herrgottsakrament«, fluchte er, als es nicht zu funktionieren schien.

Er ging ins Haus zurück und kehrte kurz darauf mit einer Kabeltrommel wieder. Ulrike hatte sich inzwischen auf den steinernen Wegen, die durch Nowaks kleinen Dschungel führten, bis zur Terrasse vorgearbeitet.

»Guten Morgen, Frau Kork«, sagte er, als er sie erblickte, und lächelte sie an.

»Hätte ich meine Machete mitbringen sollen?«, fragte sie und reichte ihm die Hand.

»Warten Sie lieber noch ein paar Monate, dann kommen Sie nicht einmal mit einer Machete hier durch.« Er wies auf einen Stuhl im Schatten des Hauses, auf dem ein riesiges Batik-Kissen lag, in dem Ulrike prompt zu versinken drohte. »Kaffee, Tee? Was zum Kontern?«, fragte er und zwinkerte ihr zu.

Nur kurz war Ulrike versucht, seine Bemerkung scharf zu kommentieren, doch sie musste sich eingestehen, dass das Bier ihr gestern am Ende doch etwas zugesetzt hatte. Außerdem war Sonntag … Sie hörte die Stimme ihres Vaters, die lang gezogenen, singenden Worte in einer staubigen Ecke in ihrem Hinterkopf widerhallen: »Und am Sonntag kann man den lieben Gott mal einen guten Mann sein lassen.« Der leichte Rausch war außerdem teilweise ihrer Unwissenheit geschuldet gewesen. »Starkbier«, hatte Nowak ihr am Abend irgendwann erklärt, als sie nach dem dritten Glas etwas verwirrt das Markenemblem auf dem Glas begutachtet hatte. Nowak war um kein Wort verlegen, erzählte Ulrike ganz frei und ohne Umschweife von seinem Werdegang und seiner Ex-Frau, die er bei einer Fotoreportage in Namibia kennengelernt hatte und die nach fünf Ehejahren sang- und klanglos mit einem befreundeten Kollegen das Weite gesucht hatte. Keine Spur der Verbitterung oder des Grolls lag in seiner Stimme. »So ist das Leben, und so ist die Liebe. Sie kommt und geht.«

Ulrike war üblicherweise geneigt, solche Sprüche mit einem Augenrollen abzutun, aber Nowak schien ein Mann zu sein, der niemandem etwas vormachte. Der Wohnungseinrichtung, die Ulrike von außen beäugte, und seiner ganzen Aufmachung nach zu urteilen war er zufrieden allein, war sich selbst genug. Eine Eigenschaft, die Ulrike in anderen stets bewundert hatte.

»Kaffee wäre super«, antwortete sie ihm.

Er verschwand im Haus und kehrte ein paar Minuten später mit einer silbernen Espressokanne zurück. Als auch er sich eine Tasse der pechschwarzen, dampfenden Flüssigkeit eingegossen hatte, setzte er sich auf den Holzstuhl neben ihren und schaltete seinen Computer ein.

»Was ich Ihnen zeigen wollte …«, sagte er und klickte dabei auf dem Mousepad herum. »Sakra, wo ist es denn? – Ah, ja. Hier hab ich es.«

Er schob den Bildschirm in ihr Sichtfeld und erhöhte die Helligkeit. Auf dem Foto, das Nowak geöffnet hatte, waren Peter König und Berger abgelichtet, die nebeneinander auf einer Bierbank saßen. Obwohl das Bild etwas körnig war – offenbar hatte er an den Ausschnitt eines Fotos herangezoomt –, konnte man die zwei gut erkennen. Peter König hatte freundschaftlich einen Arm um Berger gelegt, die beiden schienen sich angeregt zu unterhalten.

»Wann wurde das Foto aufgenommen?«

»Auf dem Frühlingsfest letztes Jahr.« Er öffnete ein zweites Foto von derselben Situation. »Ich hab die beiden in der Zeit häufiger zusammen gesehen. Nicht ständig, aber es ist mir aufgefallen.« Er überlegte, bevor er weitersprach. »Ich bin wenig hier im Ort involviert, also nicht informiert über den neusten Klatsch und Tratsch. Aber an Peter König kommt man nicht vorbei.«

»Wie meinen Sie das?«

»Wenn Sie von außen auf Schwanghaus schauen, dann meinen Sie, Sie haben es hier mit einem etwas aufgeblasenen Arzt zu tun. Aber von innen ist es etwas anderes. Peter König hat sich alles in Schwanghaus und der Umgebung gekauft, was er kaufen konnte. Ich weiß nicht mal, ob er das gewinnbringend tut. Das Ganze ist ein Monopoly-Spiel für ihn. Er kriegt einen Kick davon, dass die Leute ständig auf seinen Straßen stehen. Und gleichzeitig gibt es ihm Macht.«

»Was für eine Macht?«

»Er hat Einfluss, er bekleidet ein paar wichtige Ehrenämter

im Landkreis, ist Vorstand im Eigentümerverband, und vor allem pumpt er sein Geld überall rein.«

»Wie ins Gasthaus?«

»Zum Beispiel. René Goerschel hatte von seinem Vater eine Bruchbude übernommen, da ist alles auseinandergefallen, hatte Holzwürmer im Gebälk, und wäre das Gesundheitsamt mal vorbeigekommen, dann hätten sie es ihm sofort geschlossen.«

»Warum macht König das?«

»Ich bin mir nicht sicher, ob er dafür was zurückbekommt. Ich kann es mir nicht erklären. Vielleicht gefällt es ihm, wenn die Leute in seiner Schuld stehen, vielleicht erwartet er dafür eine Gegenleistung …«

»Ihre Loyalität«, sagte Ulrike leise.

»Möglich.«

»Und Berger? Wie kommt er da ins Spiel?«

Nowak lehnte sich in seinem Stuhl zurück. Er schüttelte nachdenklich den Kopf. »Berger war ein seltsamer Kerl. Wir waren sozusagen Nachbarn, müssen Sie wissen. Nebeleck ist ein paar hundert Meter von hier entfernt. Da drüben.« Er zeigte mit dem Finger auf den Wald. »Ich hab ihn und das Mädchen am Anfang manchmal getroffen, beim Spazierengehen mit diesem riesigen Köter. Es war ihm unangenehm, aber er wirkte auf mich nicht unfreundlich. Hat sich interessiert, Scherze gemacht. Sie hing an ihm wie drangeklebt. Dann waren sie irgendwann nur noch getrennt unterwegs. Berger hatte ständig eine Fahne, und sie …« Er beugte sich vor und blickte gedankenverloren auf das dunkle Grün vor sich. »Sie ist im Wald rumgewandelt. Wie ein Geist.«

»Können Sie mutmaßen, welcher Art die Bekanntschaft zwischen Berger und König war?«

Wieder überlegte er. »Nicht direkt, nein, außer vielleicht, dass das Ganze von kurzer Dauer gewesen zu sein scheint. Am Anfang ist Berger recht gut aufgenommen worden, dann hat er sich das irgendwie verspielt. Wie das passiert ist, das weiß ich nicht.« Er zuckte mit den Schultern. »König ist einer dieser Menschen, die man gern zum Freund hat, aber die man sich nicht zum Feind machen sollte«, sagte er scheinbar beiläufig und schenkte ihr Kaffee nach.

»Sie meinen also, dass Peter König hinter Leonard Bergers Ermordung steckt?«

Dieter Nowak blickte sie direkt an. »Ich beschuldige niemanden. Ich sage Ihnen nur, was ich weiß«, entgegnete er und konnte seine Verärgerung kaum verbergen.

»Und ich stelle nur Fragen.«

Seine Gesichtszüge lockerten sich wieder, und er lächelte verständnisvoll. »Natürlich, es tut mir leid. Ich unterhalte mich bloß so gern mit Ihnen. Mir ist wohl einfach kurz entgangen, dass Sie ja dienstlich hier sind.« Er zwinkerte ihr wieder zu.

»Das ist kein Kaffeekränzchen hier, Herr Nowak, sondern eine Befragung in einer Mordermittlung«, sagte Ulrike entschieden.

Sie trank den letzten Rest ihres Kaffees in einem Zug aus und ärgerte sich in diesem Augenblick maßlos, am meisten über sich selbst.

Es hätte ein kurzer Spaziergang sein sollen, aber Ulrike hatte zwischen den immer gleich aussehenden Waldwegen bald die Orientierung verloren. Laut der Navigations-App sollte Nebeleck nicht mehr weit entfernt sein, doch die Tatsache, dass sie zu Fuß war und sich von einer anderen Seite des Waldes dem Hof näherte, hatte ihr Übriges getan.

Die Mittagssonne lugte immer wieder zwischen den Kiefern hervor, durchleuchtete die grünen, noch jungen Blätter der Laubbäume und tauchte den Wald in ein freundliches, mystisches Licht. Sie hatte sich nach dem Gespräch schnell von Dieter Nowak verabschiedet und beschlossen, noch einmal zum Hof zu gehen und ihre Gedanken zu ordnen. Sie war sich nun sicher, dass Peter König etwas zu verbergen hatte. Es blieb nur abzuwarten, ob sie ihn mit der Zeugenaussage eines Lokaljournalisten und einem verschwommenen Foto zum Reden bringen konnte. Denn ebenso sicher wie die Tatsache, dass er augenscheinlich nicht die ganze Wahrheit gesagt hatte, war auch, dass er mit allen Wassern gewaschen war. Ulrike musste sich darauf gefasst machen.

Sie blickte wieder auf den blauen Pfeil, der auf dem Display wie wild durch die Gegend wanderte. Kein Signal. Sie resignierte, steckte das Handy in die Tasche und beschloss, den Rückweg einzuschlagen, als sie in dem kleinen Graben neben dem Weg etwas blitzen sah. Sie fixierte den Ort, an dem sie den glänzenden Gegenstand vermutete, und ging langsam darauf zu. Auf der Erde lag, von etwas Laub und Erde halb verdeckt, ein Messer. Schwarzer Griff, dreckige Klinge, altes Blut.

**

Hallo du,
ich habe jetzt verstanden, dass nicht nur du mich retten musst. Sondern ich muss dich auch retten. Hab dich heut Abend im Wirtshaus gesehen. Du siehst traurig aus, mein Liebling. Aber ich kann dich wieder glücklich machen. Wir machen uns gegenseitig glücklich. Du wirst schon sehen. Wart nur ab.
Ich denk an dich.
X.

16

Etwa eine Stunde hatte Ulrike im Wald gewartet, nachdem es ihr gelungen war, die Polizeidienststelle in Neumarkt zu erreichen. Sie hatte das Messer am Boden genau betrachtet. Sollte es sich tatsächlich um die Mordwaffe handeln, dann gäbe es zwei Szenarien, die diesen Fundort erklären könnten. Entweder jemand hatte es fallen lassen, oder es war absichtlich hier hingelegt worden. Im ersten Fall spräche das dafür, dass der Täter hastig auf der Flucht gewesen war, nicht bei Sinnen, panisch. Er hatte das Messer achtlos von sich geworfen, ohne darüber nachzudenken, wie leichtsinnig es war, die Waffe nicht verschwinden zu lassen, zu reinigen oder zu zerstören. Ein solch kopfloses Verhalten passte zu der Art des Verbrechens, zu der rasenden Wut, dem Rausch, der sich in sechzehn Messerstichen manifestiert hatte. Es passte dazu, dass der Täter die Kontrolle über die Situation verloren hatte.

Es war außerdem denkbar, wenn auch unplausibel, dass die Waffe drapiert worden war, vom Täter oder von einer anderen Person. Aus welchem Grund jemand sie genau an dieser Stelle hätte zurücklassen sollen, war dabei schwer zu sagen. Mörder waren genau wie alle anderen erschreckend unberechenbar in Situationen, in denen man eigentlich Berechnung erwarten würde.

Trotz des kurzen, aber heftigen Regenschauers am Mittwoch konnte man noch immer Reste von Blut an der Klinge erkennen. Es schien schon vorher getrocknet gewesen zu sein, sodass der Regen, der sich durch das dichte Kieferndach gedrängt hatte, die Rückstände von der Klinge nicht beseitigt, sondern nur verwischt hatte. Auch der Dreck und die Laubblätter, die die Hälfte des Messers verdeckten, sprachen dafür, dass es sich schon länger hier befand. Noch konnte sie sich nicht sicher sein, erst ein DNA-Abgleich würde Klarheit verschaffen, aber Ulrike hatte ein starkes Gefühl, dass zu ihren

Füßen die Waffe lag, durch die Leonard Berger zu Tode gekommen war.

Als endlich der blaue Polizeiwagen um die Ecke bog, hatte Ulrike bereits die direkte Umgebung des Fundortes vorsichtig abgesucht, allerdings keine weiteren Spuren entdeckt.

Ein älterer Streifenpolizist stieg aus dem Wagen. »Frau Kork?«

Ulrike bejahte und hob kurz ihren Dienstausweis. »Ich hab hier was gefunden, das muss zur KTU.« Sie zeigte auf die Stelle, an der das Messer lag. Die jüngere Kollegin ging zum Auto und kehrte mit Einweghandschuhen und einer Asservatentüte zurück, in der sie das Messer vorsichtig verstaute. »Noch irgendwas anderes?«, fragte sie.

Ulrike schüttelte den Kopf und beobachtete kurz darauf, wie der Wagen wieder zwischen den Bäumen verschwand.

Sie lief ziellos weiter und fand sich irgendwann auf einem Trampelpfad wieder, der sie endlich zur Lichtung führte. Den Hof hatte sie von dieser Seite aus noch nie gesehen. Anstatt auf die dreckige Scheune blickte sie nun auf die Rückseite des holzverkleideten Stalls, an dessen Fassade grüner Efeu emporwucherte.

Sie ging weiter und stand schließlich an der Stelle, an der sich Tanjas kleines Gemüsebeet befunden haben musste, das man nur noch anhand der Überreste einer vertrockneten Tomatenpflanze erahnen konnte. Ulrike stellte sich vor, wie Tanja jeden Morgen aus der Haustür hier hingelaufen war, um nachzusehen, ob ihre kleinen Pflänzchen die kalten Nächte überstanden hatten, wie sie stolz festgestellt hatte, wie schnell manche in die Höhe wuchsen, während andere verkümmerten. Das alles hier war Tanjas kleine Welt gewesen – zumindest für einen kurzen Augenblick –, und sie hatte nichts zurückgelassen außer diesem Beet.

Ulrike ging um die Holzscheune herum, bis sie im Innenhof stand. Es war totenstill. Vor zwei Tagen hatte man Jennifer Hellwig befragt und Tanjas Sachen aus ihrer Wohnung abgeholt. Sie hatte nur wenig Besitztümer gehabt, ein paar Kleider und Bücher. Dennoch hatte sie genau darauf geachtet, sich rückstandslos aus Nebeleck und Leonard Bergers Leben zu entfernen.

Wer war die andere Frau? War Tanja dennoch zurückgekehrt? Was hatte sich *gut aufgeklärt*, wie sie es Jennifer Hellwig in ihrer Nachricht geschrieben hatte?

Ulrike fragte sich zum wiederholten Mal, ob Tanja je aufwachen würde, um ihr eine Antwort auf diese Fragen geben zu können. Es fühlte sich an, als sei sie ein Phantom, der fiktive Charakter einer Geschichte, die Ulrike irgendwo gelesen hatte, die sie aber nicht greifen konnte. Sie spürte das Handy in ihrer Jackentasche, dachte darüber nach, im Krankenhaus anzurufen, um sich nach Tanjas Zustand zu erkundigen. Kurz entschlossen traf sie dann eine andere Entscheidung.

Die Straßen waren frei an diesem Sonntag. Ulrike bretterte mit hundertfünfzig Stundenkilometern über die Autobahn und legte die achtzig Kilometer in einer persönlichen Rekordzeit von unter vierzig Minuten zurück. Nachdem sie von der Autobahn abgefahren war, brauchte sie noch weitere fünf Minuten, bis sie ihren Wagen auf dem Parkplatz des Klinikums für Unfallchirurgie abstellte.

Vor dem Haupteingang stand ein junger Mann, der es trotz seiner eingegipsten Arme zustande gebracht hatte, sich eine Zigarette anzuzünden. Er sog den Rauch ein und schloss dann die Augen, so als habe er ein ganzes Jahr auf diesen Augenblick gewartet. Beim Empfang stellte sie sich vor und wurde auf die Intensivstation verwiesen. Vor der Schleuse desinfizierte sie sich ihre Hände und ließ sich dann von der Krankenschwester zu Tanjas Zimmer führen. Die Frau mit den stacheligen blondbraunen Haaren blickte neben Ulrike durch das Fenster auf den Körper des jungen Mädchens, der von Schläuchen, Maschinen und Kabeln umringt war.

»Sie hat sich stabilisiert. Ihre Chancen haben sich etwas verbessert.« Die Frau sah auf ihre Uhr. »Sie haben zehn Minuten, dann muss ich Sie bitten zu gehen. Ich habe sowieso schon eine Ausnahme gemacht.«

Ulrike bedankte sich und öffnete leise die Tür, wie um vorsichtig zu sein, das schlafende Mädchen nicht zu wecken. Durch die geschlossenen Vorhänge drang etwas Licht ins Zimmer. Tanja lag bewegungslos auf dem Bett, auf dem Nachtschrank neben ihr stand ein riesiger Blumenstrauß. Ulrike setzte sich auf den Stuhl neben dem Bett und musterte sie. Tanja sah friedlich aus, die Geräte um sie herum piepsten leise, die Beatmungsmaske verdeckte die Hälfte ihres Gesichts. Ihre Hände lagen neben ihrem Körper.

Sie beobachtete, wie sich Tanjas Brust im immer gleichen Zeitintervall hob und senkte. Der Anblick raubte Ulrike den Atem. Ganz unvermittelt kamen ihr die Tränen. Sie nahm die kalte, weiche Hand des Mädchens, legte sie vorsichtig in ihre und streichelte mit dem Daumen über Tanjas Handrücken. Hinter den geschlossenen Lidern bewegten sich deren Augen für einen Moment schnell hin und her. Irgendwo war sie, an einem dunklen Ort, hier im Raum und gleichzeitig weit entfernt.

»Hallo, Tanja«, sagte sie leise und wunderte sich über den hohlen Klang ihrer Stimme. »Ich heiße Ulrike, und ich bin von der Polizei.«

Dann begann sie, leise und langsam mit ihr zu reden, ihr vom Wetter zu erzählen, dass sie ihren Gemüsegarten besucht hatte, dass sie Jennifer getroffen hatten. Die Worte gingen ihr bald leichter von den Lippen, und so vergaß sie schnell die Zeit. Irgendwann vernahm sie ein leises Klopfen und sah die Krankenschwester hinter dem Fenster, das zum Flur hinzeigte, die freundlich mahnend auf die Uhr tippte und drei Finger in die Luft hob. Ulrike nickte. Noch immer hielt sie die Hand des Mädchens in ihrer.

»Tanja, auch wenn du vielleicht nicht mehr willst, du wirst sehen, dass es da draußen viel gibt, für das es sich zu kämpfen lohnt. Ich verspreche dir, dass es besser wird von hier an.« Sie überlegte für einen Augenblick, strich ein letztes Mal über das kleine, wachsfarbene Händchen. »Ich bin froh, dass du überlebt hast. Du bist stärker, als du denkst.« Diesmal gab es keine Regung in Tanjas Gesicht. Ulrike legte die Hand zurück auf das Bett und verließ das Krankenzimmer.

»Vielen Dank«, sagte sie mit erstickter Stimme zur Krankenschwester, lief eilig durch die Schleuse und öffnete auf der anderen Seite die Tür zur Damentoilette. Sie stellte die Arme auf dem Waschbecken auf, ließ den Kopf sinken und wartete geduldig, bis die letzte Träne versiegt war. »Verdammte Scheiße.«

Sie blickte in den Spiegel, fühlte sich beinah brutal von der Realität überrumpelt und hatte mehr denn je das Gefühl, eine alte Frau anzusehen. Die Erinnerung war ganz plötzlich gekommen, die Erinnerung an das eigene Kind. An Emma, die kaum älter war als Tanja. Lutz und sie hatten sich so erschrocken, als Emma als junges Mädchen in hohem Bogen vom Fahrrad gestürzt war, als sie auf dem Boden lag, Blut an der Stirn, die Augen geschlossen, als Ulrike für einen qualvoll langen Moment gefürchtet hatte, dass sie sie nicht wieder öffnen würde. Nur Minuten später stand Emma wieder auf den Beinen, rannte lachend über den Hof und die Straße entlang.

Wie viele Jahre war das her? Es kam Ulrike vor wie eine Ewigkeit. Sie beseitigte mit einem Papiertaschentuch die Spuren der verwischten Mascara, legte den Kopf in den Nacken und atmete dreimal tief durch, wie sie es immer tat. Dann wusch sie ihre Hände sorgfältig, öffnete die Tür und machte sich auf den Weg zurück ins Freie.

Das warme, helle Sonnenlicht schlug ihr entgegen, als sie das Gebäude verließ. Sie blieb für einen Augenblick stehen und sog die frische Frühjahrsluft tief ein. Dann ging sie zu ihrem Auto zurück, setzte sich hinter das Steuer und schloss die Augen. Alles war plötzlich durcheinandergeraten, alles schwirrte umher, und obwohl sie nichts mehr wollte, als augenblicklich den Krankenhausparkplatz zu verlassen, hinderte sie irgendetwas daran, den Schlüssel im Zündschloss umzudrehen und loszufahren, irgendetwas hielt sie fest, irgendetwas, das ihr aufgefallen war und das sie von sich geschoben hatte, als sie mit Tanja gesprochen hatte. Zwischen all den umhergeistern den Bildern und Erinnerungen bekam sie plötzlich den Gedanken zu fassen. Sie stieg aus dem Wagen, ging zurück ins Krankenhaus, fuhr mit dem Fahrstuhl zur Intensivstation und klingelte wieder an der Schleuse, bis die Krankenschwester mit den stacheligen Haaren vor ihr stand. »Ja? Haben Sie etwas vergessen?«

»Gibt es eine Liste der Leute, die Frau Grass besucht haben?«

»Ja, das wurde so angeordnet«, sagte die Krankenschwester.

»Können Sie bitte nachsehen, wer die Blumen gebracht hat?«

»Das brauch ich nicht nachsehen«, sagte sie. »Außer Ihnen war sowieso nur noch eine andere Person hier.«

»Und wer?«

»Den Nachnamen hab ich mir gut merken können. Ein Herr König war das.«

17

Ulrike hatte eine schlaflose Nacht in Regensburg verbracht. Zahlreiche Male war sie aufgestanden, hatte sich vor das Fenster oder auf den Balkon gestellt, hatte unzählbare Gedanken gleichzeitig im Kopf überschlagen und doch keinen einzigen klar fassen können. Immer wieder sah sie Tanjas Gesicht vor sich, die blauen Äderchen unter den Augen, die Schrammen auf der Wange, die verbundene Platzwunde am Kopf, die Beatmungsmaske, die Haut so dünn wie Reispapier, beinah durchsichtig.

Sie hatte überlegt, nach Schwanghaus zurückzukehren, aber je länger sie dort war, je länger die Ermittlungen andauerten, je tiefer sie sich in die Sache hineingezogen fühlte, desto mehr meinte sie, den Wald vor lauter Bäumen nicht zu sehen. Irgendetwas war anders in diesem Fall, war verschoben. Er berührte Ulrike, als sei sie persönlich betroffen, forderte sie stärker als gewöhnlich heraus und ließ sie nachts ruhelos wach liegen. War es Tanja, die im selben Alter ihrer Tochter war, war es die Lücke, die Thorsten hinterlassen hatte, war es der Fall selbst, seine seltsamen Wendungen und unerwarteten Erkenntnisse, war es all das zusammen? Es fiel ihr schwer, eine Antwort zu finden. Alle Gedanken schienen herumzuschwirren wie brennende Blätter, von Glut zerfressen, unmöglich zu ergreifen.

Sie musste durchatmen, nur für einen Moment. Weil sie nicht wusste, wo sie sonst hinsollte, war sie in ihre leere Wohnung gefahren, hatte sich mit einer Pizza auf den Parkettfußboden im Wohnzimmer gesetzt, das Handy ausgeschaltet und durch das Fenster beobachtet, wie die Sonne hinter der gegenüberliegenden Hauswand unterging. Dann war sie wie ein Besucher durch die Wohnung geschlendert und hatte einige Kartons ausgeräumt. Der Umzug aus ihrer Altbauwohnung im Münchner Stadtteil Neuhausen war ihr schwergefallen, sie war ihr Refugium gewesen, ihr Rückzugsort für zehn lange Jahre.

Die Dinge, die sie wehmütig verpackt hatte, ihre alten Schlittschuhe, die Bilder, die sie auf einem Kunstmarkt in London erstanden hatte, die bunten Kissen, sie alle schienen noch immer Teil ihres alten Zuhauses, eines alten Lebens zu sein und wirkten seltsam fehlplatziert in der neuen Wohnung.

Nachdem sie einen Karton Bücher ausgeräumt und im Wohnzimmerregal halbherzig aneinandergereiht hatte, bemerkte sie das Paket im Flur. Zu Thorstens Geburtstag im nächsten Monat hatte Ulrike ihm bei einem Online-Antik-Markt einen Plattenspieler gekauft, der noch immer verpackt neben der Wohnungstür stand. Mit verschränkten Armen starrte sie lange auf das Geschenk, dann seufzte sie. Es half nichts. Kurzerhand riss sie das Papier auseinander, packte das grüne Ungetüm aus und schloss es im Wohnzimmer an. Sie öffnete eine Flasche Wein und legte eine ihrer alten Platten auf, die sie schon im Keller verstaut hatte. Als Elton Johns Stimme durch die leere Wohnung hallte, fühlte sie sich für einen Augenblick etwas mehr in der Lage, klarer sehen zu können, und so kehrte sie in Gedanken wieder zum Fall zurück.

Sobald Ulrike von der Krankenschwester den Vornamen des geheimnisvollen Besuchers erfahren hatte, war eine Welle von Fragen über sie hereingebrochen. Matthias König war am gestrigen Morgen nach dem Dorffest da gewesen. Ulrike und er hatten sich nur um einige Stunden verpasst. Er hatte Tanja nicht besuchen dürfen, also hatte er die Blumen im Schwesternzimmer abgegeben, sich nach ihrem Zustand erkundigt und war dann wieder gefahren. Besorgt hatte er laut der Schwester gewirkt, geradezu bedrückt.

Ulrike erinnerte sich daran, was ihr Kollege Stefan Brunner ihr vor einigen Tagen gesagt hatte: Matthias König habe auf die Frage nach Tanja eine ungewöhnliche Reaktion gezeigt, ihm sei »die Mimik entglitten«, so hatte er es beschrieben. Ulrike hatte bislang angenommen, dass sein vermeintlicher Versuch, Frankas Cousine Stefanie Schweiger nach deren Gespräch mit der Polizei einen Besuch abzustatten, mit seinem einflussreichen Großcousin zusammenhing. Jetzt allerdings hatte sich eine neue Tür geöffnet. Es blieb herauszufinden, welcher Art die Verbindung zu Tanja war. Sollte er in sie verliebt gewesen sein, dann gab ihm das ein Mordmotiv. Sie war der Schlüssel. Doch sie schlief. Und das vielleicht für immer.

Früh am Morgen machte Ulrike sich auf den Weg zurück nach Neumarkt. Sie hatte Kopfschmerzen und einen flauen Magen. Fast die ganze Flasche hatte sie getrunken, dabei Musik gehört und herumgegrübelt, bevor sie ins Bett gegangen war. Der Rausch und die Gedanken hatten sich wie Nebelschwaden um sie verdichtet und sie wieder um den dringend benötigten Schlaf gebracht.

Vom Auto aus hatte sie im Büro angerufen. Sie hatte Yusuf erreicht, ihn kurz über die aktuelle Situation aufgeklärt und sich mit ihm im Drosselweg 28 verabredet, um Matthias König zu befragen. Ein Besuch bei Peter König war im Anschluss geplant. Ulrike erhoffte sich heute endlich Antworten, erhoffte sich weiterzukommen, sie war trotz der Kopfschmerzen hellwach.

Sie verließ die Autobahn und fuhr dann über Bundes- und Landstraßen nach Schwanghaus. Noch immer schien die Sonne, noch immer keine Aussicht auf Regen. Die Hauptstraßen des Dorfs waren nach wie vor reich geschmückt, Eltern brachten ihre Kinder in den Kindergarten, standen winkend am Zaun. Es war Montagmorgen, der Beginn einer neuen Woche.

Im Drosselweg kehrte eine ältere Dame den Gehweg und lächelte Ulrike freundlich an, als diese langsam an ihr vorbeifuhr. Ulrike nickte zurück, sie erwischte sich dabei, jedem zu misstrauen, und noch während sie das dachte, hörte sie wieder Harrys tiefe Stimme in ihrem Kopf: »Bleib bei den Fakten, Ulli.«

Yusuf stand schon vor dem Haus, lehnte an der Fahrertür und trank Kaffee aus einem Einwegbecher. Er nickte ihr zu, als sie ihm entgegenkam, und stellte den leeren Behälter auf dem Autodach ab. Er wirkte etwas ausgeschlafener, hinter dem dichten grauschwarzen Schnurrbart vermutete sie sogar so etwas wie ein Lächeln.

»Morgen«, sagte er, nachdem sie aus ihrem Mercedes gestiegen war. »Bereit?«

Gemeinsam gingen sie auf das weiße, frisch renovierte Gebäude zu. Der Betonmischer stand noch im Vorgarten, genau wie einige Balken und alte Farbeimer. Die Arbeiten schienen noch nicht beendet zu sein, und so war auch noch keine Klingel an der Tür angebracht. Nur ein paar lose Kabel ragten aus einem Loch in der Hauswand hervor.

Yusuf klopfte laut vernehmlich an die Tür. Aus dem Inneren war nichts zu hören. »Herr König, hier ist die Polizei, wir müssen mit Ihnen sprechen«, sagte er mit dröhnender, sonorer Stimme.

Ulrike ging um das Haus herum. Die Rollläden waren fast überall heruntergelassen, das Haus schien leer zu sein. »Herr König!«, rief sie laut und hämmerte an die Außenseite der Rollläden.

Plötzlich hörte sie eine Stimme hinter sich. »Der ist vermutlich schon in der Arbeit.«

Sie drehte sich zur Hecke des Nachbargartens und konnte durch das dichte Gebüsch nur ungefähr die Frau erkennen, die rauchend auf der Wiese stand. Ulrike ging zurück zum Vorgarten und dann auf die Straße zum Nachbarhaus hinüber. Gabi König, Matthias' Mutter, hatte sich mittlerweile auf einen Liegestuhl fallen lassen. Neben ihr stand ein Flamingo aus rosarotem Stein. Sie trug einen grünen Kaftan und eine Sonnenbrille, die Haare waren frisch aufgeföhnt.

»Guten Morgen!«, rief Ulrike ihr über den Zaun zu. »Wir suchen Ihren Sohn.«

»Darf ich fragen, warum?«

»Wir würden das gern direkt mit ihm besprechen. Er ist in der Arbeit, haben Sie gesagt? Können Sie uns bitte die Adresse geben?«

Die Frau zündete sich eine neue Zigarette an, stand auf und kam auf Ulrike zu. »Irgendetwas hat er wieder angestellt, oder?« Sie wirkte desinteressiert, als wäre ein Besuch von der Polizei nichts Ungewöhnliches. »Er ist leider nicht die hellste

Leuchte. Aber er ist ein guter Junge. Auch wenn er mir oft Kummer gemacht hat.«

Ulrike beobachtete die Frau, die langsamen Bewegungen, wie sie ihren Kopf zur Seite neigte. Irgendetwas war seltsam an ihr. Das Desinteresse, das Ulrike ihr gerade noch attestiert hatte, wirkte jetzt auf einmal wie Benommenheit, als sei sie weggetreten.

»Geht es Ihnen gut, Frau König?«

Die Frau hielt plötzlich völlig still, schien Ulrike durch die dunklen Gläser anzuschauen, dann zog sie an ihrer Zigarette und machte eine wegwerfende Handbewegung. »Matthis' Schlosserei ist im Ort unten. Hinter der Kirche. Schönen Tag noch.« Sie drehte sich um, drückte die Zigarette im Aschenbecher auf dem Terrassentisch aus und verschwand im Haus.

»War die auf Drogen?«, fragte Yusuf, der dazugetreten war.

»Ich weiß es nicht. Aber irgendetwas ist hier auf jeden Fall faul.«

Das Tor zu Königs Schlosserei war geöffnet, Radiomusik schallte durch die große Halle. Zwei Männer standen schwatzend vor dem Gebäude, aus dem Inneren war das Kreischen einer Metallsäge zu hören.

»Chef nicht da«, erklärte einer von ihnen auf Ulrikes Frage nach Matthias König. Wie um sicherzugehen, suchte er die Straße nach Königs Auto ab, dann ging er ins Innere. Am Ende der Werkhalle befand sich ein kleines verglastes Büro. Es war leer.

Ulrike wählte die Nummer, die der Mitarbeiter ihnen gegeben hatte. Das Freizeichen ertönte, doch keiner nahm ab. Sie legte auf, steckte das Handy in ihre Jackentasche und zuckte mit den Schultern. »Bitte sagen Sie Ihrem Chef, er soll sich so bald es geht bei der Polizei in Neumarkt melden.«

Der Mitarbeiter nickte, Ulrike und Yusuf verließen das Gebäude und kehrten zu ihren Autos zurück.

»Schauen wir einfach später noch mal vorbei«, sagte Yusuf.

Ulrike sperrte ihren Wagen ab und setzte sich neben ihn auf den Beifahrersitz.

»Weiter zum nächsten König.« Yusuf ließ den Motor an.

»Und, wie geht es dir?«, fragte Ulrike und beobachtete ihn aus dem Augenwinkel.

»Ach ja«, sagte er beiläufig. »Passt schon.«

»Und deiner Frau?«

»Man macht sich so seine Gedanken.« Er presste für einen Moment die Lippen aufeinander. Heute schien er trotz seiner vergleichsweise guten Laune nicht in Redestimmung zu sein. »Und bei dir?«

»Muss«, antwortete sie. »Immer noch in der Trennung?«, fragte sie weiter.

»Wie gesagt … Wir machen uns unsere Gedanken«, murmelte er.

Dann schwiegen beide wieder, bis sie vor Peter Königs Neubaupalast standen. Im grellen Sonnenlicht wirkte das Gebäude noch imposanter. Ein weißes, kastenförmiges, geradliniges Design, große Fensterfronten. Der Teil des Gartens, den man von der Straße aus sehen konnte, hatte Ähnlichkeit mit einem Golfplatz. Hinter dem Haus meinte Ulrike durch die Fenster einen Pool erkennen zu können. Von hier aus musste man einen weiten Blick auf die Gegend haben und auf das Dorf – Peter Königs Reich.

Ulrike drückte auf die Klingel außen vor dem Tor. Lange passierte nichts, dann hörte man in der Gegensprechanlage eine Frauenstimme. »Ja? Wer ist da?«

»Frau König? Hier ist die Polizei. Wir hätten gern mit Ihrem Mann gesprochen. Ist er zu Hause?«

Ein Knacken in der Leitung. Ulrike blickte durch das Fenster neben der Tür. Trotz der starken Spiegelung meinte sie die Frau mit den langen schwarzen Haaren zu erkennen, wie sie dort stand und die beiden betrachtete. Dann verschwand sie wieder.

»Was ist das für eine verdammte Scheiße mit diesen Königs?« Ulrike drückte erneut und immer wieder auf die Klingel. Sie schaute nach oben und sah die Frau nun im ersten Stock durch die Wohnung huschen.

»Frau König!«, rief Ulrike lauthals und drückte noch immer auf die Klingel.

»Lass, Ulrike, ich glaub, da kommt er.«

Ein großer Geländewagen näherte sich ihnen. Am Steuer erkannte Ulrike Peter König hinter einer großen verspiegelten Sonnenbrille. Mit quietschenden Reifen brachte er den Wagen zum Stehen und öffnete hektisch die Fahrertür. »Was machen Sie hier?« Er wirkte irritiert, schaute nach oben in den ersten Stock, wo er seine Frau vermutete.

»Wir müssen mit Ihnen reden, aber Ihre Frau ...«

Peter König schien sich zu fassen. »Lassen Sie meine Frau aus dem Spiel.« Er steckte den Autoschlüssel in seine Hosentasche, öffnete das große Eisentor mit einem Fingerabdruckscanner, der sich neben der Türklingel befand. »Bitte«, sagte er und bedeutete ihnen, ihm zu folgen.

Die große Haustür öffnete sich automatisch, als Peter König sich ihr näherte. Sie betraten eine weiß gestrichene Eingangshalle, die auf den ersten Blick den Eindruck einer Kunstausstellung machte. An den Wänden hingen großflächige Gemälde, Masken, Geweihe. Eine Skulptur aus dunklem Schwemmholz schmückte den Bereich neben der Eingangstür.

Ulrike und Yusuf folgten Peter König in die Küche, die links des Eingangs lag. Der Boden war schwarz-weiß gefliest, eine Kochinsel befand sich in der Mitte des Raumes. Ein schwarzes Ceran-Kochfeld, ein Spülbecken aus Keramik, eine Abzugshaube aus glänzendem Edelstahl. Nur ein Glas Wasser stand auf der Ablage neben dem Waschbecken, sonst schien alles unberührt, so als wäre die Küche erst vor zehn Minuten eingebaut worden.

»Möchten Sie etwas trinken?«

Beide verneinten. Peter König selbst öffnete einen großen, schwarz glänzenden Kühlschrank und nahm eine Glaswasserflasche heraus. Nachdem er getrunken hatte, lehnte er sich an das Spülbecken. Er lächelte, aber Ulrike merkte, dass irgendetwas ihn nervös zu machen schien. Seine Haltung wirkte verkrampft, das Lächeln aufgesetzt. Seine Augäpfel wanderten unruhig hin und her, den Flaschendeckel ließ er unentwegt durch die Finger gleiten.

Yusuf schlenderte unterdessen durch den Raum und begutachtete einen nachgebildeten vergoldeten Straußenkopf. Aus dem Schnabel des Tiers ragte ein schwarzes, ummanteltes Kabel, an dessen Ende eine Glühbirne hing.

»Bitte nicht anfassen!«, herrschte König ihn plötzlich an. »Das ist ein Sammlerstück.« Die Nervosität war ihm jetzt geradezu ins Gesicht geschrieben. »Tut mir leid, ich … Ich hatte ein langes Wochenende. Das Frühlingsfest … Das verlangt mir immer viel ab.« Er fuhr sich durch das gegelte Haar.

Ulrike zog ihr Handy aus der Tasche. »Stichwort Frühlingsfest …« Sie öffnete das Foto, das Dieter Nowak ihr zugesandt hatte. »Das sind Sie und Leonard Berger letztes Jahr.«

Sie hielt ihm das Handy hin und beobachtete seine Reaktion. Er hob die Augenbrauen, lachte kurz auf. »Ja, das stimmt.« Ulrike registrierte die kleinen glänzenden Schweißperlen, die sich auf seiner Oberlippe gebildet hatten. »Und was sagt Ihr Ermittlergeist dazu, Frau Kork?«

Ulrike steckte das Handy in ihre Tasche zurück. »Zunächst einmal sagt mir das, dass Sie nicht ganz ehrlich waren, als wir uns das letzte Mal unterhalten haben. Wie gut kannten Sie Berger wirklich?«

Er schnalzte mit der Zunge. »Ich bitte Sie, Frau Kork …« Er nahm erneut einen Schluck aus seiner Flasche. Er wollte Zeit gewinnen.

Yusuf trat auf ihn zu. »Jetzt verschonen Sie uns mit Ihrem leeren Gewäsch und reden Sie Klartext!« Er hatte sich gefährlich nah vor Peter König aufgebaut, auf dessen Gesicht ein spöttischer Zug lag.

»Herr Kaya! Was sind das für Maßnahmen? Sind das die Verhörmethoden aus Ihrer türkischen Heimat?«

Yusufs Gesicht lief rot an, Ulrike gab ihm mit einem Blick zu verstehen, sich von König zu entfernen. Er drehte sich um und stellte sich an die Kochinsel.

»Herr König, Ihr charmanter Alltagsrassismus in allen Ehren, aber Sie haben trotzdem noch nicht auf meine Frage geantwortet. Ich habe eine Quelle, eine sehr zuverlässige Quelle, die mich darüber informiert hat, dass hinter Ihrer Verbindung zu Berger wohl etwas mehr steckt als eine lose Bekanntschaft. Also: Was ist dran, wem kann ich glauben?«

Peter König fixierte Ulrike. »Ich sage gar nichts mehr ohne meinen Anwalt.«

Ulrike zuckte mit den Schultern. »Wie Sie wollen. Aber seien Sie sich sicher, wir haben Sie im Blick. Und ich habe ein Gefühl, dass wir uns das nächste Mal bei uns unterhalten!«

Es war totenstill im Raum, Peter Königs Augen blitzten, dann lächelte er wieder. »Wir werden sehen, Frau Kork. Jetzt muss ich Sie aber leider bitten zu gehen.«

Ulrike gab Yusuf ein Zeichen, und sie verließen die Küche. Gerade hatte Ulrike die Eingangstür geschlossen, da hörte sie das laute Klirren eines Glases aus der Küche. Sie drehte sich um, sah König im Küchenfenster, der verschwand, als er ihren Blick bemerkte. Ein Stockwerk über ihm stand seine Frau Natascha König am Fenster. Die schwarzen Haare hingen ihr ins Gesicht, und sie lächelte. Dann winkte sie den beiden zum Abschied zu.

18

Durch das Fenster des Besprechungszimmers beobachtete Ulrike, wie eine graue Wolkenfront sich langsam vor die Sonne schob, bis die Fransen des grauweißen Ungetüms golden glänzten. Sie hatte den Eindruck, gleichermaßen aufgekratzt wie ausgelaugt zu sein, und meinte vor einer Mauer zu stehen, als wäre die Lösung ganz nah und doch unerreichbar. Unruhig tippte sie mit den Fingern auf ihren verschränkten Oberarmen.

Vor etwa einer Woche war Leonard Berger ermordet worden. Die Blutreste an der Klinge des Messers, das Ulrike im Wald gefunden hatte, waren im kriminaltechnischen Labor untersucht worden. Es war sein Blut. Andere Spuren wie Fingerabdrücke konnte man auf der Waffe nicht mehr nachweisen. Auch die Auswertung der DNA-Spuren und Fingerabdrücke, die am Tatort gefunden worden waren, hatte zu keinen neuen Ergebnissen geführt.

Neben den Abdrücken von zwei bis drei anderen, bislang unbekannten Personen hatte man auch die von Tanja im Haus nachweisen können. Das Mädchen, von dem zu Beginn noch niemand etwas gewusst haben wollte und das doch ein Jahr auf dem Hof gelebt hatte. Es war schwer vorstellbar, dass Tanja im Ort tatsächlich eine Unbekannte gewesen sein sollte, dass sie sich nicht hatte blicken lassen. Berger schien sie versteckt gehalten zu haben, vielleicht sogar zeitweise eingesperrt. Hatte man Tanjas Beziehung zu Berger mit dem Stockholm-Syndrom verwechselt? Hatte sie ihn umgebracht, um sich endlich zu befreien, oder um den vermeintlichen Betrug zu rächen, den sie Berger in ihrem letzten Tagebucheintrag unterstellt hatte? Hatte es diese sechzehn kraftvollen Stiche dafür gebraucht? Es war nicht undenkbar, dass das farblose Mädchen, dessen eigenes Leben nun an einem seidenen Faden hing, dazu fähig gewesen war.

Neben Tanja stand mittlerweile auch Peter König auf der

Liste der Verdächtigen. Er hatte den Kontakt zu Berger geleugnet. Dazu kamen die Anrufe bei König, die Berger in den letzten Wochen getätigt hatte. König hatte Berger einen Hof verkauft, mutmaßlich mit einem gefälschten Gutachten. Dieser Kauf hatte alle Geldreserven des sparsamen Biologie-Lehrers vertilgt. Es war möglich, dass Berger darauf gekommen war, dass König ihn über den Tisch gezogen hatte. Das abrupte Ende ihrer vermeintlichen Freundschaft ließe sich auch so erklären. Doch warum hatte Berger keine rechtlichen Konsequenzen gezogen? Hatte er noch mehr herausgefunden? Hatte er von Dingen gewusst, die ihn womöglich das Leben gekostet hatten?

Ulrike wendete sich vom Fenster ab, lehnte sich an den Tisch und blickte auf die Magnetwand, auf das Zeitungsfoto des lachenden Mannes, das sie sich aus dem Internet ausgedruckt hatte. Peter König, ein Mann dieses Formats, dem die öffentliche Anerkennung so wichtig war, konnte sich einen Skandal nicht erlauben. Und wäre der Verkauf des Hofes mit einem gefälschten Gutachten aufgeflogen, dann hätte er es mit einem solchen zu tun gehabt. War Berger ihm tatsächlich auf die Schliche gekommen, dann hätte das schon lange vor seinem Tod publik werden müssen. Warum jetzt, warum diese Hinrichtung, dieser plötzliche Ausbruch rasender Wut?

Ulrike zweifelte nicht, dass ein Mann wie Peter König in der Lage war zu morden. Generell hatte ihre lange Arbeit bei der Polizei sie gelehrt, dass fast jeder dazu in der Lage war. Gier, Hass, selbst Liebe trieben Menschen dazu, das Undenkbare zu tun. Um in einem Menschen die Bestie hervorzuholen, reichte sprichwörtlich ein umgelegter Schalter. Oft war bemerkenswert wenig ausschlaggebend für diesen folgenreichen Wandel.

Ulrike hatte vor einigen Jahren mit einem Mann zu tun gehabt, der nicht ansatzweise das Profil eines Gewaltverbrechers erfüllte. Er hatte eine harmonische Ehe geführt, drei Kinder großgezogen, war ein geschätzter Kollege, der kaum einmal gefehlt und alle Regeln befolgt hatte. Und dann plötzlich, drei Wochen nachdem er pensioniert worden war, war er morgens aufgestanden, hatte gefrühstückt, sich in den Garten gestellt und seinen Nachbarn erschossen. Einfach so. Ob er ausbrechen wollte, ob er den Mann im Geheimen verachtet hatte, ob es ein Unfall gewesen war, das hatte er nie verraten.

»Die Frau ist vierzig Jahre lang neben einem Unbekannten aufgewacht«, hatte sie damals konstatiert.

»Das ist in jeder Beziehung so«, hatte Harry geantwortet und wieder einmal recht behalten.

Ein plötzliches Klopfen riss Ulrike aus ihren Gedanken.

Stefan betrat das Zimmer. Er hatte Peter Königs Schwester Angela befragt, zu der Leonard Berger möglicherweise Kontakt gehabt hatte.

Ulrike hatte eine Besprechung angesetzt, um diese und andere Ermittlungsergebnisse zusammenzutragen. »Kommen die anderen?«, fragte sie ungeduldig.

Stefan nickte und setzte sich ihr gegenüber, dann sah er aus dem Fenster. »Bald soll es regnen«, sagte er.

»Wird Zeit«, antwortete sie.

Wenig später saß die Soko im Besprechungszimmer. Ulrike hatte das Fenster geöffnet, die Papiere an der Magnetwand raschelten leicht im Wind. Als Letzte schob sich Franka durch die Tür, sie entschuldigte sich und nahm neben Yusuf Platz.

Ulrike räusperte sich. »Wir hatten heute eine eher unangenehme Begegnung mit Peter König«, begann sie. »Er hat jede Aussage verweigert, redet nur noch mit Anwalt. Aber ich denke, man kann jetzt mit absoluter Sicherheit sagen, dass er irgendwie drinsteckt. Dominik, hast du herausfinden können, ob Berger etwas wegen der mutmaßlichen Gutachtenfälschung unternommen hat?«

Dominik schüttelte den Kopf. »Nichts. Er hatte einen Anwalt in Regensburg, mit dem hatte er in der Vergangenheit wegen Behördenkram zu tun. Aber der wusste nichts davon. Sonst konnte ich bisher noch nichts finden.«

Ulrike machte eine Notiz auf ihrem Zettel. »Versuch herauszufinden, ob er sich womöglich woanders erkundigt hat.

Anderer Anwalt, anderer Sachverständiger. Es muss etwas geben.«

»Da bin ich dran. Aber dieser Scheiß-Papierkram –«

»Ich weiß«, unterbrach Ulrike ihn. »Wie geht es Tanja?«

Franka zuckte mit den Schultern. »Unverändert. Die Ärzte hoffen, dass sie in den nächsten zwei bis drei Tagen die ersten Aufwachanzeichen zeigt. Bisher ist sie stabil, aber noch ist nichts entschieden.«

»Stefan, du warst bei Angela König. Was weiß die?«

»Eine komische Familie.« Er stieß die Luft zwischen den Zähnen aus. »Die Frau hat erzählt, dass Berger Kontakt zu ihr aufgenommen hat.«

»Wann war das?«

»Letztes Jahr, im Oktober. Er hat dort einmal vorbeigeschaut, der alte Charmeur. Hat sie anscheinend richtig um den Finger gewickelt.«

»Was wollte er?«

»Er hatte Fragen zu Peter, zum Geschäft, zur Familie. Er hat sich als Journalist ausgegeben, und sie hat nicht weiter drüber nachgedacht. Bis jetzt.«

»Wie lang war er da?«

»Nur für eine Stunde oder so. Kommt mir vor, als wäre er irgendwie von König besessen gewesen. Vielleicht hat er einen Rachefeldzug geplant, oder er hat Informationen gebraucht. Ich hab keine Ahnung.«

»Seltsam«, sagte Ulrike leise. »Und warum hast du gesagt, dass es eine komische Familie ist?«

Stefan schüttelte den Kopf. »Ich weiß auch nicht. Sie war irgendwie … Sie war verbissen. Hat kein Geheimnis daraus gemacht, wie sie zu ihrem Bruder steht. ›Ein selbstsüchtiges Arschloch‹ hat sie ihn genannt, und seine Frau –«

»Natascha?«

»Ja, genau. Die soll er laut der Schwester wohl auch behandeln wie einen Fußabtreter. Die kommt aus Hamburg, wusstet ihr das?«

Wieder kritzelte Ulrike auf dem Zettel vor ihr herum.

»Die ganze Sache war ziemlich seltsam. Auf der einen Seite wollte sie nichts sagen, auf der anderen Seite musste man nur mal kurz bohren, und schon kam alles Mögliche zum Vorschein, Dinge, nach denen ich nicht mal gefragt hab.«

»Ich glaub, die nehm ich mir noch mal vor«, sagte Ulrike. »Wir müssen außerdem so schnell wie möglich Matthias König finden. Da fahr ich jetzt gleich noch mal vorbei.« Sie blickte auf die angepinnten Fotos. »Unser Hauptverdächtiger ist neben Tanja zum jetzigen Zeitpunkt Peter König. Ich will, dass er komplett durchleuchtet wird. Wir brauchen alles zu ihm, jede noch so kleine Information. Seine Familie, seine Geschäfte, seine Praxis, seine Frau. Alles.« Sie dachte nach. »Ich frage in Regensburg nach, ob wir einen Durchsuchungsbeschluss bekommen. Gibt es noch Fragen?«

Keiner antwortete, stattdessen klaubten alle ihre Papiere wieder zusammen, es raschelte, Kugelschreiber klickten. Die Sitzung war beendet.

»Gute Arbeit«, sagte Ulrike abschließend.

Es hatte tatsächlich angefangen zu regnen, als Ulrike sich wieder auf den Weg nach Schwanghaus machte. Jetzt war es sechzehn Uhr. Sie hatte über den Tag verteilt noch mehrmals versucht, Matthias König auf seinem Handy zu erreichen. Noch immer ertönte das Freizeichen, doch niemand nahm ab.

Unter der grauen Wolkendecke wirkte Schwanghaus plötzlich wieder wie ein ganz normales Dorf, von der Frühjahrsidylle heute keine Spur.

Der Drosselweg war menschenleer. Ulrike stellte den Wagen vor Königs Haus ab. Der Regen prasselte laut auf das Autodach. Sie blickte durch die Wassermassen, die an den Fenstern herunterliefen, auf das Holzhaus vor ihr. Es lag noch immer genauso da wie an diesem Morgen, die Rollläden waren geschlossen.

Ulrike lehnte sich noch kurz im Autositz zurück und wartete, bis der starke Regen etwas abgenommen hatte, dann stieg sie aus dem Wagen, lief zur Tür und hämmerte dagegen. »Herr König!«, rief sie. »Polizei.«

Keine Reaktion. Sie ging erneut um das Gebäude herum und stellte sich schließlich auf die Terrasse hinter dem Haus. Die Rollläden vor der Terrassentür waren nur halb heruntergelassen, das war ihr am Morgen nicht aufgefallen. Wieder hämmerte sie gegen die weißen Lamellen. »Herr König!«, rief sie und bückte sich auf den Boden, um durch das Fenster der Tür blicken zu können. Dann zuckte sie zurück.

»Heilige Scheiße«, sagte sie atemlos zu sich selbst, ihr Herz begann zu klopfen, das Blut rauschte in ihren Kopf. Sie griff nach dem Handy in ihrer Tasche. Der Regen war jetzt so stark, dass sie fast schreien musste, um gegen das Getöse anreden zu können. »Hallo? Kork, Kripo Regensburg. Ich brauche einen Krankenwagen. Drosselweg 28, Schwanghaus.«

»Können Sie mir sagen, um was und um wen es genau geht?«, sprach die mechanische Frauenstimme am anderen Ende der Leitung.

»Matthias König, der wohnt hier. Ich seh ihn durchs Fenster, Tür ist abgeschlossen. Er scheint bewusstlos, und da … Da ist viel Blut.«

19

Ulrike hatte nicht an Gabi Königs Tür klingeln müssen, um ihr mitzuteilen, dass ihr Sohn gestorben war. Als die Haustür aufgebrochen worden war und ein Rettungssanitäter kurz darauf Matthias' Tod festgestellt hatte, stand Gabi König im Garten ihres Sohnes, völlig bewegungslos. Jeder Muskel in ihrem Körper schien angespannt zu sein, wie der einer Katze, die kurz davor war loszuspringen. Immer noch regnete es, Gabi König war vollständig durchnässt. Die Mascara lief ihr über die Wangen, das blond gefärbte, sonst so mühevoll auftoupierte Haar hing ihr in nassen Strähnen vom Kopf, klebte in ihrem Gesicht. In diesem Moment war sie ihrer ganzen Verkleidung beraubt. Sie war eine alte Frau im Regen, deren Herz gerade zerbrochen war.

Ulrike hatte sie erblickt, war zu ihr gelaufen und hatte sie gebeten, das Grundstück zu verlassen. Aber Gabi König hatte sich in Stein verwandelt, ihre Augen fixierten den Körper ihres Sohnes hinter dem Terrassenfenster. Dann hatte sie angefangen zu zittern und um sich geschlagen. Irgendwie war es den Sanitätern gelungen, sie vom Grundstück zu entfernen und ihr ein Beruhigungsmittel zu verabreichen.

Ulrike stand noch lange danach an derselben Stelle im Garten und ließ den Regen auf ihr Haar prasseln. Ihr Herz klopfte. »Fuck«, fluchte sie leise. Sie musterte einen Fliederbusch neben sich, versuchte einen klaren Gedanken zu fassen. Die Regentropfen peitschten auf die Blüten, die erschöpft ihre Köpfe in die Tiefe neigten.

Matthias König hatte sich allem Anschein nach erschossen. Die Waffe befand sich in seiner Hand, der Finger noch um den Abzug gekrümmt. Der Kopf lag in einer blutigen Lache, die Augen waren geöffnet, der Mund verzerrt. Er hatte nur eine Boxershorts getragen und ein schwarzes Nirvana-Shirt. Schon einige Stunden musste er hier gelegen haben, sein Körper war bereits kalt und erstarrt.

Ulrike hörte die Sirenen der Verstärkung, die sie angefordert hatte. Auch die Kriminaltechnik war auf dem Weg. Sie blickte auf den Fliederbusch, die hängenden Blüten, das blaue, flackernde Licht, das in den nassen Blättern reflektierte. Sie fragte sich, ob sie ihn hätte retten können, wären ihr die halb geschlossenen Rollläden schon am Morgen aufgefallen.

»Ulrike!« Yusuf stand auf der Terrasse.

Sie fasste sich, fuhr sich mit den Fingern durch das nasse Haar.

»Alles in Ordnung?«, fragte er.

Sie nickte. »Passt schon.«

Sie gingen hinein. Jemand schoss ein Foto. Das Blitzlicht erhellte das entstellte Gesicht. »Suizid?«, fragte Yusuf.

»Sieht so aus.«

»Scheiße. Hast du der Mutter …?«

»Die weiß es, sie stand eben noch im Garten. Hat mitbekommen, wie wir rein sind.«

»Scheiße«, wiederholte er.

Ulrike blickte sich in der Wohnung um. Matthias war mit der Renovierung und dem Ausbau so gut wie fertig geworden. Nur hier und da sah man noch ein paar Stellen, die abschließender Arbeiten bedurft hätten, wie eine unverputzte Wand oder ein Backofen in der Küche, der noch nicht angeschlossen war. Im Wohnzimmer stand eine große, graue Couch neben einem modernen Holzofen, dessen schwarzes Rohr in der Decke verschwand. Die Küche war offen, eine Theke trennte den Koch- vom Wohnbereich. Vor dieser hatte Matthias ein paar Barhocker im Boden verschraubt, eine halb ausgetrunkene Bierflasche stand darauf, daneben lag ein kleiner Stapel ungeöffneter Post, ein Haustürschlüssel, etwas Kleingeld.

Ein wenig Licht drang durch die Lamellen der Rollläden. Die Terrassentür war weit geöffnet und erhellte den ausgestreckten Körper auf dem Wohnzimmerboden, tauchte ihn in graues, dumpfes Licht. Nur der Kopf lag im Schatten. So viel Arbeit und Geld schien er in sein Eigenheim gesteckt zu haben. Alles vergebens. Jetzt spiegelte das Haus nichts weiter als eine verlorene Zukunft wider, ungelebte Pläne und Träume.

»Er hat nicht mal sein Bier vorher ausgetrunken«, bemerkte Ulrike geistesabwesend, fast zu sich selbst, und wusste, wie unerheblich dieser Gedanke war.

»Gibt es einen Abschiedsbrief?«, fragte Yusuf.

Es dauerte nicht lang, den weißen Zettel zu finden. König hatte ihn gut sichtbar auf den Wohnzimmertisch gelegt. Ulrike streifte sich Handschuhe über, bevor sie das Papier auseinanderfaltete. Kein Umschlag, keine Anrede, der Stift lag daneben. Wenige Worte hatte Matthias auf das Papier gekritzelt, fast so, als hätte er es eilig gehabt, als wolle er keine Zeit mehr verlieren.

»*Wegen dem, was ich getan habe, tut es mir leid*«, las Ulrike vor. »*Mit der Schuld will ich nicht mehr leben, dass Leonard Berger durch meine Hand getötet wurde. Ich habe es für sie getan, und es war ein Fehler, den ich nie wiedergutmachen kann. Es tut mir leid.*« Ulrike runzelte die Stirn. Sie drehte den Brief um.

»Mehr steht nicht drin?«, fragte auch Yusuf.

Sie zog die Augenbrauen nach oben. »Ganz schön nüchternes Geständnis.« Ulrike tippte auf den Zettel. »Siehst du das? Er hat den Namen von Berger nachträglich eingefügt.« Das Wort »jemand« war durchgestrichen, Bergers Name darübergekritzelt worden.

»Er wollte nicht missverstanden werden«, sagte Yusuf.

Ulrike schüttelte den Kopf. »Das ist doch komisch.« Sie reichte den Zettel wieder dem Beamten, der ihn auf dem Tisch aufgelesen hatte und ihn nun in einer Tüte verstaute.

»Es ist nicht völlig unerklärbar«, sagte Yusuf. »Er wollte, dass zweifellos feststeht, wen er gemeint hat. Dass keine Fragen mehr offen sind.«

»Oh, ich hab viele Fragen«, bemerkte Ulrike.

Der Geruch von Holzlasur stieg ihr in die Nase. Sie kannte ihn, fühlte sich in die Werkstatt ihres Vaters zurückversetzt, sah ihn kurz vor sich, im Licht eines Strahlers sitzend, Stuhlbeine abschleifend. Sie ging in die Küche, strich über die Arbeitsfläche, die frisch lasiert worden war. »Der renoviert fröhlich weiter, trinkt Bier, dann schreibt er einen Abschiedsbrief und schießt sich in den Kopf?«

»Wir wissen nicht, was genau passiert ist, und wir werden auch nie erfahren können, was in ihm vorging. Was soll es sonst sein?«

»Ich weiß nicht, was das sonst sein soll. Aber irgendwas ist doch seltsam. Es passt nicht.«

Yusuf kam hinter ihr her, lehnte sich an die Küchentheke und blickte nachdenklich auf die Leiche. »Vor ein paar Jahren haben wir in einer Wohnung in Neumarkt einen Mann von der Decke geholt. Hatte sich aufgehängt. Er hat allein gewohnt, war vorher noch einkaufen. Frisches Obst und Gemüse, eine Tüte hat er nicht mal ganz ausgepackt.«

Ulrike erwiderte nichts. Sie kannte diese Geschichten von plötzlichen, ungeplanten Suiziden. Sie hatte oft genug davon gehört.

Auf einmal vernahmen sie Frankas Stimme. Sie hatte sich im Arbeitszimmer umgesehen, nach Hinweisen gesucht. Mit einer Mappe in der Hand kam sie auf die beiden zu. »Das solltet ihr euch anschauen.«

Die Fotos, die Franka auf der Theke ausbreitete, waren verschwommen und hastig aufgenommen und zeigten dennoch deutlich, um wen es sich handelte. Die akribische Beschriftung auf der jeweiligen Rückseite bestätigte es. Tanja auf dem Schulhof, allein auf einer Bank sitzend. Tanja vor einem Straßencafé in der Regensburger Altstadt, Tanja im Schwimmbad. Und dann: Tanja halb nackt in der Schulumkleide. Auf der Rückseite standen Jahreszahlen, genaue Ortsangaben, eine Chronologie der Verfolgung. Tanja war laut den Jahreszahlen noch sehr jung gewesen, auf einigen Fotos gerade vierzehn Jahre alt.

»Das ist Bergers Schrift«, sagte Ulrike atemlos. Sie erkannte die geschwungenen Buchstaben sofort wieder von den Zetteln und Aufzeichnungen, die man in seiner Hinterlassenschaft gefunden hatte, das auslaufende a am Ende des Namens. »Woher hatte Matthias die?«

Franka zuckte mit den Schultern. »Ich hab keine Ahnung.«

»Gibt es noch mehr?«

»Bisher hab ich nur das gefunden. Ich schau noch weiter. Aber wenn die Fotos wirklich von Berger stammen, dann ...«

»Das gibt König ein Motiv, ich weiß. Ich weiß.« Noch einmal blickte sie auf die Fotos. Ihr wurde übel.

»Was für ein Scheißkerl«, sagte sie leise mit zitternder Stimme. Dann wendete sie sich ab und ging nach draußen. Ihr war kalt, der nasse Mantel hing schwer an ihrem Körper. Sie setzte sich in einen der braunen Gartensessel, die vor der Tür standen, blickte auf den halb vollen Aschenbecher neben ihr. Mehr denn je wünschte sie sich eine Zigarette.

Yusuf stellte sich neben sie. »Auch wenn noch nicht ganz klar ist, warum, es sieht so aus, als hätten wir unseren Mörder.«

»Was ist mit Peter König? Was ist mit ihm und dieser ganzen Lügengeschichte? Was ist mit der anderen Frau, über die Tanja in ihrem Tagebuch geschrieben hat?«

Yusuf wies auf den leblosen Körper im Inneren. »Der Typ hat gestanden. Er hat ein Motiv. Hat sich in Tanja verliebt, ist irgendwie an diese Fotos gekommen, und dann ist er ausgetickt. Es macht Sinn. Er wollte sie schützen. Er wollte sie befreien, was weiß ich, was er wollte.«

»Fällt es dir nicht auf? Es wirkt konstruiert, die frische Lasur, der Abschiedsbrief, die Fotos. Woher hat er die überhaupt?«

»Ich weiß es nicht, vielleicht hat er sie im Haus gefunden, vielleicht von Tanja, vielleicht hat sie ihn angestiftet. Sie wird uns das sagen können, wenn sie aufwacht.«

»Falls sie aufwacht«, murmelte Ulrike erschöpft. »Ich will, dass wir das ganze Haus durchleuchten, weitere Spuren sammeln, der Brief muss ausgewertet werden, wir müssen –«

»Ulrike ...«, unterbrach Yusuf sie. »Es ist vorbei.«

»Das sage ich. Ich entscheide, wann es vorbei ist.« Sie starrte ihn entschlossen an, schüttelte dann den Kopf, wendete sich ab und ging im Regen durch den Garten ums Haus herum. Sie versuchte ihre aufkochende Wut zu kontrollieren, ballte die Hände zu Fäusten.

»Ach, scheiß drauf«, sagte sie dann leise und trat zu Dominik Stöckl, der mit einer Zigarette unter dem kleinen Dach der Eingangstür stand. »Darf ich eine?«

Er nickte und reichte ihr seine Schachtel. Nachdem er ihr Feuer gegeben hatte, sog sie den Rauch ein und schloss die Augen. Sie zog noch ein zweites Mal, hustete und schnipste die Zigarette dann in hohem Bogen auf den wenige Meter entfernt liegenden Bürgersteig vor der Haustür. Sie beobachtete Königs Mutter, die apathisch, in eine Decke gewickelt, in der geöffneten Ladefläche des Krankenwagens saß.

»Die arme Frau. Das muss furchtbar sein, sein Kind zu verlieren. Ich hab zwei Söhne ... vier und sechs. Kaum vorzustellen.« Dominik seufzte. »Hast du auch Kinder?«

Ulrike sah das lachende Mädchen vor sich, das Gesicht voller Tomatensoße, mit freundlichen großen Augen und blonden, verklebten Löckchen. »Eine Tochter«, antwortete sie müde, lehnte sich gegen die Hauswand und ließ sich ergeben von einer Welle der Erschöpfung überrollen.

20

Einige Tage waren vergangen, seitdem Matthias Königs Leiche aufgefunden worden war. Neben den Fotos von Tanja waren keine weiteren nennenswerten Hinweise aufgetaucht, die auf eine Verbindung zwischen ihm und Leonard Berger schließen ließen oder hätten erklären können, wie Matthias König an die Fotos herangekommen war. Die älteren Aufnahmen, die bis zu sechs Jahre alt waren, ließen vermuten, dass das junge Mädchen nicht gewusst hatte, dass es fotografiert wurde, während man dies bei aktuelleren Fotos nicht mit solcher Gewissheit sagen konnte. Manchmal ergab sich der Eindruck, als habe sie unterbewusst posiert, auch wenn sie nicht direkt in die Kamera geblickt hatte.

Berger hatte sich allem Anschein nach als der Mittelpunkt ihres einsamen Lebens inszeniert, was Ulrike wieder an Jennifers Worte erinnerte: Berger hatte sie »gesehen«, mehr noch, er hatte sie angelockt, verführt und dann eingesperrt.

Insgesamt hatte man etwa zwei Dutzend Bilder gefunden, alle gut verwahrt in einer Fototasche eines Regensburger Fotogeschäfts, Leonard Bergers Regensburger Anschrift in der rechten oberen Ecke. Franka hatte sich mit dem Ladenbesitzer in Verbindung gesetzt, der Berger erkannte und verifizierte, dass der freundliche Biologielehrer öfter Bilder bei ihm hatte entwickeln lassen. Neben den zahlreichen anderen Aufnahmen von Blumen, Tieren, der verstorbenen Frau, dem heranwachsenden Sohn, die ebenfalls in ebendiesen Fototaschen aufbewahrt worden waren und die man in Nebeleck gefunden hatte, hatte der Mann wohl nicht geahnt, dass er in seinem Studio auch Fotos entwickelt hatte, die den Tatbestand der Kinderpornografie erfüllten.

Die Waffe, mit der Matthias König sich vermutlich selbst gerichtet hatte, ein Revolver der Marke Taurus, war auf ihn angemeldet, der zeit seines Lebens Sportschütze gewesen war. Man hatte das Haus nach Fingerabdrücken durchsucht und diese mit den Personen abgeglichen, von denen man wusste, dass sie mit König in Kontakt standen. Neben René Goerschel waren auch seine anderen Bandkollegen in der Wohnung gewesen, vor wenigen Tagen hatte in dem Haus eine Probe stattgefunden.

Sie alle wurden nach einer Verbindung zwischen Berger und König und nach Königs Beziehung zu Tanja befragt. Niemand konnte oder wollte etwas dazu sagen. Wieder schwieg die Dorfgemeinschaft. Sie verklärten Matthias König zum verletzlichen Wolf, beschrieben ihn als lieben Kerl, der allerdings zu Gewaltausbrüchen neigte, der impulsiv war, bisweilen nicht berechenbar.

Seine Mutter hatte bei der Befragung aus dem Fenster ihres Wohnzimmers geblickt, mit leeren, wässrigen Augen. Sie hatte nicht viel von sich gegeben, oft mit den Schultern gezuckt, genickt oder den Kopf geschüttelt, anstatt zu sprechen.

»Matthis war ein lieber Kerl«, hatte sie am Schluss des Gesprächs gesagt. »Aber er hat Sachen immer auf seine Art gemacht. Und er hat seinen eigenen Kopf gehabt. Ich glaub ...« Sie hatte kurz überlegt. »Ich glaub, so gut hab ich den Matthis nicht gekannt. Nicht wirklich.«

Ulrike hatte mehrfach versucht, die Ermittlungen gegen Peter König weiter anzuschieben, lange Nächte im Büro verbracht, um all die Ergebnisse und Ungereimtheiten miteinander zu verknüpfen. Doch auch wenn der Fall noch nicht abgeschlossen war, sie kannte das Prozedere. Sie wusste, wie dankbar man insgeheim für das Geständnis war, dafür, eine weitere kostspielige, zeit- und personalintensive Ermittlung ad acta legen und zur Tagesordnung zurückkehren zu können. Ihre Proteste und Einwände stießen auf taube Ohren, sie wurde vom Fall abgezogen, ihre Rückkehr zur Kriminalpolizeiinspektion nach Regensburg von oberster Stelle unverzüglich angeordnet. Auch wenn Matthias tatsächlich nicht der Mörder gewesen war, vielleicht nicht mal sein eigener, Ulrike hatte ohne handfeste

Beweise keine Möglichkeit mehr, dieser Spur nachzugehen. Die einzige Person, die die Wahrheit zu kennen schien, war Tanja.

Nach anderthalb Wochen neigte sich Ulrikes Zeit in Neumarkt dem Ende entgegen. Franka hatte eine kleine Abschiedsrunde für sie auf die Beine gestellt. Sie hatte etwas Kuchen gekauft und ein paar Blumen und alles auf dem großen Tisch im Besprechungszimmer aufgebaut. Während die anderen herumstanden, sich leise unterhielten, hatte Ulrike damit begonnen, die Kopien und Zettel von der Magnetwand zu nehmen. Sie musterte für einen Moment das Bild von Peter König und legte es dann zu den anderen Papieren in die Mappe.

»Ich weiß, du hättest ihn gern drangekriegt«, bemerkte Yusuf, der sich neben sie gestellt hatte.

»Zu gern«, antwortete sie. »Das fühlt sich ziemlich beschissen an, dass wir nicht mal ansatzweise alle Fragen geklärt haben.«

»Wir sollten uns nicht verrennen. Wir können nicht allem nachgehen, nicht jeder Vermutung. Mit den Budget- und Personalkürzungen funktioniert das so nicht. Er hat gestanden und –«

»Yusuf«, unterbrach sie ihn. »Ich weiß. Nichts für ungut.« Sie schloss die Mappe vor sich und versuchte den aufkommenden Ärger hinunterzuschlucken. Auch wenn sie mit dem Ausgang der Ermittlungen mehr als unzufrieden war, wollte sie die Dienststelle nicht mit diesem bitteren Gefühl verlassen. »Ich hab noch was für dich.« Sie steckte die Mappe in ihre Tasche vor sich und zog ein Buch hervor, das sie in Zeitungspapier gewickelt hatte.

Yusuf schmunzelte, nahm das Geschenk entgegen und riss das Papier auf. Dann lachte er. »›Oskar, der freundliche Polizist‹?«

Vom Cover des Kinder-Comics blickte ihm ein grün-braun gekleideter Polizist entgegen, mit einem großen schwarzen Schnurrbart.

»Die Comics sind früher im Kölner Stadt-Anzeiger erschienen, ich hab die als Kind gern gelesen, war vielleicht sogar einer der Gründe, warum ich Polizistin werden wollte. Oskar hat mich irgendwie gleich an dich erinnert«, erklärte sie.

Yusuf blätterte lächelnd durch das Buch und schlug es dann zu. »Danke«, sagte er und reichte ihr die Hand. »Danke für die gute Zusammenarbeit.«

Sie lachte. »Ach komm, da nicht für«, antwortete sie und legte ihm freundschaftlich den Arm um die Schulter.

Der Regenfall zu Beginn der Woche hatte seinen Dienst getan, die trockenen Felder um Schwanghaus herum waren in satte Grün- und Gelbtöne getaucht. Wieder strahlte der Himmel, nur hinten am Horizont sah man eine graue Regenfront, die sich in fransigen Fäden über den grünen Hügeln ergoss. Kinder spielten in den Vorgärten, Spaziergänger schlenderten schwatzend durch das Dorf. Das Leben ging weiter wie gewohnt, so als wäre nie etwas geschehen in dem beschaulichen Örtchen.

Ulrike parkte ihren Oldtimer vor dem Boschuoster. Es war mittlerweile früher Abend geworden, im Gasthaus herrschte reger Betrieb. Ein paar Leute standen draußen herum, im Inneren lief gedämpft Musik, nur einige wenige Tische waren noch frei. Als Ulrike den Raum betrat, bemerkte sie den kurzen Moment der Stille und einige Blicke, die auf sie gerichtet wurden. Sie ging nach oben und stopfte eilig ihre Sachen in ihre Reisetasche. Während sie den Kulturbeutel im kleinen Badezimmer zusammenpackte, klingelte ihr Handy. Als sie es zur Hand nahm, registrierte sie auf dem Display eine unbekannte Nummer.

»Kork?«, meldete sie sich ungehalten.

»Du lebst noch, na bitte. Immerhin etwas«, sagte ihre Schwester am anderen Ende der Leitung.

Silkes Stimme zu hören überforderte sie, sie spürte ihr hämmerndes Herz in der Brust und hatte für einen Augenblick das Gefühl, die Luft bliebe ihr weg. Sie setzte sich auf die Bettkante, stützte die Stirn auf die Handinnenfläche und schwieg.

»Ulrike?«, blökte Silke ihr entgegen.

»Von was für einer Nummer rufst du an?«, fragte Ulrike mit dünner Stimme.

»Milos, er hat ein neues Handy. Ich wusste, du gehst nur dran, wenn du die Nummer nicht kennst. Was zur Hölle ist los mit dir?«

Ulrike sah Milo vor sich, ihren sechzehnjährigen Neffen, ungeduldig umherlaufend. Silke beschwerte sich in regelmäßigen Abständen über seinen Handykonsum. Es musste etwas heißen, dass er das Gerät, wenn auch nur kurz, an die Mutter abgetreten hatte. »Nichts ist los mit mir, ich hab nur zu tun.« Sie bemühte sich um einen überzeugten Tonfall.

»Wann wolltest du mir von der Trennung erzählen?«

»Ich hätte dich angerufen. Es kam nur dieser Fall rein, ich –«

»Ja, natürlich, der kam dir sehr gelegen, der Fall, ne?« Silke war aufgebracht. Die Trennung lag nur wenige Wochen zurück. Und obwohl Silke der Mensch war, der ihr womöglich am nächsten stand, hatte Ulrike weder sie noch ihre Mutter informiert. Doch die Kunde der dritten gescheiterten Ehe hatte offenbar schon wenige Tage nach ihrem Einzug in die leere Wohnung die Runde gemacht. Ulrike vermutete, dass sogar Thorsten selbst die Neuigkeit verbreitet hatte. Seitdem war sie abgetaucht, hatte die eingehenden Anrufe weggedrückt, Textnachrichten ignoriert.

»Es tut mir leid, es war so wahnsinnig viel los. Ich hab ja selbst noch keine Zeit gefunden, darüber –«

»Und wenn es die sechste Trennung gewesen wäre, ist mir scheißegal, Ulli. Du hättest es mir sagen müssen. Jetzt stürzt du dich wieder in die Arbeit, rennst mal wieder vor deinen Problemen davon, beschäftigst dich tagein, tagaus mit Psychopathen, und irgendwann hockst du allein in deiner Wohnung, und dann ...«

»Was dann?«

»Was weiß ich, was dann. Dann hängst du dich auf, und ich kann mich dann um alles kümmern, deine ganze Unordnung regeln.«

»Silke, du übertreibst.«

»Ich übertreibe nicht, du übertreibst! Du hast keinerlei Achtung dir selbst gegenüber. Und weißt du, was mich am meisten aufregt?«

Ulrike antwortete nicht.

»Egal wie verkorkst alles war, sonst hast du mich zumindest angerufen, du hast mir wenigstens Bescheid gesagt. Warum hast du dich jetzt nicht gemeldet? Wo zur Hölle bist du überhaupt?«

»Landkreis Neumarkt, in der Oberpfalz.«

»Wo auch immer das ist.« Für einen Moment schwieg Silke, dann atmete sie tief durch. »Komm nach Hause, nur für ein paar Tage, sprich mit mir, stell dich der Sache. Nimm dir die Zeit, bitte.«

Ulrike beobachtete die zitternden Finger ihrer Hand, als seien es nicht ihre eigenen. »Ich weiß«, begann sie. »Ich weiß, was du sagen willst. Dass du mir nur helfen willst. Aber das macht es mir nicht einfacher.« Sie zögerte, versuchte langsam zu atmen, musterte die Gegenstände in dem vor ihr stehenden Regal: einen Wasserkocher, eine Tasse, ein Bügeleisen, einen Föhn. »Nichts macht es einfacher gerade«, sagte sie und bemerkte, dass ihre Stimme drohte zu versagen. Sie räusperte sich. »Das Einzige, was es einfacher macht, ist die Arbeit. Zu tun zu haben.«

Silke seufzte. »Und wie läuft das so für dich? Ulli, wann hat es deine Arbeit je leichter gemacht? Wann hat deine Arbeit ein einziges Mal nicht alles massiv verkompliziert?«

Ulrike antwortete nicht. Sie wartete und wusste nicht, worauf.

»Ulli? Bitte, sei nicht dumm. Jetzt lauf nicht wieder weg vor allem, sprich mit Emma zur Abwechslung, komm nach Hause.«

Ulrike schüttelte den Kopf. Tränen stiegen ihr in die Augen. »Tut mir leid, Silke. Ich weiß, das ist alles gnadenlos beschissen. Aber ich muss jetzt los«, brachte sie hervor, beendete das Gespräch und ließ das Handy dann neben sich fallen. Sie legte die kalten Hände vor die Augen und versuchte langsam und kontrolliert zu zählen, so lange zu zählen, bis sie das Gefühl hatte, dass ihr Herzschlag sich normalisierte. Sie atmete tief durch, griff nach ihrer Tasche und stieg entschlossen die Treppe zum Gastraum hinunter. Auf einmal konnte es ihr nicht schnell genug gehen.

Aus der Küche roch es nach frisch panierten Schnitzeln und nach Bratkartoffeln, die in geschmolzener Butter vor sich hin brutzelten.

Ulrike stellte sich an den Tresen und schaute sich um. Ihr Blick blieb an einem Tisch in der Ecke hängen. René Goerschel hatte sich locker an die Tischkante gelehnt, sein Arm lag um Gabi Königs Schulter, deren Augen in dunkelgrauen Höhlen verschwunden waren. Peter Königs gesamte Bande war anwesend, man aß und trank, war in Gespräche vertieft, und in der Mitte thronte König selbst, ordentlich gekämmtes Haar, frisch gestärktes Hemd, vor ihm ein großes Glas Weißbier. Als René Goerschel sie bemerkte, drehte er sich um und kam auf den Tresen zu. »Sie reisen ab?«

»Ja, es hat sich ja jetzt alles aufgeklärt.«

Er sah mitgenommen aus. »Ja. Tragödie. Damit hat keiner gerechnet.«

»Nein, keiner«, antwortete Ulrike und musterte ihn genau. Auf einmal hatte sie den Eindruck, als sei es ihm nicht möglich, ihr in die Augen zu sehen, als seien seine Bewegungen hektischer, unkontrollierter als sonst.

»Ich hoffe, das war Ihr letzter Besuch bei uns. Zumindest beruflich«, sagte er bloß, kritzelte auf seinem Rechnungsblock herum, riss dann einen Zettel ab und reichte ihn ihr.

»Man sieht sich immer zweimal im Leben«, gab sie zurück. »Vielleicht schau ich noch mal vorbei, ist ja sehr schön hier.« Sie streckte ihm über den Tresen ihre Hand entgegen, die er für einen Augenblick verwirrt ansah. Dann erwiderte er ihren Abschiedsgruß mit feuchten, kalten Fingern.

Ulrike legte sich den Mantel um, nahm ihre Tasche und beäugte den Tisch in der Ecke. Keiner schien sie zu bemerken oder bemerken zu wollen. Sie musterte ein letztes Mal die Gesichter und Gestalten, und als sie gerade die Tür öffnen wollte, da hob Peter König den Kopf und schaute sie direkt an. Er nickte ihr zu, und für einen kurzen Moment huschte ein seltsames Lächeln über seine Lippen.

* * *

Hallo du,
ich dachte, du hättest mir was versprochen. Bitte enttäusch mich nicht. Bitte lass mich nicht so fallen. Bitte verleugne nicht so grauenvoll, was zwischen uns ist. Ich brauch dich. Und du brauchst mich. Und deswegen wirst du mich nicht los. Wir sind für immer verbunden.
Mein Schatz, ich verspreche dir eins: Das hier zwischen uns … Das ist noch lange nicht vorbei.
X.

21

Am späten Abend war Ulrike in Regensburg angekommen. Sie hatte sich vor diesem Moment gefürchtet, vor der noch immer leeren Wohnung, den Kartons, den halbherzig verstauten Habseligkeiten, der Einsamkeit und Ruhe, dem Zwang, durchatmen zu müssen. Erst am Montag musste sie wieder in der Inspektion erscheinen, und so lagen drei freie Tage vor ihr. Im Tiefkühlfach hatte sie noch ein paar gefrorene Fertignudeln gefunden, die sie in der Pfanne auftauen ließ. Sie hatte kein Licht in der riesigen Wohnung angeschaltet, außer der kleinen Lampe an der Dunstabzugshaube, und so stand sie an das Waschbecken gelehnt, umgeben von völliger Dunkelheit, während der schockgefrostete Klumpen Penne Gorgonzola langsam brutzelnd neben ihr auftaute.

Ulrike versuchte sich in den umliegenden Zimmern die Gestalten vorzustellen, die sie aus Schwanghaus in ihre Wohnung mitgebracht zu haben schien. Peter König auf dem Sofa sitzend, seine Cousine neben ihm. René Goerschel am Fenster, Tanja irgendwo da vorn im Schatten auf dem Flur. Es gelang ihr noch immer nicht, all die Indizien und Hinweise miteinander zu verbinden. Sie konnte sich nicht des Gefühls entledigen, etwas zu übersehen, etwas nicht verstanden zu haben. Doch es schien zu spät zu sein.

Ulrike erinnerte sich in diesem Moment an eine Frau, der sie zu Beginn ihrer Dienstzeit begegnet war. Sie war damals noch eine junge Streifenpolizistin gewesen, Anfang zwanzig, idealistisch, voller Tatendrang, ausgestattet mit einem starken Gerechtigkeitssinn. Lutz und sie hatten noch in Dortmund gelebt, frisch verheiratet, in ihrer ersten Wohnung. Ein Zimmer mit getrennter Küche. Es hatte gereicht, sie hatten nicht viel gebraucht.

An jenem Abend hatten Ulrike und ihr Kollege Spätdienst gehabt, sie waren durch die Innenstadt gefahren, da ging plötzlich ein Notruf ein. Häusliche Gewalt in der Dortmunder Nordstadt, nichts Ungewöhnliches. Es gab kaum einen Abend, an dem sie nicht in den Norden ausrücken mussten. Was sich heute zum Szeneviertel mauserte, war in den Neunzigern ein Problembezirk, Schmelztiegel unterschiedlichster Nationen, gezeichnet durch eine hohe Kriminalität und Arbeitslosigkeit. Der Rückgang des Bergbaus, der in den Achtzigern und Neunzigern das Ruhrgebiet für immer verändern sollte, zeigte sich hier von seiner hässlichsten Seite.

Die Einsatzleitung hatte sie zu einem Hochhaus in der Kielstraße geordert. Sie war mit Jens unterwegs gewesen, ein erfahrener Polizist, doppelt so alt wie sie damals und per Du mit Bordellbesitzern und Bandenchefs. Das Gebäude in der Kielstraße kannte er bereits, Ulrike war das erste Mal dort.

Das verdreckte Treppenhaus und der beißende Geruch waren ihr bis heute ins Hirn gebrannt. Laute Musik wummerte aus den Wohnungen, hallte zwischen den Etagen wider, doch hinter der Tür, hinter der sich das Verbrechen zugetragen hatte, war es totenstill. Die Tür war angelehnt, der Wohnungsflur lag dunkel vor ihnen. Rechts des Flures war das Badezimmer, man hörte ein leises Gewimmer.

Ulrike betrat den dunklen Raum, und da kauerte die junge Frau im hintersten Winkel des Bades, ihre Arme um ein kleines Kind geschlungen. Sie weinte leise, das Gesicht blutüberströmt. Ihr Mann saß in der Küche und trank Bier. Er ließ sich ohne viel Gegenwehr festnehmen, auch die Frau entfernte man aus der Wohnung. Sie war Bulgarin, sprach nur gebrochen Deutsch. Das Kind, ein Mädchen, war vier Jahre alt gewesen.

Danach hatte Ulrike die Frau noch einmal bei Verwandten besucht und nach dem Rechten gesehen. Ein paar Monate hatte ihr Mann im Strafvollzug verbracht. Dann war er wieder freigekommen, die Frau zu ihm zurückgekehrt, und etwa ein halbes Jahr später war es wieder passiert. Diesmal waren sie zu spät gewesen.

Ulrike hatte damals die Kehrseite des Lebens in vollem Maße begriffen, hatte eine andere Seite, ein anderes Buch aufgeschlagen. Gleichzeitig hatte sie eine Grenze erreicht, in dem Moment, in dem es ihr nicht gelungen war, das Richtige zu tun.

Noch immer brutzelten die Nudeln in der Pfanne, als sie sich an dieses Erlebnis zurückerinnerte. Viel hatte sich verändert, viele Jahre waren ins Land gezogen, und Ulrike hatte zahlreiche Tatorte gesehen, weitere menschliche Tragödien hautnah miterlebt. Auch wenn der Kontrast zwischen der Dortmunder Nordstadt der neunziger Jahre und dem fein herausgeputzten Schwanghaus inmitten der idyllischen Oberpfalz nicht größer sein konnte, hatte sie dasselbe Gefühl, versagt zu haben und das nicht ändern zu können.

Ein unangenehmer Geruch stieg ihr in die Nase, sie warf einen Blick in die Pfanne. Die Nudeln waren angebrannt. Sie seufzte. Dann schaute sie wieder in die dunkle Wohnung voller schattiger Gestalten und ungesagter Worte. Sie sah Silke vor sich, mit verschränkten Armen, den Kopf schüttelnd. Das tat sie, seit sie klein war, das hatte sie getan, als Ulrike ihr davon erzählt hatte, Polizistin werden zu wollen. »So wie du dich immer in alles reinsteigerst, Schwesterherz, da kannst du dir auch gleich die Kugel geben.« Ulrike erinnerte sich zurück an Schwanghaus. Sie rief sich die satten Farben ins Gedächtnis, die strahlende Sonne. Dort, wo viel Licht ist, ist auch viel Schatten, dachte sie. Dann schaltete sie die Deckenlampe ein und nahm die Pfanne vom Herd.

✳✳✳

Hamburg, 31.12.1999

Eine Nacht aus tausend Nächten war ebendiese, die Jahrtausendwende, der Beginn einer neuen Zeit. Alles glitzerte und leuchtete. Auch ihr Kleid, das sie an diesem Abend trug. Goldene Pailletten schmückten es, ihr Haar hatte sie hochgesteckt und grün schimmernde Ohrringe angelegt. Sie hatte die seltsame Vorahnung, dass diese Nacht ihr Leben in ein Davor und ein Danach zerteilen würde. Etwas Neues brach an, und sie hatte sich für den Anlass gekleidet.

Es war kalt, draußen auf der Dachterrasse, doch der Alkohol hatte um alle einen wärmenden, prickelnden Mantel gelegt. Zahlreiche Gäste tummelten sich hier oben, sahen auf die leuchtende Stadt, über der eine zitternde, freudige Anspannung lag. Dreiundzwanzig Uhr fünfundvierzig. Es war bald so weit.

Eine Freundin hatte sie mitgenommen zu der Party. Ein glamouröses Event voller bekannter Gesichter, maßgeschneiderter Anzüge, fließender Kleider, lauter Musik und klirrender Gläser. Sie spürte die Blicke auf sich, als sie durch die Menschenmassen stolzierte. Sie war die Schönste, und sie wusste es, badete in der Aufmerksamkeit, die ihr so bereitwillig geschenkt wurde.

Jemand reichte ihr ein Glas Champagner, sie bedankte sich, trank es in einem Zug aus und ließ sich ergeben schweigend von der Welle der Menschen mittreiben, von ihrem Lachen und ihren Gesprächen. Sie war in Trance.

Da erblickte sie einen Mann zwischen all den anderen Gästen. Er war groß, gut gebaut, ein einnehmendes Lächeln lag auf seinen Lippen. Er stand in einer kleinen Traube von Besuchern auf der anderen Seite der Terrasse. Sie hatte ihn noch nie gesehen. Seine dunkelbraunen Haare hatte er ordentlich nach hinten gekämmt, die Zähne blitzten weiß. Auch er hatte sie bemerkt, immer wieder suchte er ihren Blick, wendete sich wieder ab und schenkte ihr im nächsten Moment ein großes Lächeln.

Dreiundzwanzig Uhr fünfundfünfzig. Er kam auf sie zu, nahm sich auf dem Weg ein Glas Champagner von einem weiß gedeckten Stehtisch und stellte sich dann zu ihr.

»Und wer bist du?«, fragte er sie forsch.

Sie antwortete nicht, legte die Arme um den Körper und neigte den Kopf zur Seite. Sie wusste, wie sie sich am besten präsentieren musste, kannte ihre schönste Seite.

»Wer will das wissen?«, fragte sie.

Er lachte, wieder blitzten die weißen Zähne.

Dreiundzwanzig Uhr siebenundfünfzig. Die gespannte Vorfreude der Gäste hatte sich aufgeladen, stand kurz vorm Zerbersten. Wieder wurde ihr ein Glas Champagner gereicht, ein anderer drückte den beiden eine Wunderkerze in die Hand.

»Ich hab zuerst gefragt«, sagte der gut gekleidete Mann mit den grünen, stechenden Augen vor ihr. Sie waren jetzt ganz nah an der Brüstung. Ein paar Feuerwerke knallten schon, erhellten den dunkelblauen Nachthimmel.

Sie schüttelte den Kopf. »Verrat ich nicht.«

Er lachte noch immer.

Dreiundzwanzig Uhr neunundfünfzig. Es war laut geworden.

»Ich bin Peter«, sagte er.

Sie lächelte. Peter. »Freut mich«, antwortete sie und prostete ihm zu.

Alle brüllten, zählten von zehn herunter. Sie schaute auf Peter und beobachtete dann, wie die Stadt in einem lauten Knall vor ihr zu explodieren schien.

Null Uhr. Peter hatte einen Arm um sie gelegt. Nur für einen kurzen Augenblick hatte sie Angst, als sie in den Abgrund blickte und dann beobachtete, wie die Welt vor ihr hinter dem rauchigen Dunst, einem Nebel gleich, zu verschwinden schien. Ihr Herz klopfte. Das Danach hatte begonnen.

»Frohes Neues«, flüsterte er ihr ins Ohr.

22

Erst als Ulrike sich vor der Haustür von Anton Berger befand, dämmerte ihr, dass sie nicht darüber nachgedacht hatte, wie sie diesem jungen Mann erklären sollte, wer seinen Vater getötet hatte. Und warum. Obwohl die Ermittlungen eingestellt worden waren, war es ihr ein Anliegen gewesen, persönlich mit Berger zu sprechen, um ihn über den Ausgang zu informieren. Sie war am späten Vormittag ins Auto gestiegen und losgefahren, um den Berufsverkehr umgehen zu können, trotzdem hatte sie am Mittleren Ring fast eine halbe Stunde im Stau gestanden und sich in diesem Augenblick daran erinnert, was sie an München nicht vermisste.

Fünfzehn lange Jahre hatte sie in der Landeshauptstadt verbracht, hatte sich dann als junge Kriminalpolizistin beim Rauschgiftdezernat beworben und in den folgenden Jahren zur Leiterin des Dezernats für Sonderermittlungen hochgearbeitet. Auch wenn sie bei der Kriminalpolizeiinspektion in Regensburg keine schlechte Stellung innehatte, hätte sie Karriere machen können beim LKA. All das hatte sie aufgegeben, in der Hoffnung, ihre Ehe zu retten, Ruhe zu finden, Abstand zu gewinnen. In diesem Moment fühlte sie sich, als wäre sie keinen Schritt weitergekommen, sondern vier Schritte zurückgegangen. Es war viel zu viel passiert in den letzten Jahren. Sie blickte auf eine lange, komplizierte Zeit zurück, eine verworrene Geschichte. Das alles kam ihr weit weg vor, als sie durch die Straßen Münchens fuhr. Es kam ihr vor, als wäre ihr Entschluss, die Stadt zu verlassen, Jahrhunderte her.

Anton Berger lebte gemeinsam mit seiner Verlobten Vanessa Lehmann in einer Zwei-Zimmer-Wohnung in Obergiesing in der Nähe des Mangfallplatzes. Auf dem Weg dorthin passierte Ulrike die JVA Stadelheim, das beinah herrschaftlich anmutende Eingangsgebäude, dessen obere Hälfte über der Gefängnismauer hervorlugte.

Sie erinnerte sich an Marko, einen jungen halbitalienischen Drogenhändler, den sie vor drei Jahren wegen schwerer Körperverletzung und zahlreicher anderer Delikte hatte einbuchten lassen. Der saß noch immer hier ein, befand sich noch immer hinter der schweren Mauer, hinter die Ulrike in den letzten Jahren schon so oft geblickt hatte. Auch wenn sie es sich nie hätte anmerken lassen, sie hatte Marko ehrlich gerngehabt. Er war kein schlechter Mensch, hatte nur die falschen Karten gezogen. Ulrike hatte in all den Jahren zu einem Vollzugsbeamten Kontakt gehalten, der ihr erzählt hatte, dass Marko mittlerweile hinter Gittern eine Schreinerlehre abgeschlossen hatte. Er schien einer der Wenigen zu sein, die in der kleinen Gefängnisstadt ihren Frieden gefunden hatten.

Vanessas und Antons Wohnung befand sich in der Amerikanersiedlung, unweit der JVA, die nach dem Zweiten Weltkrieg für die Soldaten der nahe gelegenen, mittlerweile zu großen Teilen verwaisten McGraw-Kaserne errichtet worden war. Die Gegend war ein skurriler Ort voller Leerstand und akkurat angeordneter Wohneinheiten, an dem man von der Überbevölkerung der Stadt und den horrenden Mietpreisen noch nicht viel mitbekommen hatte.

Ulrike bog in die Lincolnstraße ab und parkte den alten Mercedes vor einem hellorangefarbenen Haus, vor dem eine große, blühende Linde stand. Schon von unten konnte sie Vanessa Lehmann sehen, die auf dem Balkon in einem rosa gestreiften Liegestuhl im Schatten der Linde saß und in einer Zeitschrift blätterte.

»Hallo!«, rief sie zu ihr hinunter, legte die Zeitung weg und richtete sich auf. »Ich mach Ihnen auf.«

Kurz darauf ertönte der Öffner, Ulrike drückte die Tür auf und ging in den ersten Stock. Das große Mädchen mit den vollen Lippen lächelte sie freundlich an und bat sie herein. Ulrike trat vom Flur direkt in ein helles Wohnzimmer voller Pflanzen und Farben, eine große cremefarbene Couch in der Mitte, davor ein massiver Couchtisch aus Holz. Aus der Küche, die direkt ans Wohnzimmer anschloss, roch es nach frischem Kaffee und Kuchen. Das hier hatte nichts mit Nebeleck gemein, mit den umherfliegenden Papieren, der Unordnung und dem muffigen Geruch in den Wänden. Das hier war ein Zuhause.

»Anton ist gerade mit Theo draußen im Perlacher Forst. Er müsste aber bald zurück sein«, sagte Vanessa. »Wollen Sie einen Kaffee?«

»Gern, vielen Dank.«

Ulrike ging durch die Wohnung, sah sich vorsichtig um, studierte die gerahmten Bilder, die in einem Holzregal an der Wand standen. Anton und Vanessa im Urlaub, Anton und Vanessa auf einer Hochzeit, Vanessa und einige Freundinnen an den Poolrand gelehnt. Sie nahm ein Foto aus einem der unteren Regalfächer und betrachtete es lange. Es war ein Schwarz-Weiß-Bild, darauf war eine Frau zu sehen mit dunklen kurzen Locken und einem strahlenden Lachen. Sie saß auf einer Wiese, die Arme um die angewinkelten Knie geschlungen.

»Das ist Ingrid. Antons Mutter«, sagte Vanessa. Sie hatte gerade zwei Kaffeetassen auf den Wohnzimmertisch gestellt und etwas Kuchen.

»Haben Sie sie noch gekannt?«

Vanessa nickte. »Ich hab sie ein paarmal gesehen. Aber da ging es ihr schon sehr schlecht. Anton und ich sind uns in der Uni begegnet. Das war vor etwa sechs Jahren. Er hat mich dann relativ bald mitgenommen nach Hause, damit Ingrid mich noch kennenlernt. Und ich sie. Ingrid war damals schon die meiste Zeit im Krankenhaus. Sie ist im Herbst vor fünf Jahren gestorben.«

Ulrike rechnete nach. Die ersten Fotos von Tanja waren vor sechs Jahren entstanden, damals hatte Leonards Frau also noch gelebt. »Wie geht es Anton mittlerweile?«

Vanessa zuckte mit den Schultern. »Um ehrlich zu sein, weiß ich das selbst nicht so genau. Ich frag ihn jeden Tag, er behauptet: gut. Aber ich muss keine Polizistin sein, um Ihnen sagen zu können, dass das wohl eher eine Falschaussage ist.

Wie es wirklich in ihm aussieht …« Sie schürzte die Lippen. »Ich weiß es nicht.«

Die junge Frau gefiel Ulrike, ihre stoische Selbstbeherrschung, ihre nüchterne Stärke. Eigenschaften, über die Ulrike gern selbst öfter verfügt hätte. Sie hatte das Gefühl, dass sich Anton die richtige Frau ausgesucht hatte.

Das Türschloss drehte sich. Anton betrat die Wohnung. Seine Wangen wirkten leicht eingefallen, die Augen hatten einen wachsamen Blick angenommen, die braunen Haare standen ihm heute in lockigen Kringeln vom Kopf ab. Die Haare der Mutter, die Augen des Vaters.

»Frau Kork«, sagte er und reichte ihr die Hand. Den Hund, der wie wild mit dem Stummelschwänzchen wedelte, ließ er von der Leine. Theo rannte tollpatschig in die Küche und machte sich über den stählern glänzenden Futternapf her. Anton streifte seine Schuhe ab und wies auf die Couch. Er selbst setzte sich in einen Korbsessel, der vor dem Fenster stand. Die langen Blätter einer Yucca-Palme streiften sein Gesicht.

Pflanzen im Haus, auch so ein Thema, dachte Ulrike unvermittelt. Sie setzte sich auf den äußersten Rand der Couch und trank einen Schluck des starken Kaffees.

»Also, Sie haben den Täter gefunden?« Anton war nervös, wippte langsam vor und zurück.

Vanessa stellte wortlos eine Tasse vor ihm auf dem Tisch ab, legte ihm die Hand auf die Schulter und ließ sich dann auf der Lehne des Korbsessels nieder. Augenblicklich stoppte das Wippen.

»Aller Wahrscheinlichkeit nach ja, Herr Berger.« Sie räusperte sich. »Ich muss Sie darauf hinweisen, dass die Informationen, die ich Ihnen gebe, vertraulich sind. Wir müssen noch warten, bis die letzten Formalitäten geklärt sind, aber der Fall ist so gut wie abgeschlossen.« Sie legte die Hände in den Schoß und versuchte die richtigen Worte in ihrem Kopf zurechtzulegen. »Nach dem aktuellen Stand der Ermittlungen ist Ihr Vater von einem Mann getötet worden, der Matthias König hieß. Sagt Ihnen der Name was?«

Anton schüttelte den Kopf.

»Matthias König stand in einem engen Verhältnis zu der Freundin Ihres Vaters. Zu Tanja Grass. Er hat in Schwanghaus gelebt.«

Anton drehte den Kopf zur Seite, wieder begann er, hin und her zu wippen.

Ulrike zögerte, bevor sie die nächsten Worte sprach. »Das ist jetzt etwas schwieriger, Herr Berger. Ihr Vater war … Er hat …«

Anton stand plötzlich auf. »Schonen Sie mich nicht, bitte. Ich kann das nicht leiden, ich kann's nicht mehr hören. Ständig versucht man mir alles vorsichtig beizubringen, packt mich in Watte, als hätte ich eine Behinderung. Mein Vater war … war ein Wichser. Ein Alkoholiker. Ein Egomane. Das weiß ich alles. Ich weiß das.« Anton fixierte Ulrike durchdringend, seine Augen hatten einen fast wahnhaften Glanz. Dann ließ er den Kopf hängen. »Entschuldigen Sie. Es tut mir leid.«

»Das macht nichts«, erwiderte Ulrike. Er setzte sich wieder. »Herr Berger, es ist nicht so leicht, Ihnen das mitzuteilen, aber wir haben Grund zu der Annahme, dass Ihr Vater sich strafbar gemacht hat. Wir haben Beweismaterial sichergestellt, das vermuten lässt, dass Ihr Vater Tanja Grass schon lange vor ihrer Volljährigkeit nahegekommen ist. In welchem Maß das der Fall war, können wir nicht sagen. Aber es ist passiert. Und es ist nicht klar, inwieweit Tanja Grass in diese Beziehung gedrängt, gewissermaßen manipuliert wurde.«

Anton nickte schwerfällig. Seine Stimme drohte zu brechen. »Das ist …« Er beendete den Satz nicht, sank in sich zusammen. »Und der Typ, der ihn … der ihn abgestochen hat …«

»Matthias König hat allem Anschein nach versucht, das Mädchen durch die Tötung … na ja … gewissermaßen zu befreien. Er hat sich selbst getötet und das Verbrechen an Ihrem Vater in einem Abschiedsbrief gestanden.«

Es war totenstill im Raum. Ulrike beobachtete den jungen Mann, wie er seine Hände gegeneinander rieb und scheinbar interessiert die Größe seiner Finger miteinander verglich. »Und das Mädchen?«

»Tanja liegt im künstlichen Koma. Sie hat ebenfalls versucht, sich das Leben zu nehmen. Ein Wunder, dass es ihr am Ende nicht gelungen ist.«

»Eine Spur der Verwüstung«, sagte er nach einer langen Pause. Plötzlich war er ganz ruhig. »Wissen Sie, ich hab da in der letzten Zeit pausenlos drüber nachgedacht. Und ich kapier einfach nicht, was eigentlich mit ihm los war. Mein Vater war ein seltsamer Kerl. Schwer zu sagen, woher das kommt, woran es liegt. Letztlich kennt man seine Eltern eigentlich auch nicht so richtig. Und er und meine Mutter … Das war eine ziemlich gestörte Dynamik. Das muss man leider so sagen.«

»Wie meinen Sie das?«

»Ich meine nur, dass es passt. Es passt, dass er sich gerade für sie interessiert hat. Abgerichtet hat er sie. Er mochte das, wenn man zu ihm aufschaut. Meine Mutter war elf Jahre jünger als er. Er war Referendar und sie Abiturientin, da haben sie sich kennengelernt, an der Schule, an der er damals war. Da bestand ja schon eine natürliche Hierarchie. Von vornherein. Er war am Boden zerstört, als sie gestorben ist. Aber nicht mal so sehr wegen ihr. Er hat anders getrauert als ich. Nur deswegen, weil er die Kontrolle über sie verloren hat, möchte man meinen. So kommt es mir zumindest mittlerweile vor. Mit allem, was wir wissen über ihn. Das mit ihr … mit Tanja, das passt doch auch dazu.«

»Können Sie sich erklären, warum er die Beziehung zu Tanja geheim halten wollte?«

»Er hatte Sachen lieber für sich, hat nicht gern geteilt. Deswegen hat das mit uns wahrscheinlich auch nicht mehr so gut funktioniert. Weil er mich mit Vanessa teilen musste.«

Die junge Frau mit den langen Beinen und den vollen Lippen auf der Sesselkante schwieg und sah dabei aus, als würde sie für einen Zeichner Modell sitzen. Ulrike beobachtete das seltsam harmonische Paar auf dem Korbsessel wie ein Stillleben.

»Wissen Sie schon, was Sie mit dem Hof machen?«, fragte sie dann.

Anton schwieg, Vanessa löste sich aus der Starre. Im nächsten Augenblick war sie von derselben plötzlichen Rauheit erfasst wie in dem Moment, als sie Ulrike das erste Mal von Tanja erzählt hatte.

»Wir brennen die Bruchbude nieder, hätte ich vorgeschlagen«, antwortete sie. Der Anflug eines Lächelns huschte über sein Gesicht.

Ulrike hatte ihren Wagen im Parkhaus in der Auenstraße abgestellt und spazierte durch die geschäftigen Straßen des Glockenbachviertels. Nach dem Abschied von Anton und Vanessa war ihr nicht danach gewesen, sofort wieder zurück nach Regensburg zu fahren. Stattdessen passierte sie die Corneliusstraße und flanierte dann die Isar entlang. Es war kurz nach vier. An diesem Freitag war der Radweg gut frequentiert, zahlreiche Spaziergänger kamen ihr entgegen, Hundehalter und junge Familien. Ulrike ließ sich auf eine Parkbank sinken. Wieder schweiften ihre Gedanken zu Leonard Berger und nach Schwanghaus.

Sie erinnerte sich an etwas, das Gabi König gesagt hatte über ihren Sohn Matthias. Genau wie Anton Berger das Verhältnis zum eigenen Vater beschrieben hatte, so hatte auch sie ausgesagt, ihren Sohn eigentlich nicht gekannt zu haben.

Sie beobachtete die Passanten. Jeder Mensch trug doch ein seltsam umfangreiches Potenzial in sich, alles sein zu können, damit zu allem fähig zu sein. Von außen sahen sie dennoch alle gleich aus. Menschen waren Fremde, und sie blieben es.

Ulrike schreckte aus ihren Gedanken, als ihr Telefon klingelte. Die Nummer der Polizeiinspektion Neumarkt leuchtete auf dem Display. Sie nahm das Gespräch an.

»Hallo, hier ist Franka.«

»Was gibt's?«

»Das Krankenhaus hat eben gerade angerufen. Tanja ist aufgewacht. Mittlerweile ist sie ansprechbar. Ich dachte, das solltest du wissen.«

Ulrike stand auf, überquerte eilig den Radweg. »Kannst du bitte auf der Station ankündigen, dass ich mit ihr reden will?«

»Wann kannst du da sein?«

Ulrike warf einen Blick auf ihre Armbanduhr. »Zwei Stunden.« Sie eilte über die Straße. »Spätestens.«

***

Sommer 2001

Fast auf der ganzen Fahrt beobachtete sie ihren Verlobten aus dem Augenwinkel. Er hatte sich für diesen Tag extra ein graues Ferrari-Cabriolet von einem Freund ausgeliehen. Es sollte etwas Besonderes sein. So fühlte es sich an. Braune Strähnen hatten sich aus dem gegelten Haar gelöst und sich wie dunkle Pfeile in den Wind gelegt. Er trug eine dunkelblaue Baumwollhose, das gestreifte Hemd, das sie ihm zum Geburtstag geschenkt hatte, und eine schwarze Pilotensonnenbrille. Er legte seine Hand auf ihren nackten Oberschenkel.

Er hatte sie gebeten, das grüne Sommerkleid zu tragen, der Seidenstoff flatterte im Wind, entblößte ihre Beine. Er wollte, dass sie gut aussah. Ihr Verlobter, sinnierte sie, beobachtete die Hand, die über ihren Oberschenkel streichelte. Er hatte sie vor zwei Monaten gefragt, im Restaurant, den glitzernden Diamantring in dem roten Samtkästchen vor sie gestellt.

»Baby«, so nannte er sie. »Baby, du weißt, was jetzt kommt.«

Ein gellender Schrei war ihr entwichen, dann hatte sie den Kopf in den Nacken gelegt und laut gelacht. Ihr Verlobter. Ihr neues Leben in München. Ihre Zukunft.

Sie löste den Blick von ihm und schaute aus dem Fenster, während sie sich das schwarze Haar aus dem Gesicht strich. Grüne und gelbe Felder, so weit das Auge reichte, von dichten Wäldern gesäumt.

»Baby«, sagte er laut über den brausenden Fahrtwind hinweg. »Heut zeigst du dich von deiner Schokoladenseite, machst du das bitte für mich?« Er kniff ihr in die Wange und lachte, bleckte die weißen Zähne.

Sie passierten ein Ortsschild. Schwanghaus. Er verlangsamte

das Tempo, legte den Arm über das Lenkrad, presste die Lippen zusammen. Kurz nach der Ortsausfahrt bog er links auf eine Straße ab, die einen Hang hinaufführte. Er beschleunigte den Wagen, ließ den Motor aufheulen. Sie lachte, warf die Haare über die Schulter zurück. Sie kamen oben auf dem Hang an, der Wagen machte Halt vor einem riesigen, holzvertäfelten Haus. Sie klappte die Blende herunter und begutachtete sich in dem kleinen Spiegel. Mit langen Fingern zog sie ihren Lippenstift nach, richtete ihr Haar. Sie spürte, dass er sie beobachtete. »Perfekt.«

Sie lächelte ihn an, und beide stiegen aus dem Wagen. Er fuhr sich mit der flachen Hand durchs Haar, nahm die Sonnenbrille ab und ließ sie in seiner Brusttasche verschwinden. Er reichte ihr die Hand, richtete seinen Blick für einen Moment auf das kleine Dörfchen, das sich am Fuße des Hügels erstreckte. »Gefällt's dir?«

Sie nickte, ihr Mund war trocken, das Herz pochte in ihrer Brust. In großen Schritten ging er auf das Holzhaus zu, sie folgte ihm.

23

Ulrike hatte die Strecke zwischen München und dem Krankenhaus in Regensburg in unter zwei Stunden zurückgelegt. Als der Wagen auf dem Parkplatz zum Stehen kam und sie den Motor ausgeschaltet hatte, hielt sie kurz inne. Für einen Moment fühlte sie sich so, als wäre sie die knapp hundertdreißig Kilometer selbst gelaufen. Sie hatte es eilig gehabt, die Nachricht von Tanjas Erwachen hatte neue Hoffnungen in ihr geschürt. Sie wusste, dass man ihr nur wenig Zeit geben würde, und so legte sie sich die Fragen sorgfältig zurecht, bevor sie ausstieg.

Als sie auf das Gebäude zuging, sah sie Franka schon vor dem Eingang stehen. »Und?«, fragte Ulrike sie, nachdem sie sich begrüßt hatten.

»Wir haben zehn Minuten mit ihr. Es ist eine absolute Ausnahme. Sie ist noch sehr schwach.«

Sie fuhren mit dem Fahrstuhl auf die Intensivstation. Ulrike erkannte die Krankenschwester mit den stacheligen Haaren und begrüßte sie freundlich. Sie desinfizierten sich die Hände, dann öffnete sich die Schleuse wie ein Portal. Ulrike ging zielsicher zu Tanjas Zimmer und blickte durch die Jalousie des Flurfensters.

»Sie war eben noch wach, sie muss wohl wieder eingenickt sein«, sagte die Krankenschwester.

»Wie geht es ihr?«

»Sie ist ziemlich willensstark.« Die Schwester betrachtete beinah stolz das dünne Mädchen, das in dem Bett vor ihnen lag, noch immer von Maschinen und Schläuchen umringt. »Schwer zu sagen, welche Qualität ihr Leben haben wird. Aber sie hat das Schlimmste überstanden.«

Das Mädchen rührte sich. »Bitte regen Sie sie nicht auf, seien Sie nachsichtig mit ihr.«

Franka und Ulrike betraten das Zimmer.

Tanja drehte langsam ihren Kopf. Als Ulrike in die halb geöffneten, graubraunen Augen blickte, schauderte sie und fühlte sich wieder an das blond gelockte Mädchen mit der Tomatensoße im Gesicht erinnert.

»Tanja«, sagte sie leise.

Tanja schaute sie an, ihre Lider fielen wieder zu. Der Abdruck der Beatmungsmaske war noch deutlich zu sehen, ihre Lippen waren trocken und rissig, aber der Verband um ihren Kopf, der die Platzwunde verdeckt hatte, war einem kleinen Pflaster gewichen, das ehemals beinah durchsichtige Gesicht hatte etwas Farbe bekommen.

Ulrike setzte sich auf den Stuhl neben ihrem Bett. Sie blickte auf die gelblich wächserne Hand.

»Tanja«, wiederholte sie. »Ich bin Ulrike. Ich bin von der Polizei. Das ist meine Kollegin Franka.«

Das Mädchen sah sie müde an. Fast kam es Ulrike so vor, als würde sie noch immer schlafen. Doch in ihren halb geöffneten Augen lag ein waches Blitzen. Sie schwieg, kein Wort ging über die krustigen Lippen.

»Ich bin hier, weil ich dich nur schnell etwas fragen wollte ...« Sie zögerte. Plötzlich fehlten ihr die Worte. Sie hatte so viele Fragen und auf einmal das Gefühl, keine einzige stellen zu können, als könne sie die fragile Existenz vor sich mit nur einer einzigen zerreißen, das Kartenhaus zum Einsturz bringen. »Wie geht es dir?«, fragte sie dann.

Das Mädchen reagierte kaum.

Ulrike sah auf den Blumenstrauß neben dem Bett. »Das sind schöne Blumen.«

Ein schwaches Lächeln huschte über Tanjas Gesicht. Es war unmöglich, ihr in diesem Zustand zu erklären, was alles passiert war.

»Ist der von Matthias?«, fragte Ulrike.

Tanja blinzelte mühsam.

»Ihr seid befreundet, nicht wahr?«

Tanja blickte von Ulrike auf den Blumenstrauß. Sie schien zu nicken.

»Hat er dich besucht?«

Tanja blinzelte erneut. Dann sprach sie. »Können Sie den Brief lesen?« Ihre Stimme rasselte wie eine rostige Kette. Sie war tiefer, als Ulrike es erwartet hatte. Dieses langersehnte Geräusch hören zu können jagte ihr unwillkürlich einen Schauer über den Rücken.

»Den Brief vorlesen?«, fragte sie, und Tanja nickte erneut. Ulrike griff nach einem Zettel, der neben dem Blumenstrauß lag. Das letzte Mal war ihr das Briefchen nicht aufgefallen. Jemand schien ihn Tanja bereits vorgelesen zu haben, die Falten im Papier waren abgenutzt. Ulrike musterte die handgeschriebenen Worte. Es handelte sich unverkennbar um die Schrift von Matthias König. Es war der zweite Brief, den Ulrike von ihm zu Gesicht bekam. Es war sein vorletzter.

»*Liebe Tanja*«, begann sie zu lesen. »*Ich hoff, dass es dir bald besser geht.*«

Sie beobachtete, wie Tanja ihre Augen schloss. Jedes Blinzeln schien sie unfassbar viel Anstrengung zu kosten.

»*Du bist stark, und du kannst das schaffen, wenn du nur wirklich willst. Auch wenn alles gerade so schwierig ist für dich. Wenn du wieder gesund bist, hol ich dich ab. Ich verspreche dir, dass dann alles besser wird. Alles wird dann wieder gut, und du bist dann in Sicherheit.*« Ulrike schluckte, doch der Kloß in ihrem Hals wollte nicht verschwinden. »*Ich hab dich lieb, dein Matthis.*«

Sie blickte noch lange auf die Worte auf dem Papier, dann auf Tanja. Ihr Kopf war zur Seite geknickt, die Stirn war gerunzelt. Sie war eingeschlafen.

Franka starrte gedankenverloren aus dem Fenster. Leise stand Ulrike auf, sie verließen das Zimmer. Noch immer hatte Ulrike den Zettel in ihrer Hand. Sie klopfte an die verglaste Tür des Schwesternzimmers auf der Station. Die Krankenschwester mit den stacheligen Haaren öffnete ihr. »Können Sie mir eine Kopie davon machen?«

Die Frau nahm den Zettel entgegen, legte das Papier auf einen kleinen Kopierer, der am Fenster stand. »Haben Sie mit ihr sprechen können?«

»Kaum, ich glaube, es war vielleicht noch etwas zu früh.«
Die Schwester stimmte ihr zu und reichte ihr die Kopie. »Das
Original können Sie ihr wieder zurückgeben. Der Brief ist
wichtig für sie«, sagte Ulrike und verabschiedete sich.

Vor der Klinik stellten sie sich in das Licht der untergehenden
Sonne. Ulrike beobachtete Franka aus dem Augenwinkel. Sie
wirkte erschöpft, plötzlich gealtert. »Alles in Ordnung?«

Die junge Polizistin zuckte mit den Schultern, so als wüsste
sie es selbst nicht genau. »Ich denk nur bloß … Ihre Eltern
waren noch nicht hier. Der Einzige, der sich um sie geschert
hat, war Matthias.«

Ulrike schüttelte den Kopf. »Nicht der Einzige«, sagte sie
und wies auf das Persönchen, das langsam auf die beiden zukam. Jennifer Hellwig hatte einen riesigen roten Luftballon
in der Hand und lächelte sie schüchtern an, als sie vor ihnen
stand. Ulrike hatte sie von unterwegs aus angerufen und ihr
von Tanjas Erwachen erzählt. Jennifer besuchte ihre Freundin
heute das dritte Mal. »Wie geht's ihr?«, fragte sie.

Ulrike musterte die junge Frau. Der Ballon wirkte absurd
riesig neben ihr, erst jetzt fiel Ulrike wieder auf, wie klein Jennifer war und wie robust sie dennoch wirkte. »Es geht ihr
besser. Gut, dass du hier bist, Jennifer. Tanja braucht jetzt eine
Freundin.«

Das Mädchen verabschiedete sich und verschwand mit dem
Ballon im Inneren des Gebäudes. Ulrike wartete geduldig, bis
das flaue Gefühl in ihrer Magengegend nachließ. »Feierabend-
drink?«, fragte sie dann.

Franka pustete die Luft aus und nickte dann. »Unbedingt.«

Im Chin-Chin lief leise Klaviermusik. Der kleine Laden war
kaum größer als dreißig Quadratmeter, ein paar Tische mit
Barhockern waren im Raum verteilt, die Ausstattung war mo-
dern und erinnerte gleichzeitig an die schlichte Eleganz der
zwanziger Jahre. Tief hängende Lampen tauchten das Innere
in schummriges, warmes Licht, das durch die großen, runden

Fenster nach draußen drang. Das Lokal war gut besucht, etwa ein Dutzend Leute tummelten sich an den Stehtischen und an der Bar. Mit Thorsten war Ulrike hier oft hingegangen, die Bedienung grüßte sie freundlich wie eine alte Bekannte. Sie hatte feuerrotes Haar, das sie zu einer wilden Frisur hochgesteckt hatte, die Augen waren stark geschminkt.

»Was darf ich euch bringen?«, fragte sie über die Bar hinweg, während sie ein Glas polierte.

»Zwei große Weinschorlen, danke!«

»Kommt sofort«, antwortete sie und bewegte sich langsam im Takt der Jazzmusik, während sie die Getränke zubereitete.

»Lang her, dass ich in Regensburg war«, sagte Franka.

Sie hatten einen Platz am Fenster ergattern können und schauten auf die Gesandtenstraße, mitten im Altstadtzentrum, auf die Menschen, die am Fenster eilig vorbeiliefen, behängt mit Einkaufstüten, und auf die gemütlich schlendernden Spaziergänger, die das Wochenende einläuteten. Ulrike hatte für einen kurzen Augenblick erwogen, ein anderes Lokal aufzusuchen, schließlich bestand hier eine nicht unrealistische Gefahr, Thorsten über den Weg zu laufen, der seinen Freitagabend stets gern in Regensburg verbracht hatte. Doch irgendein Teil in ihr sehnte sich nach der Provokation, vielleicht sogar danach, ihn nach der etwa zwei Wochen zurückliegenden finalen Aussprache wiederzusehen. Auch wenn ihr bei dem Gedanken übel wurde, wer ihn möglicherweise begleiten könnte, hatte sie das Gefühl, ihr Revier verteidigen zu müssen, und so hatte sie es sich nicht nehmen lassen, im Auto noch etwas Lippenstift aufzutragen.

Die rothaarige Bedienung stellte die Getränke vor ihnen ab. »Prost, die Damen«, sagte sie und kehrte an die Bar zurück.

Franka trank schweigend und sah sich im Laden um. »Ich hab noch nie …« Sie überlegte. »Ich hab noch nie so einen Fall erlebt. Dass alles so verworren ist.«

Ulrike nahm einen Schluck von ihrer Weinschorle. »Das ist es.«

Sie dachte nach, hatte plötzlich einen Einfall. Sie griff nach ihrem Handy und suchte in ihrem Arbeitsordner auf der Cloud nach dem abfotografierten Abschiedsbrief, den sie in Matthias' Wohnung gefunden hatten. Sie zog die zusammengefaltete Kopie des Briefes, den Matthias an Tanja geschrieben hatte, aus ihrer Jackentasche. Der Vergleich mit anderen Schriftstücken, die in seiner Wohnung gefunden worden waren, legte nahe, dass der Abschiedsbrief von Matthias stammte. Dennoch gab es wohl kaum zwei geeignetere Objekte für eine Analyse. Es lagen bloß Stunden zwischen dem Verfassen des einen und des anderen Textes.

Ulrike verglich die beiden Briefe nur grob miteinander. Sie war sich dennoch sicher, es war dieselbe Handschrift, auch wenn die Buchstaben der Worte auf dem Abschiedsbrief etwas eiliger niedergekritzelt worden waren und daher ein unruhigeres Gesamtbild ergaben.

»Glaubst du, er war's nicht?«

Ulrike sperrte ihr Handy, faltete den Brief wieder zusammen und ließ ihn in ihrer Tasche verschwinden. »Nein. Ich bin mir sicher, dass er es nicht war.«

Franka starrte aus dem Fenster. »Ich glaub, er war's. Passt zu ihm. So auszuticken, um sich zu schlagen.«

Ulrike schüttelte den Kopf. »Vielleicht. Aber trotzdem … Etwas stört.«

»Und was?«

»Ich weiß es nicht. Das Motiv … Zwischen ihm und Tanja schien etwas Echtes zu sein, etwas Aufrichtiges. Er hätte ihr nicht das Nächstbeste genommen, was ihr etwas bedeutet hat.«

»Matthias hat nicht so weit gedacht. Das glaub ich nicht. Menschen sind dumm.«

»Und manchmal sind sie es auch nicht«, erwiderte Ulrike. »Egal. Feierabend. Wir können im Moment eh nichts mehr tun«, fügte sie hinzu.

Die beiden sahen wieder aus dem Fenster. »Darf ich dich etwas fragen?«, sagte Franka irgendwann zögerlich.

Ulrike blickte sie an und runzelte die Stirn. »Was kommt jetzt?«

»Wieso wolltest du Polizistin werden? Irgendwie, und das soll jetzt nicht komisch klingen oder so, aber …«

»Es passt nicht zu mir.«

»Nicht so richtig«, antwortete Franka. »Jetzt zum Beispiel, du machst gar nicht den Eindruck, eine knallharte, abgebrühte Kriminalpolizistin zu sein. Sondern eher, wie soll ich sagen, ganz normal.«

»Wer sagt, dass ich knallhart bin?«

»Na ja, wie du Kaya eingeordnet hast, Respekt.«

»Yusuf ist kein schlechter Kerl«, gab Ulrike zurück. »Aber zu deiner Frage, das ist schwer zu beantworten. Ich könnte dir jetzt eine inspirierende Geschichte erzählen, dass ich schon als Kind einen starken Gerechtigkeitssinn hatte oder dass ich immer Detektiv gespielt habe …« Sie nippte von ihrer Weinschorle. »Stimmt aber nicht. Ich habe es einfach so gemacht, irgendwie hat es Sinn ergeben damals, die Ausbildung anzufangen, und ich war gut drin, das hat mich natürlich bestärkt.«

»Und bereust du es?«, fragte Franka.

»Jeden verdammten Tag«, antwortete Ulrike mit tiefer, verstellter Stimme und griff sich theatralisch an die Stirn. Beide lachten. Ulrike strich über den Stiel ihres Weinglases. »Nein, im Ernst, das war eine Entscheidung, die ich nicht bereue. Jedenfalls nicht oft. Schon komisch.« Sie lächelte. »Ganz früher, als ich noch klein war, wollte ich Köchin werden.«

»Du kochst?«

»Zweimal bisher, ja.«

Franka sah sie grinsend an.

»Was ist mit dir? Wieso wolltest du Polizistin werden?«, gab Ulrike die Frage zurück und betrachtete die junge Frau aus dem Augenwinkel.

»Mein Vater ist Polizist, relativ uninspirierter Grund.« Franka überlegte kurz. »Und na ja, klar, starker Gerechtigkeitssinn, hab ständig Gefängnis gespielt früher, die Nachbarskinder eingebuchtet, du kennst es ja.« Sie musterte die Fußgänger auf der Straße gedankenverloren, dann schien sie sich an etwas zu erinnern. »Einmal hab ich meinen Bruder im Bad eingesperrt, hab das dann aber vergessen und erst fünf Stunden später wieder dran gedacht. Das wirft er mir heute noch vor.«

»Was hatte er denn angestellt?«

»Hat mir eine tote Maus in den Stiefel gelegt, der kleine Scheißer.«

Ulrike lachte auf. »Fünf Stunden Isolationshaft kommt mir bei dem Tatbestand schon angemessen vor.«

»Meine Rede«, antwortete Franka und prostete Ulrike zu.

Es war schon nach zwölf, Franka hatte sich mittlerweile auf den Heimweg gemacht. Ulrike saß noch immer an dem hohen Tisch am Fenster, hatte den Kopf in die Hand gestützt und sah nach draußen. Langsam hatte sich die Bar geleert. Die Rothaarige hinter dem Tresen hatte das Radio eingeschaltet und sang leise eines der Lieder mit. »Wie läuft's grad so? Spannender Fall?«

Ulrike drehte sich zu ihr um. »Komplizierter Fall.« Sie seufzte. »War Thorsten mal hier?«, fragte sie beiläufig.

Die Rothaarige schenkte Ulrike und sich selbst einen Schnaps ein. »Ja. Letzte Woche.«

Die beiden stießen an. Doppelkorn. Überraschende Wahl. Sie schüttelte sich. »Gott, widerlich.«

Die Rothaarige lachte und schenkte nach. Mittlerweile war Ulrike allein mit ihr. »Auf die Männer.«

»Darauf trink ich nicht mehr«, antwortete Ulrike. Sie stürzte den zweiten Korn und zog dann ihre Geldbörse aus der Tasche. Sie spürte, dass sie allmählich betrunken wurde, und der zweite Schnaps hatte noch nicht einmal eingeschlagen. Sie öffnete das Portemonnaie, legte einen Zwanziger auf den Tresen und bemerkte dann einen Zettel, den sie zwischen die Geldscheine geschoben hatte.

Sie faltete ihn auseinander und blickte auf die Rechnung des Schwanghauser Gasthauses. Auf René Goerschels Handschrift. Irgendetwas sprang ihr entgegen, wie ein Rechtschreibfehler, ein seltsames Wort. Sie zog Matthias' Brief aus der Tasche und verglich die Handschriften. Matthias König schrieb sehr klein, die Buchstaben verschwammen beinah nebeneinander, während René Goerschels Handschrift ausufernd war, große, geschwungene Buchstaben, krakelig an manchen Stellen. Die beiden Schriften konnten nicht unterschiedlicher sein.

Dann nahm sie ihr Handy, öffnete die Aufnahme von Matthias Königs Abschiedsbrief. Wieder verglich sie die Buchstaben miteinander. Auf einen Schlag war sie nüchtern und hatte gleichzeitig das Gefühl, als würde ihr der Boden unter den Füßen wegrutschen. Wieso war ihr dieses Detail nicht früher aufgefallen? Atemlos umklammerte sie die Kante des Tresens. Matthias König hatte seinen Abschiedsbrief selbst verfasst. Daran bestand kein Zweifel. Doch sie war sich sicher: Jemand anders hatte den Namen von Leonard Berger nachträglich hinzugefügt. Und auch wenn sich dieser Jemand Mühe gegeben hatte, die gedrungene Schrift des Opfers zu imitieren, so war es ihm doch nicht restlos gelungen.

Als Ulrike die Dokumente vor sich genau studierte, konnte sie sich des Eindrucks nicht erwehren, dass dieser Jemand René Goerschel gewesen war.

***

Herbst 2004

Vor einem halben Jahr waren sie hergezogen, einfach so, ohne lang darüber zu reden. Er hatte die Praxis im Ort übernommen und ein hübsches Haus im Ortskern erstanden. Sie hatten die Wohnung in München gekündigt, hatten alles mit dem Umzugswagen hergeschafft. Sie hatte gefragt, warum. »Weil uns hier was zusteht, Baby.« Daraufhin hatte sie aufgehört zu fragen. Sie wusste, sie hätte keine Wahl gehabt. Er hatte es entschieden.

Schwanghaus war klein, alle kannten ihn, und über sie redeten die Leute. Unentwegt. Deswegen war sie am Tag nicht gern draußen. Deswegen stand sie am Fenster und wartete darauf, dass er nach Hause kam. Doch heute kam er nicht. Also zog sie sich die Jacke über und verließ das Haus. Bis zur Praxis waren es nur wenige hundert Meter.

Sie hatte ihn oft dort besucht, aber er wollte es nicht. Wollte, dass sie zu Hause blieb und wartete. Sie solle sich keine Gedanken machen, sagte er dann. Sie solle warten.

In dem Fachwerkgebäude im Ortskern waren die Lichter ausgeschaltet. Es war schon fast neun. Er war nicht da. Sie beschloss, zum Haus auf dem Berg zu gehen. Sie kannte die Abkürzung durch den Wald. Nachts spazierte sie gern, wenn die Leute schliefen, wenn sie sich im Schatten verstecken konnte, damit die Leute sie nicht sahen, sich nicht das Maul über sie zerreißen konnten. Und manchmal führte ihr Weg sie dann auch zu dem großen Haus auf dem Berg.

Sie dachte an den alten Mann im Haus, seinen Vater. Er mochte sie nicht, er sah sie nicht mal an. Nur manchmal, wenn er meinte, dass sie es nicht bemerkte.

Im großen Haus auf dem Berg waren sie nicht oft, und doch zog es ihn ständig dorthin. Er wollte es haben. Er hatte es oft gesagt. Es war ja bloß fair. Er war der Älteste, es stand ihm zu. Es stand ihnen beiden zu. So hatte er es erklärt. Vielleicht würde es einfacher werden, wären sie nur hier oben auf dem Berg, könnten sie nur runterschauen, könnten sie nur das haben, was ihnen zustand.

Ihr Atem ging schwer, und auf dem steilen Waldboden, der auf den Hügel hinaufführte, konnte sie fast gar nichts mehr erkennen.

Endlich erblickte sie das Haus zwischen den Bäumen, sah den schwachen Lichtschein, der aus dem Wohnzimmerfenster kam. Sie schlug die Jacke enger um den Körper und ging durch den Wald auf das Grundstück zu. Sie öffnete das Gartentor und stand dann auf der Wiese. Sie blickte auf das Dorf zu ihren Füßen, auf das große Haus vor ihr. Dann lief sie weiter auf das Gebäude zu.

Das Schlafzimmer des alten Mannes lag rechts vom Wohnzimmer, und durch die Terrassentür, die große Fensterfront, konnte sie ihn sehen. Er lag im Bett, er schien zu schlafen. Dann stutzte sie, als sie bemerkte, dass der alte Mann nicht allein war. Peter war bei ihm. Er stand am Fenster neben seiner Arzttasche. Er bewegte sich plötzlich, steckte eine Spritze in eine Ampulle, näherte sich dem schlafenden Mann und beugte sich über ihn. Wenige Augenblicke später verstaute er alles wieder in seiner Arzttasche, schaltete das Licht aus und ging ins angrenzende Wohnzimmer.

Sie trat näher ans Haus heran, stellte sich auf die Zehenspitzen und klopfte an die Scheibe. Er zuckte zusammen und öffnete das Fenster. Seine Augen waren geweitet. »Was zur Hölle machst du hier?«

»Ich hab dich gesucht.« Sie schaute ihn an. Ihren hübschen Mann mit den grünen Augen. »Was hat er denn, dein Vater?«

Irritiert erwiderte er ihren Blick. Ganz plötzlich hatte sie ein seltsames Gefühl.

»Er hat nichts, Baby. Es war nur eine Vorsichtsmaßnahme. Geh nach Haus und warte dort auf mich.«

Sie nickte, drehte sich um und betrachtete das Dorf zu ihren Füßen. Ihr wurde schwindlig, wie damals in der dunklen Silvesternacht. Sie stand am Abgrund, und vielleicht war sie nie woanders gewesen als an diesem Ort, an dem sie wählen konnte zu fliegen – oder zu fallen.

24

Jürgen war ein Experte für forensische Handschriftenunter-
suchung, der im Dienst des LKAs Gutachten ausstellte, und er
war ein alter Freund von Harry. Auch wenn Ulrike und er nie
ein besonders enges Verhältnis gehabt hatten, wusste sie, dass
er ihr keinen Gefallen ausschlagen würde. Es war ihr Glück,
dass er die Wochenenden häufig durcharbeitete, und so erreichte sie ihn auch an diesem Samstag hinter dem Schreibtisch.
Er hatte Zeit, verstand die Dringlichkeit ihres Anliegens und
versprach, in den nächsten Stunden ein schnelles, wenn auch
halboffizielles Gutachten zu erstellen.

Es war früher Morgen, die Sonne strahlte durch Ulrikes
Schlafzimmerfenster, der Schatten des Fensterrahmens hob
sich kantig von der weißen Bettdecke ab. Direkt nach dem
Aufstehen hatte sie geduscht, Kaffee gekocht und noch mit
der Zahnbürste im Mund Jürgens Nummer gewählt.

Jetzt saß sie im Bademantel auf dem Bett und versuchte zu
begreifen, wie eine solche Entwicklung des Falls, wie eine Beteiligung Goerschels am vermeintlichen Freitod von Matthias
König zu erklären wäre. Hatte er ihn tatsächlich getötet und
den Mord als Suizid getarnt, so musste er auch in den Fall
Berger verwickelt sein, anders wäre eine solche Inszenierung
nicht zu erklären. Mit seiner Verbindung zu Tanja, einer noch
nicht nachgewiesenen, womöglich nicht erwiderten Liebe, gab
Matthias König den perfekten Mörder ab, mit einem Motiv wie
aus einem Sonntagabendkrimi. Ein glaubhafter Beweggrund
für einen glaubhaften Suizid und damit ein leichtes Opfer.

Warum aber hatte Goerschel das getan? In welcher Verbindung stand er zu Nebeleck und zu Berger? Was für ein Mensch
war er überhaupt? Ulrike erinnerte sich an den pummeligen
Mann, an die kalte, feuchte Hand, die er ihr zum Abschied
gereicht hatte, an den tanzenden nikotingelben Schnurrbart.
Auch wenn sie stets das Gefühl gehabt hatte, dass Goerschel

sich nicht völlig unverdächtig verhalten hatte, hatte sie seine Beteiligung an dem Fall nie ernsthaft ins Auge gefasst. Bis jetzt.

Wieder und wieder studierte sie den vorläufigen Abschlussbericht, den Yusuf am gestrigen Morgen verfasst hatte. Auf einem Zettel notierte sie die wichtigsten Punkte. Es war wenig bekannt über Matthias König, noch viel weniger über seine Verbindung zu Tanja. Sein Besuch im Krankenhaus lag sechs Tage zurück. Den genauen Zeitraum seines kurzen Aufenthalts konnte man mittels Kameraüberwachung exakt nachvollziehen. Zwischen seinem Besuch und dem errechneten Todeszeitpunkt lagen weniger als fünfzehn Stunden. Was in diesen Stunden geschehen war, ließ sich nicht rekonstruieren.

Drei Tage vor seinem Tod hatte die Band noch im Haus für das anstehende Frühlingsfest geprobt. Laut der anderen Bandmitglieder fanden diese Proben relativ regelmäßig statt, meist beim Bassisten, einem gewissen Timo Gerstl, in letzter Zeit häufiger bei Matthias König im ausgebauten Keller. Man hatte Fingerabdrücke der Personen abgeglichen, die sich nachweislich im Haus aufgehalten hatten, und ebendiese Fingerabdrücke hatte man auch gefunden. Darunter die von René Goerschel.

Ulrike nahm einen Schluck vom Kaffee, sie löste das kurze Haar aus dem Handtuch und fuhr sich mit den Fingern durch die nassen Strähnen. Als sie den Tatortfundbericht überflog, fiel ihr etwas auf. Man hatte Fingerabdrücke von Goerschel in der Küche und an anderen Stellen im Erdgeschoss gefunden. Nicht aber die der anderen Bandmitglieder. Unter normalen Umständen hätte das nichts zu bedeuten, schließlich war es durchaus plausibel, dass Goerschel in die Küche gegangen war, um etwas zu holen. Doch nun hatte dieses Detail eine unerwartete Tragweite und fügte sich in ein anderes Bild, in einen neuen Kontext.

An der Waffe hatte man nur Matthias' Fingerabdrücke gefunden. Wenn es tatsächlich so gewesen war, dass René Goerschel einen Selbstmord vortäuschen wollte, dann hätte er den Teufel getan, die Waffe mit bloßen Händen anzufassen. Wenn er außerdem abgefeuert hatte, so könnte man durch die Handschuhe, die er getragen haben musste, wohl kaum Schmauchspuren auf der Haut nachträglich nachweisen. Auf Matthias' Hand hatte man diese gefunden, aber Ulrike wusste, dass häufig der bloße Hautkontakt mit einer gerade abgefeuerten Waffe ausreichte, um Schmauch zu übertragen. Man hätte die Schmauchrückstände noch genauer untersuchen müssen, noch genauer feststellen müssen, in welcher Konzentration sie an Daumen und Zeigefinger zurückgeblieben waren. Das war nicht geschehen. Budgetkürzungen, Personalmangel. Ulrike konnte dieses alte Lied nicht mehr hören.

Sie kritzelte geistesabwesend auf ihrem Block herum, versuchte das Bild neu zu ordnen, stellte sich eine dritte Person vor. Es gab zahllose Möglichkeiten, zahllose neue Wege und so auch die Wahrscheinlichkeit, dass René Goerschel nicht allein beteiligt gewesen war. Ihr Telefon klingelte, sie sah Jürgens Nummer auf dem Display. »Ja?«

»Also, Ulli, das ist jetzt keine allumfassende forensische Untersuchung, ja? Zumal der Vergleich schwer ist, bei den zwei Wörtern auf dem Abschiedsbrief.«

»Aber?«

»Aber … Erstens ist das nicht die Handschrift von diesem Matthias König. Das ist mal sicher. Da wollte euch jemand verarschen, hat sich richtig Mühe gegeben. Aber nicht genug. Wenn man genau hinschaut, ein echt dilettantischer Versuch der Fälschung.«

»Na ja, man kann nicht alles können.«

»Stimmt.«

»Und weiter?«

»Ich bräuchte mehr Handschriftenproben von diesem anderen Typen, aber auf den ersten Blick sieht es so aus, als hättest du recht. Da gibt es einige Parallelen. Ich kann dir ein genaueres Gutachten anfertigen, wenn du mir die anderen Proben zuschickst.«

»Die bekommst du.«

Sie wollte sich verabschieden, da erhob Jürgen erneut die

Stimme. »Sag mal ... Hast du was von Harry gehört? Wie es ihm geht?«

Ulrike stockte. »Nein. Nichts mehr.«

»Du könntest ihn mal besuchen, vielleicht. Ich glaube, er würde sich freuen.«

»Nein. Ich glaube nicht. Er weiß doch gar nicht, wer ich bin.«

Jürgen wollte noch etwas erwidern, aber Ulrike unterbrach ihn. »Ich muss los. Ich danke dir sehr.« Sie legte auf, ließ das Telefon vor ihre angewinkelten Beine fallen und schloss für einen Moment die Augen. Sie sah Harry vor sich, fliegende Teller, lautes Geschrei, leere Augen. Ihr zweiter Mann war an Alzheimer erkrankt in ihren letzten Ehejahren. Zunächst war es ein schleichender Prozess gewesen, dann war es sehr schnell gegangen. Die letzte Amtshandlung, die er getätigt hatte, bevor ihm alles entglitten war, war gewesen, die Scheidung einzureichen. Sie wusste, warum er das so gewollt hatte, ein Teil von ihr konnte es sogar verstehen, aber verzeihen würde sie es ihm nie. Auch wenn sie sich so oft nach seinem Rat sehnte, auch wenn sie wusste, dass der Harry, den sie gekannt hatte, in einem dichten Nebel für immer verloren gegangen war, sie konnte das nicht verzeihen.

Ulrike öffnete wieder die Augen, sah sich in der leeren Wohnung um. Für den Bruchteil einer Sekunde fühlte sie sich auf eine so erbarmungslose Weise mit der kalten Realität konfrontiert, dass es ihr den Atem nahm. »Ich bin mit drei Leuten verheiratet«, hatte Thorsten beim Trennungsgespräch gesagt. »Mit dir und mit den beiden Typen vor mir.« Auch wenn sie sich damals maßlos über diese Aussage geärgert hatte, als würde das seinen Betrug rechtfertigen, so konnte sie Thorsten in diesem Augenblick beinah verstehen. Sie hatte nicht nur die halbe Bevölkerung aus Schwanghaus in ihrer Wohnung platziert, sondern auch zahlreiche andere Menschen. Auch ihre Männer.

»Ruhig, Ulli«, sagte sie zu sich selbst, als sie merkte, dass ihr der Anblick der leeren Wohnung zum wiederholten Male die Kehle zuschnürte. Sie verdrängte das Bild von Harry, verloren im Sessel, von den leeren Augen. »Jetzt komm runter«, fügte sie hinzu, schüttelte den Kopf, schnalzte mit der Zunge und tippte mit einem Stift auf dem Blatt Papier vor sich herum. Plötzlich hatte sie einen Einfall. Sie blickte auf den Kugelschreiber in ihrer Hand. »Die Schmauchspuren«, sagte sie dann laut. Sie nahm ihr Handy wieder in die Hand und wählte Yusufs Nummer.

Nach dem zweiten Klingeln hob er ab. »Ja?«

»Hast du einen Moment?«

»Worum geht es?«

»Habt ihr den Kugelschreiber noch? Den, mit dem Matthias König seinen Abschiedsbrief geschrieben hat?«

»Ja, natürlich. Warum fragst du?«

»Ich schick dir gleich was per Mail. Ein Gutachten eines Bekannten von mir, Kriminalgrafologe. Sieht so aus, als hätte jemand nachträglich an Matthias' Abschiedsbrief herumgepfuscht.«

»Was? Wer?«

»René Goerschel.«

»Wie bitte?« Sie hatte seine Aufmerksamkeit. Ulrike berichtete ihm vom Besuch bei Tanja, von ihrer nächtlichen Eingebung und dem Gespräch mit Jürgen. »Und was hat das mit dem Kugelschreiber zu tun?«, fragte Yusuf, als sie fertig war.

»Der Kugelschreiber muss sofort in die Kriminaltechnik zum Röntgen. Wenn darauf Reste von Schmauch gefunden werden, dann gibt es dafür ja offenkundig nur eine plausible Erklärung.«

»Derjenige, der den Abzug gedrückt hat …«, begann Yusuf nachdenklich.

»Hat auch den Abschiedsbrief manipuliert, richtig. Und dieser jemand hat zufälligerweise die gleiche Handschrift wie René Goerschel.«

***

Winter 2004

Der alte Mann, der in dem Haus auf dem Berg gelebt hatte, war gestorben. Peter selbst hatte den Tod festgestellt und den Totenschein angefertigt. Sein Vater war alt gewesen, in letzter Zeit kränker und schwächer geworden. Das Ende war schnell gekommen. Nun lag er noch immer im Bett, steif und kalt. Man wartete auf den Leichenwagen. Die Familie stand um ihn herum, man hatte ihm ein Hemd angezogen, einen Rosenkranz um die starren Finger gewickelt. Ein paar Nachbarn waren erschienen, die letzten Gäste des alten Mannes beteten die immer gleichen Verse. Sie hatte sich auch dazugestellt, aber sie kannte die Worte nicht, die sie sagten. Also war sie in die Küche gegangen. Gabi, Peters Cousine, lehnte dort an der Arbeitsfläche und rauchte, sie aschte ins gefüllte Waschbecken. »Jetzt freut ihr euch aber, was?«, sagte sie.

»Wie bitte?«

»Mäuschen, stell dich nicht dumm. Sieht so aus, als würdet ihr doch noch alles kriegen. Dein Schatz erbt. Trotz allem. Oder hat er dir das nicht gesagt?« Gabi nahm wieder einen tiefen Zug von ihrer Zigarette und wies dann auf die Gartentür. »Er ist da, falls du ihn suchst.«

Peter stand im Garten an genau der Stelle, an der sie in jener Nacht gestanden hatte. Er bewegte sich nicht, die Hände steckten in den Taschen, der Rücken gerade durchgebogen. Sie zog sich schnell ein paar Schuhe über, stiefelte durch den Neuschnee und stellte sich neben ihn. Gemeinsam blickten sie auf das Dorf zu ihren Füßen. Dann schaute sie ihn an. Etwas war anders an ihm, sein Körper war angespannt, sein Gesicht verzerrt. Nach einer Ewigkeit begann er zu sprechen. Seine raue Stimme klang wie die eines Fremden, so hatte sie ihn noch nie gehört.

»Er hat nie gedacht, dass ich es zu was bring.« Er machte eine lange Pause. »Und jetzt schau mich an. Jetzt schau mich an.«

Sie musterte seinen entrückten Gesichtsausdruck. Ein anderer Mensch stand neben ihr. Er erwiderte ihren Blick, seine Augen waren wie im Wahn geweitet und gaben die Sicht frei auf eine tiefe, dunkle Schlucht. Ganz wie von selbst erschien ein geheimnisvolles, beinah diabolisches Lächeln auf seinen Lippen.

Plötzlich spürte sie ihr Herz schneller schlagen, sie sah sich wieder im Dunkel stehen, sah Peter am Bett seines Vaters, sah die Spritze im schummrigen Licht der Nachttischlampe. Er hatte nichts gesagt und dennoch alles verraten in diesem Augenblick. Sie schnappte nach Luft, versuchte sich abzuwenden, doch er hatte den Arm um ihre Schulter gelegt. Ein starker, unnachgiebiger Griff machte es ihr unmöglich zu gehen. Dann beugte er sich zu ihr hinunter und flüsterte in ihr Ohr, so wie in der Nacht, in der sie sich kennengelernt hatten. Doch diesmal fuhren ihr die Worte wie pures, leises Gift durch den gesamten Körper. Sie zitterte. »Ich hab das für uns gemacht, Baby.«

Sie sah ihn die ganze Zeit an, das verzerrte Gesicht, die geweiteten Augen, das diabolische Lächeln. Ganz langsam nahm ihr Zittern ab, ihr Atem verlangsamte, ihre Muskeln entspannten sich, und sie ließ sich, als bliebe ihr keine Wahl mehr, in die wärmende Umarmung ihres grausamen Königs fallen.

25

Es hatte bloß drei Tage gedauert, einen Haftbefehl gegen René Goerschel zu erwirken. Ulrike war schon am Samstag nach Neumarkt zurückgekehrt und hatte gemeinsam mit Yusuf die darauffolgenden Tage damit verbracht, den dringenden Tatverdacht gegen Goerschel zu untermauern. In dem Augenblick, in dem der Wirt in das Zentrum der Ermittlungen gerückt worden war, schien sich allmählich einiges zusammenzufügen. Es war, als habe man eine Lampe in einen dunklen Raum gestellt, als könne man zwischen all den Ungereimtheiten plötzlich etwas erkennen.

Bereits am Sonntagmittag lag das offizielle grafologische Gutachten vor, das die Übereinstimmung der Handschrift René Goerschels mit dem hinzugefügten Schriftsatz in Matthias Königs Brief nachwies. Am Montag folgte die Bestätigung aus dem kriminaltechnischen Labor. Man hatte Schmauchspuren auf dem Kugelschreiber gefunden, mit dem Matthias König seinen Abschiedsbrief verfasst hatte. Diese konnten nur durch einen direkten Kontakt zustande gekommen sein.

Doch auch wenn sich die Beweise verdichteten, dass Goerschel am Tod von Matthias König beteiligt gewesen war, wenn nicht sogar den Mord selbst verübt hatte, es fehlte noch immer das Wichtigste: ein Motiv.

René Goerschel war einige Male mit dem Gesetz in Konflikt geraten, aber es handelte sich ausschließlich um Bagatelldelikte. Einmal hatte man ihn betrunken am Steuer erwischt, ein anderes Mal war er in eine Schlägerei verwickelt gewesen. Darüber hinaus lieferte die erste, verdeckte Investigation nur dürftige Ergebnisse. Der ewige Junggeselle führte den Gastbetrieb, den er von seinen Eltern geerbt hatte, gemeinsam mit seiner jüngeren Schwester mehr schlecht als recht, dennoch schien er über die Runden zu kommen.

Der Grund dafür lag auf der Hand. Peter König hatte als stiller Teilhaber an der Gastronomie die Kosten für die aufwendige Renovierung des Gasthauses vollständig übernommen und schien auch weiterhin Geld hineinzupumpen, ohne dass der Betrieb dadurch profitabler geworden wäre. Ob diese Unterstützung als Zeichen der Loyalität und Freundschaft zu deuten war oder ob etwas anderes dahintersteckte, war unklar.

Auch Matthias König und René Goerschel hatten im selben Kreis verkehrt, hatten sich überschneidende soziale Kontakte gehabt, wie die Band Frauenkron, der Matthias erst vor einigen Monaten beigetreten war. Welches Verhältnis darüber hinaus bestanden hatte, ließ sich nicht sagen. Es gab viele Fragen, die noch immer im Unklaren lagen.

Der Schlüssel war Leonard Berger. Ob Matthias König und René Goerschel ein gutes oder schlechtes Verhältnis zueinander gehabt hatten, war vor diesem Hintergrund beinah zweitrangig. Wenn es sich nicht um Suizid gehandelt hatte, wenn der Abschiedsbrief erzwungen worden war, dann hatte man Matthias etwas angehängt, das jemand anders getan hatte. Für den Täter musste sich die Verbindung zwischen ihm und Tanja wie eine glückliche Fügung angefühlt haben. Einen besseren Sündenbock für das Verbrechen hätte man nicht finden können.

Ulrike fiel es schwer zu verstehen, was Goerschel für ein Mann war, was ihm etwas bedeutete, wie er tickte. Sie hatte sein Facebook-Profil studiert, um besser begreifen zu können, mit wem sie es zu tun hatten. Außer ein paar wackligen Selfies, einigen Fotografien aus dem Gasthaus und ein paar geteilten Beiträgen aus irgendwelchen billigen Unterhaltungsforen konnte sie nichts einsehen, und so blieb das Bild oberflächlich und blass. Goerschel war auf den ersten Blick ein Mann ohne Eigenschaften. Ulrikes Erfahrung legte nahe, dass es häufig gerade diese waren, vor denen man sich in Acht nehmen musste.

Die Überlegung, abzuwarten und zunächst weitere Befragungen vorzunehmen, hatten sie schnell verworfen. Es bestand die realistische Chance, dass die vorliegenden Beweise

ausreichen würden, um einen dringenden Tatverdacht gegen
Goerschel begründen zu können, gleichzeitig durften sie jetzt
keine Zeit mehr verlieren. Matthias Königs Tod lag eine Woche
zurück, der Mord an Leonard Berger über zwei Wochen. Es
konnte kriegsentscheidend sein, jetzt schnell zu handeln und
darauf zu verzichten, noch mehr Staub in Schwanghaus auf-
zuwirbeln. Und tatsächlich ging dieser Plan auf. In den frühen
Morgenstunden an diesem Dienstag erließ der zuständige Haft-
richter, nachdem man ihm noch am Abend zuvor die Beweise
gegen Goerschel präsentiert hatte, einen Haftbefehl.

Ein leichter Nieselregen hatte eingesetzt und benetzte die Windschutzscheibe des Polizeiwagens. Die gräulich-blaue Wolkendecke, die sich über das Dörfchen gehängt hatte, tauchte alles
in farbloses, kontrastloses Licht. Es waren kaum Fußgänger
auf den Straßen unterwegs, und diese eilten in dunkle Regen-
jacken gehüllt über die nassen Bordsteine in ihre Häuser. Das
Dorf war wie ausgestorben.

Ulrike bemerkte die neugierigen Blicke einiger Bewohner,
die die Gardinen zurückgezogen hatten, als Yusuf und sie mit
dem Polizeiwagen auf dem Kies vor dem Wirtshaus haltmach-
ten und aus dem Auto stiegen. Die Tür war angelehnt, und aus
dem Inneren klangen die gedämpften Töne eines Radios. Es
war neun Uhr.

Goerschels Schwester war gerade damit beschäftigt, den
Boden zu wischen, und summte leise ein Lied mit, das aus der
Küche zu ihr herüberschallte. Sie trug eine graue Jogginghose
und ein weites grünes T-Shirt, die Haare hatte sie hochgesteckt.
»Mir ham no zou«, sagte sie, ohne aufzublicken.

»Frau Goerschel, wir müssen mit Ihrem Bruder sprechen.«

Sie schaute hoch, erkannte Ulrike und stutzte. »Der René is
dou drin«, antwortete sie zögerlich und wies auf die Schwingtür
hinter dem Tresen.

Yusuf und Ulrike bedankten sich und gingen den Geräuschen nach, die sie aus der Küche hörten. René Goerschel stand
hinter dem riesigen stählernen Waschbecken, ließ den ausfahr-

baren Kopf des aufgedrehten Wasserhahns über schmutzige Töpfe und Pfannen gleiten. Wieder stieg Ulrike der Geruch von altem Frittierfett in die Nase, der sich sogar in den Wänden und im Teppichboden ihres kleinen Zimmers im ersten Stock festgesetzt hatte.

Auch Goerschel schien in seine Arbeit vertieft zu sein und drehte sich erst um, als sich Ulrike laut räusperte und das Radio leiser drehte, das auf einem Regal neben ihr stand. Der Anblick der beiden Polizisten in seiner Küche erschreckte ihn offensichtlich. »Was wollen Sie hier?«, herrschte er sie an.

Ulrike kramte einen Zettel aus ihrer Tasche und hielt ihn in die Höhe. »Herr Goerschel, wir haben hier einen Haftbefehl vom Amtsgericht Regensburg. Sie sind festgenommen.«

Goerschel stellte den Topf ab, den er gerade gespült hatte. Er ließ die Schultern sinken, seine Augenbrauen schossen in die Höhe. »Was bin ich? Warum?«, fragte er mit lauter, zitternder Stimme. Er schien die Antwort bereits zu kennen.

»Sie werden des Mordes an Matthias König verdächtigt.«

Während sie gesprochen hatte, hatte Yusuf sich schon hinter Goerschel gestellt und dessen Arme hinter dem Rücken verschränkt.

»Das können Sie nicht machen! *Was* soll ich getan haben? Ich war das nicht, das war er selbst. Ihr Pisser!« Brüllend versuchte Goerschel, die Arme aus der Umklammerung zu lösen, doch die Handschellen hatten sich schon um seine Gelenke gelegt.

»Ruhig«, sagte Yusuf beschwichtigend und führte ihn durch die Schwingtür nach draußen in den Gastraum. Die Schwester stand noch immer bewegungslos neben ihrem Wischmopp, ihre Kinnlade klappte nach unten, sie schnappte nach Luft.

»Betti«, raunte Goerschel mit gedämpfter, krächzender Stimme, als er an ihr vorbeikam. »Ruf Peter an.« Dann presste er in tiefer Verbitterung die Lippen aufeinander und senkte den Blick.

***

2008

Sie ging noch immer nachts ins Dorf. Wenn er schlief, dann stand sie auf und schlich sich aus dem Haus, lief über den dunklen Waldweg den Hang hinunter, spazierte im Schatten die Straßen entlang, blickte zu den wenigen noch erleuchteten Fenstern hinauf. Manchmal so lang, bis das Licht dahinter ausgeschaltet wurde. Sie hatte begonnen, die Dunkelheit wie einen schützenden Mantel zu begreifen, einen Ort, an dem sie sie selbst sein konnte, an dem sie ihr Herz schlagen hörte.

Der Einzug ins große Haus auf dem Berg lag zwei Jahre zurück. Alles hatte sich verändert, und ihre schwachen Versuche, die Veränderung zu verstehen, waren einer stoischen Resignation gewichen. Die Tage überwogen bald, an denen sie mit niemandem sprach außer mit ihm, wenn er am Abend aus der Praxis nach Hause kam.

Manchmal kehrte er noch im Wirtshaus ein. Am Anfang war sie mitgekommen, hatte sich still neben ihn gesetzt und ein maschinelles Lachen von sich gegeben, wann immer er es von ihr zu erwarten schien. Mittlerweile zog sie es vor, im Haus auf dem Berg allein zu trinken. Die Einsamkeit war ihr Fluch. Er hingegen lebte auf. Er feierte Feste im Haus, lud Leute ein, scharte manchmal eine ganze Armee um sich, die ihn bewunderte und an seinen Lippen hing. Er hatte einen Sitz im Gemeinderat ergattert, umgab sich mit Lokalpolitikern, brüstete sich mit Kontakten zu Künstlern und Musikern aus der Stadt, kaufte Immobilien in der Umgebung, vermehrte das Geld, das sie geerbt hatten, wie durch Zauberhand, und ermutigte sie, es auszugeben, damit sie schön aussah, wenn er sie vorzeigen wollte.

Er liebte die Aufmerksamkeit. Wenn das Rampenlicht auf ihn gerichtet war, dann setzte er eine Maske auf, war charmant und souverän und verlangte dasselbe von ihr. Diese Rolle hatte sie perfektioniert. Sie war eine gute Frau. Sie lebte nur für ihn, verlor sich manchmal selbst in der tiefen, kaum erklärbaren Bewunderung, die sie für ihn hegte.

Doch das war nicht alles. Ihre schlaflosen Nächte, die Spaziergänge ins Dorf, die Einsamkeit und Dunkelheit hatten einen seltsamen Prozess in Gang gesetzt, den sie selbst kaum wahrgenommen hatte. Eine andere Seite in ihr war im Dunkeln zum Vorschein gekommen. Eine zweite Figur, die begonnen hatte, ihn zu beobachten, alles still zu dokumentieren, was er tat, wie ein stummer Biograf. Unbewusst entschlüsselte sie seine Methoden, die Menschen einzuwickeln, ihre Schwächen herauszufinden, ihnen ihre Geheimnisse zu entlocken und sie so gefügig zu machen.

Doch sie beobachtete noch mehr. Es war beeindruckend, was er alles fertigbrachte, wenn er meinte, dass niemand hinsah. Je stiller sie wurde, je mehr sie in der Einsamkeit verschwand, desto unachtsamer wurde er in den eigenen vier Wänden, in dem Haus auf dem Berg. Hinter seiner perfekten, folgsamen Ehefrau, hinter einem stets gefüllten Glas Wein lauerte jemand anders, jemand, der auf den richtigen Augenblick wartete, ihn vom Thron zu stürzen. Die Einsamkeit war ihr Fluch. Und doch war sie ihr Segen.

26

Der Mann, der Ulrike gegenübersaß, war ein anderer als der, den sie in den letzten Wochen kennengelernt hatte. René Goerschels Gesicht hatte eine gräuliche Farbe angenommen, seine Augen lagen versunken in den Höhlen, die Schultern hingen nach unten. Er saß auf einem rot gepolsterten Stuhl in einem kleinen Raum in der Polizeiinspektion Neumarkt, hatte den Kopf an die Wand gelehnt und schaute aus dem Fenster. Seine Verlegung in die Untersuchungshaft der JVA Regensburg war für den Nachmittag angesetzt. Bis dahin blieb noch etwas Zeit.

Als Ulrike gemeinsam mit Dominik Stöckl den Raum betreten hatte, hatte Goerschel kaum aufgeblickt und auf die Frage, ob er etwas trinken wolle, nicht geantwortet. Nun saßen sie sich schweigend gegenüber, wie zwei Schachspieler, auf den Zug des anderen wartend.

»Wie geht es Ihnen?«, fragte sie ihn irgendwann.

Wieder antwortete er nicht. Stattdessen verschränkte er die Arme vor der Brust.

»Herr Goerschel«, begann sie, legte eine Mappe vor ihm auf den Tisch und schaltete ihr Aufnahmegerät ein. Dann zog sie den Haftbefehl hervor und legte ihn gut sichtbar daneben. »Ich möchte Sie noch einmal mündlich über Ihre Rechte belehren.« Er rührte sich kaum. »Sie haben das Recht zu schweigen. Alles, was Sie hier und in folgenden Vernehmungen sagen, kann gegen Sie verwendet werden. Sie haben außerdem das Recht, zu jeder Vernehmung einen Anwalt hinzuzuziehen.« Sie machte eine kurze Pause, bevor sie die Mappe öffnete. »Haben Sie bereits einen Rechtsbeistand?«

»Es wird sich darum gekümmert«, brachte er durch zusammengepresste Zähne hervor.

»Peter König kümmert sich darum, nehme ich an. Dann sollten Sie sich ja keine Sorgen machen müssen.«

»Ach …«, zischte er wütend. Er schien innerlich zu brodeln,

Ulrike sah, wie er krampfhaft seine Hände um die Oberarme klammerte. Er roch nach kaltem Schweiß.

Sie zog ein Papier aus der Mappe und legte es vor ihn auf den Tisch. »Wissen Sie, was das ist?« Er schüttelte den Kopf. »Schauen Sie doch hin, Herr Goerschel. Das ist Matthias Königs Abschiedsbrief.«

Er riskierte nur einen kurzen Blick, dann wendete er sich wieder ab. »Was hat das mit mir zu tun?«

»Verraten Sie es mir.« Sie nahm ihren Kugelschreiber in die Hand und tippte auf die Stelle, an der Bergers Name nachträglich eingefügt worden war. »Das ist Ihre Schrift, nicht wahr?«

Er löste die Arme aus der Verschränkung, seine Fingerkuppen hatten weiße Abdrücke auf seinem Oberarm hinterlassen.

»Nein«, sagte er bloß und rümpfte die Nase.

Sie zog den Zettel zurück und einen zweiten hervor. »Das hier ist ein Bericht aus dem kriminaltechnischen Labor. Auf dem Kugelschreiber, mit dem Matthias König seinen Abschiedsbrief geschrieben hat, konnten Schmauchspuren nachgewiesen werden, winzig kleine Rückstände des Qualms, der aus einer abgefeuerten Waffe kommt. Wie können Sie mir das erklären?«

Er starrte sie aus dunklen Höhlen an. »Woher soll ich das wissen?« Seine Stimme war tief, es klang so, als würde sich Schaum hinter seinem Schnurrbart bilden. »Darf ich hier rauchen?«, fragte er.

»Nein«, antwortete sie. »Haben Sie davon gewusst, dass Matthias König ein Verhältnis mit Tanja Grass hatte?«

»Die hatten kein Verhältnis, die mochten sich einfach.«

»Warum haben Sie uns vorher nichts davon erzählt?«

»Sie haben mich nicht gefragt.«

»Kennen Sie Tanja?«

»Ich hab sie einmal gesehen.«

»Wann war das?«

»Stadtfest Fuhlberg, im Oktober letztes Jahr.«

»Und Berger? War der auch da?«

»Nein.« Er presste die Lippen aufeinander.

»Aber der war in Ihrem Gasthaus manchmal, oder?«

»Ja, ab und an. Das hab ich Ihnen doch erzählt.«

Sie nickte. »Ja. Das haben Sie. Was war er für ein Typ?«

René Goerschel drehte seinen Kopf hin und her, so als wolle er ihn einrenken. Erst als ein Wirbel knackend nachgab, hielt er wieder still. Er machte den Eindruck eines Bullen, der kurz davor war, seine Hörner in sie zu stoßen.

»Sie möchten mir nichts über Leonard Berger sagen?«, fragte sie erneut.

»Er war eine elendige pädophile, versoffene Drecksau. Wenn Sie mich fragen, ist die Welt ein besserer Ort ohne diesen Penner.« Er zischte und spuckte wie eine alte Dampflok, während er diese Worte aussprach.

Ulrike erwiderte seinen Blick unbeeindruckt. »Haben Sie etwas mit seinem Tod zu tun?«

»Nein!«, brüllte er und schlug mit der Faust auf den Tisch. Dominik erhob sich von seinem Stuhl.

»Schon gut«, sagte Ulrike und bedeutete ihm, sich wieder hinzusetzen. »Was ist mit Peter König und Berger? Die haben sich auch mal ganz gut verstanden, oder? Wie war das für Sie? Was können Sie mir darüber sagen?«

»Das hat nichts mit Peter zu tun«, antwortete er zögerlich.

»Nein, das hat es natürlich nicht.« Ulrike beobachtete die gekrümmte Figur vor ihr. Für einen Augenblick war die Wut in seinem Gesicht einer fast kindlichen Unschuld gewichen. »Nehmen Sie es mir nicht übel, Herr Goerschel. Ich bin hier in einer schwierigen Position. Ich hab all diese Beweise vor mir und weiß jetzt auch nicht so ganz, was ich damit anfangen soll. Es ist klar, dass …«, sie holte tief Luft, ihr fiel es plötzlich schwer, die Ruhe zu bewahren, »dass Sie mir irgendetwas nicht sagen. Und das müssen Sie nicht. Aber ich bin es leid, dass jeder in Schwanghaus so massiv die Polizeiarbeit behindert, durch Schweigen und Unwahrheiten. Denken Sie, Sie haben es hier mit Idioten zu tun? Natürlich fällt es auf, wenn jemand auf so dilettantische Weise versucht, einen Suizid zu inszenieren. Natürlich kommen Sie nicht davon, ohne Spuren zu hinterlassen.«

»Ich hab nichts gemacht. Matthis hat das selbst gemacht, hat's nicht ertragen, dass er Berger abgemurkst hat. Ich hab damit nichts zu tun.«

»Wussten Sie, dass er Leonard Berger getötet hat? Hat er's Ihnen erzählt?«

»Das steht doch in seinem Abschiedsbrief.«

»Haben Sie den gelesen?« Sie nickte langsam. »Ich vergaß. Sie haben ihn sogar auf Fehler korrigiert, nicht wahr?«

»Ich sage gar nichts mehr.«

Ulrike starrte ihr Gegenüber an, plötzlich erlag sie einem unerklärlichen Gefühl, sie hatte genug, sie verlor die Kontrolle. »Herr Goerschel, wissen Sie, was mich am meisten ankotzt? Dass Sie und all Ihre anderen Kumpels meinen, dass Sie in Schwanghaus schön nach allen Regeln der Selbstjustiz Sheriff spielen können. Und wenn da jemand nicht passt, dann wird der einfach aus dem Weg geräumt. Und alle halten den Mund.«

Sie stand auf, legte die Zettel zurück in die Mappe. »Aber ich sag Ihnen eins: Damit kommen Sie nicht durch.« Sie steckte die Mappe in ihre braune Ledertasche und zog den Reißverschluss zu. »Wir sprechen uns wieder. Solange empfehle ich Ihnen dringend, sich um einen Rechtsbeistand zu bemühen. Das, was Sie mir hier auftischen, das ist alles Mist.«

Sie nickte Dominik Stöckl zu, und die beiden verließen den Raum.

Ulrike bemerkte, dass sie vor Aufregung begonnen hatte zu zittern. Sie hatte sich auf dünnes Eis begeben und konnte sich nicht einmal erklären, was so plötzlich dazu geführt hatte. Es war, als habe sie begriffen, dass die Wand, vor der sie seit Tagen zu stehen meinte, nicht einfach so einbrechen würde. »Wo ist Yusuf?«

»Der ist im Einsatz, Verkehrsunfall auf der B 299.«

»Dann fährst du mich.«

»Wohin?«

»Nach Schwanghaus. Ich will mit Peter König reden.«

Die Tür der Praxis war nicht verschlossen, der lange Flur lag ruhig vor ihnen. Es war zwölf Uhr, laut dem Schild an der Tür war gerade keine Sprechzeit. Auch hinter der Empfangstheke war niemand.

»Hallo?«, rief Ulrike.

Sie hörte Geräusche aus Peter Königs Büro. Dominik Stöckl stapfte unruhig hinter ihr her. Sie klopfte an die Tür. Eine flüsternde Frauenstimme drang dumpf nach draußen. Als Ulrike öffnete, zog sich Yvonne, die blonde Arzthelferin, hastig ein T-Shirt über, das gegelte Haar von Peter König war zerzaust und stand ihm wirr vom Kopf ab. »Natürlich, der Klassiker«, raunte Ulrike leise.

»Darf ich Sie fragen, was Sie hier wollen?!« Peter Königs Gesicht war puterrot angelaufen, er stopfte sich das hellblaue Polohemd in seine weiße Hose und fuhr sich mit den Fingern durchs Haar. Yvonne schlüpfte an den beiden vorbei in den Flur.

»Herr König, entschuldigen Sie die Störung, aber wir müssen mit Ihnen reden.«

»Ich rede nicht ohne meinen Anwalt mit Ihnen, das habe ich doch mehr als deutlich gemacht.« Noch immer rang er um Fassung.

»Der dürfte gerade anders beschäftigt sein, Ihr Anwalt«, antwortete Ulrike ihm ungerührt. »René Goerschel wurde heute festgenommen. Das haben Sie sicher schon mitbekommen.«

Endlich wirkte es so, als habe Peter König die Kontrolle zurückerlangt. Er ließ sich schwer ausatmend auf seinen Schreibtischstuhl fallen. »Ja«, sagte er. »Aber ich verstehe nicht, was das mit mir zu tun haben soll.«

»Sie hängen ganz schön an ihm, nicht wahr? Sonst würden Sie nicht so viel Geld in sein Gasthaus pumpen, hätten nicht alle laufenden Rechnungen und die Renovierung bezahlt. Und jetzt steckt er knietief in der Scheiße, und wer besorgt ihm den Anwalt? Schon wieder Sie. Das macht mich einfach stutzig, verstehen Sie das?« Sie stellte sich dicht vor seinen Schreibtisch.

Peter König lehnte sich unwillkürlich zurück und erwiderte ihren Blick. Er blinzelte. »René Goerschel ist ein Freund. Loyalität wird hier im Dorf großgeschrieben, man hilft sich gegenseitig. Das versteht sich von selbst. Zumal es lächerlich ist, was Sie ihm anhängen wollen. Er hat nichts mit Matthias' Tod zu tun. Ein armer Irrer ist das gewesen. Ist wohl einfach nicht über diese Kleine hinweggekommen.«

»Sie wussten von Tanja und ihm? Als wir das erste Mal gesprochen haben, da haben Sie mir noch erzählt, dass Sie noch nie etwas von ihr gehört hätten.«

»Ich habe sie nicht gekannt, nein. Aber es hat sich rumgesprochen.«

Ulrike atmete tief durch. Sie konnte fast hören, wie ihr das Blut in den Kopf rauschte. Sie stützte sich mit den Handflächen auf der Tischkante ab und beugte sich vor.

»Herr König«, sagte sie leise. »Sie lügen.«

Jegliche Farbe wich aus seinem Gesicht, seine Augen verdunkelten sich. »Raus hier«, antwortete er tonlos.

Ulrike drehte sich um und verließ gemeinsam mit Dominik Stöckl das Zimmer. Als sie an der Empfangstheke vorbeikamen, warf sie einen kurzen Blick auf Yvonne. »Entschuldigung für die Unterbrechung, der Herr Doktor hat jetzt wieder Zeit für Sie.«

**

April, letztes Jahr

Das Frühlingsfest hatte er vor einigen Jahren ins Leben gerufen und zur Tradition erklärt. Er liebte es, liebte alles daran. Vielleicht gerade deswegen, weil es sich anfühlte wie ein Fest, das für *ihn* gefeiert wurde, bei dem der ganze Ort seinen Wohltäter hochleben ließ, der alles Gute und Schöne ins Dorf gebracht hatte, Wohlstand und Erneuerung.

Manchmal fiel ihr schwer zu begreifen, wie viele Jahre ins Land gezogen waren seit der bedeutungsvollen Nacht auf der Hamburger Dachterrasse. Dachte sie darüber nach, dann hatte sie den Eindruck, eingeschlafen zu sein. Vor drei Jahren hatte Peter das alte Haus auf dem Berg abreißen lassen und ein neues gebaut, aus Glas und Stein. Selbst das hatte sie verschlafen, wie durch einen schweren Schleier wahrgenommen. Sie erinnerte sich dunkel daran, dass sie mal ein Kind gewollt hatte, es hatte nicht geklappt. Deine Schuld, isst zu wenig, trinkst zu viel, hatte er gesagt. Sie dachte nicht mehr oft an den charmanten Mann auf der Dachterrasse, dem sie ihr Leben anvertraut hatte. Der, der jetzt nachts neben ihr einschlief, war ein anderer Mensch. Wütend, gleichzeitig kalt und doch nichts weiter als eine leere Hülle.

In den ersten Jahren, in denen das Frühlingsfest ausgerichtet wurde, hatte sie es noch gefürchtet. Sie hatte es als eine Anhäufung all der Dinge empfunden, die ihr früher noch Angst gemacht hatten. All die Blicke im Dorf, die auf sie gerichtet waren, all die Worte, die gesprochen wurden, all das Schweigen, das sie umhüllte. Doch mittlerweile genoss sie es beinah, das Spiel, das sie spielten, als würden sie in alte Rollen schlüpfen, als wäre alles noch so wie ganz am Anfang.

Dieser Samstag, an dem sich ihr ganzes Leben ein zweites Mal auf schicksalhafte Weise verändern sollte, war ein traumhaft schöner Tag. Die Sonne schien, tauchte alles in schimmerndes, milchiges Licht. Sie hatte ein buntes Sommerkleid angezogen, die Haare hochgesteckt, Lippenstift aufgetragen. Sie hatte Kuchen gebacken, stellte die Torte auf einem Biertisch ab und sah sich um. Jetzt schon, am frühen Mittag, war der Festplatz gut gefüllt. Lachende Kinder rannten zwischen den Beinen ihrer Eltern hindurch, sie entdeckte René, der auf dem Kiesplatz vor seinem Gasthaus den Grill anschürte, nickte Matthias zu, der rauchend am Ausschank lehnte. Dann beobachtete sie Peter in seinem Element, in einer Traube von Menschen stehend, lachend, gestikulierend.

Plötzlich hielt er inne, er hatte irgendetwas entdeckt. Er hob die Hand und winkte jemanden zu sich. Sie folgte seinem Blick zu einem Mann, der sich aus der Menschenmasse löste. Er hatte graubraunes, mittellanges Haar, trug ein kariertes Hemd, das er in eine dunkle Jeans gesteckt hatte. Sie hatte ihn noch nie zuvor gesehen, und doch wirkte etwas an ihm vertraut. Sie spürte ihr Herz schneller schlagen. Wie ferngesteuert bewegte sie sich auf die beiden Männer zu.

»Ach, Schatz, da bist du ja«, sagte Peter und schlang einen Arm um ihre Taille. »Das ist unser neuer Schwanghauser. Er hat den alten Hof gekauft.«

Sie lächelte und blickte in die großen braunen Augen des Unbekannten. Plötzlich hatte sie das Gefühl, hellwach zu sein.

»Natürlich«, sagte sie, neigte den Kopf zur Seite, sodass sich eine dunkle Haarsträhne aus ihrer Frisur löste, und reichte ihm die Hand. »Nebeleck, nicht wahr?«

Er nickte. Seine warmen, langen Finger umschlossen ihren Handrücken. Sein Lächeln war magisch. »Leonard Berger, freut mich sehr«, sagte er mit einer tiefen Stimme aus Karamell.

»Ich freu mich auch«, antwortete sie.

Auch in dieser Nacht schlief sie nicht. Als Peter neben ihr laut zu schnarchen begann, stand sie auf. Sie hatte einen langen Spaziergang vor sich, ihr Herz schlug wie das eines jungen Mädchens. Etwas hatte sich gedreht, die Perspektive hatte sich verändert. Leonard. Sie hatte ihn den ganzen Abend lang beobachtet. Er war ihr vorgekommen wie ein stolzer Löwe in der Savanne, den sie durch ein Fernglas erspähte. Sie hatte jede seiner Bewegungen studiert, die Art, wie er die Arme auf dem Biertisch auflehnte, wie er sich mit den Fingern durchs Haar fuhr, wie sich kleine Fältchen um seine Augen legten, wenn er lachte.

Als sie in der Dunkelheit den Hang hinunterlief, ermahnte sie sich zur Ruhe, zur Besonnenheit, aber etwas in ihr war nicht zu halten. Wie von selbst fand sie den Weg zu dem Hof im Kiefernwald. Er lag in völliger Dunkelheit da, nur in einem Fenster im ersten Stock brannte noch schwaches Licht. Er war noch wach, dachte sie beseelt. Er konnte auch nicht schlafen.

Sie ging langsam auf das Haus zu und blickte zu dem erhellten Fenster, ihr Herz klopfte so sehr, dass sie fürchtete, es könne ihr in der Brust zerspringen. Plötzlich ergab es alles einen Sinn. Sie hatte ihr Gegenstück gefunden, einen zweiten Schlaflosen, einen zweiten Einsamen, einen zweiten Fremden hier in der Dunkelheit.

Sie schritt vor bis auf den Innenhof und konnte hier fast die Hand nicht mehr vor den Augen erkennen. Dann zog sie den weißen Zettel aus der Tasche und warf ihn durch den Briefschlitz, der sich in der Haustür befand. Ihre Hände zitterten vor freudiger Aufregung. Er würde wissen, wer diese Worte geschrieben hatte, er würde es sofort begreifen. Und dann würde endlich alles gut werden.

Als sie nach Hause lief, stellte sie sich vor, wie er am Morgen auf dem Flurboden ihren Brief finden würde. Stellte sich sein Lächeln vor, wenn er ihre Worte las, die sie noch vor wenigen Stunden auf dem Badezimmerboden hockend geschrieben hatte: *Hallo du, fällt mir schwer zu erklären, was heut passiert ist, als wir uns getroffen haben ...*

Sie war sich sicher, das waren nur die ersten Worte. Der Beginn einer wundervollen neuen Geschichte.

27

Eine weitere schlaflose Nacht lag hinter Ulrike, als sie den Wagen in den frühen Morgenstunden dieses Mittwochs auf dem Parkplatz des Krankenhauses parkte. Sie klappte die Blende herunter und begutachtete sich kurz im Spiegel. Die roten Haare hatten sich in ungeordneten Wellen in ihre Stirn gelegt, ihre sonst blauen Augen wirkten fast gräulich. Sie fuhr mit dem Zeigefinger über die Falte zwischen ihren Augenbrauen, die an diesem Morgen noch tiefer zu sein schien als sonst.

Sie war in den letzten Tagen zwischen Neumarkt und ihrer Wohnung in Regensburg hin- und hergefahren. Die vielen Stunden im Auto hatten ihr Übriges getan. Entweder war es einer ganz grundsätzlichen Anspannung geschuldet oder dem simplen Versuch, wach und konzentriert zu bleiben – die unliebsame Angewohnheit, die Schultern bis zu den Ohren zu ziehen, hatte Ulrike während der Autofahrten auf die Spitze getrieben, und jetzt hatte sie das Gefühl, den Kopf kaum nach rechts oder links drehen zu können.

Noch am Abend hatte sie ein weiteres Mal mit Silke telefoniert und ihr versprochen, einen Besuch in der Heimat in Erwägung zu ziehen. »Mama würde sich freuen«, hatte Silke gesagt.

Der Gedanke an die weißhaarige Frau mit den schiefen Zähnen, zwischen denen ständig irgendeine derbe Unflätigkeit herausgeschleudert wurde, versetzte ihr einen sehnsuchtsvollen Stich. Es war bald ein Jahr her, seit sie das letzte Mal dort gewesen war. In einem Moment verspürte sie das Verlangen, das Gaspedal durchzudrücken und die Autobahn gen Westen zu nehmen, sobald sich der Fall aufgeklärt hatte, im nächsten schnürte ihr der Gedanke die Kehle zu. Sie wurde das Gefühl nicht los, dass ihr alles entglitt, wenn sie nicht achtgab. Trotz des unerbittlichen Drangs, den Fall endlich zu Ende zu bringen, musste sie Ruhe bewahren.

Ulrike klappte die Blende zurück und stieg aus dem Wagen. Unter einigen Schmerzen schüttelte sie Arme und Schultern aus und legte dann den Kopf in den Nacken, so als wolle sie sich auf einen Marathon vorbereiten. Dann machte sie sich auf den Weg ins Innere des Krankenhauses.

Tanja würde in den nächsten Wochen in die Reha-Klinik nach Eschenbach verlegt werden. Wie lange es dauern würde, bis sie vollständig in den Alltag zurückkehren könnte, und ob das überhaupt möglich wäre, blieb abzuwarten. Die Ärzte prognostizierten ihr gute Aussichten. Der gescheiterte Suizid, die neue Chance, die ihr so unverhofft geschenkt worden war, hatten aus ihr eine Kämpferin gemacht.

Als Ulrike einige Augenblicke später an ihrem Bett stand, schlief das Mädchen noch, doch die Augenlider zuckten. Sie räusperte sich vorsichtig, Tanja öffnete die Augen. Neben der Maske war nun auch die Nasensonde verschwunden, die sie bei ihrem letzten Besuch noch getragen hatte. Dieser lag fünf Tage zurück, und wieder war ein Stück mehr Leben in den jungen Körper zurückgekehrt. Nicht nur die abnehmende Dichte der Geräte um sie herum, sondern auch die Tatsache, dass sie ihre Augäpfel bewegte, ohne dazwischen die Lider schließen zu müssen, zeigten die großen Fortschritte, die sie jeden Tag zu machen schien.

Ulrike ließ sich auf den Besucherstuhl sinken und wartete geduldig darauf, dass Tanja richtig wach wurde. »Hi, Tanja«, begann sie dann vorsichtig. »Weißt du noch, wer ich bin?«

Sie reagierte kaum.

»Ich bin Ulrike, von der Polizei. Ich war schon zweimal hier.«

Tanja nickte vage.

»Geht's dir gut heute?«

Sie nickte erneut.

»Du machst tolle Fortschritte. Wenn das so weitergeht, bist du bald schon wieder auf den Beinen.«

Auf einmal wurde Tanjas Gesicht von einem Anflug der Trauer verdunkelt.

»Ist alles in Ordnung?«, fragte Ulrike.

»Ja ... Ich weiß nur nicht ...« Ihre Stimme klang noch immer sehr zart und zerbrechlich.

»Du weißt nur nicht, wie es dann weitergeht?«

Sie schüttelte den Kopf.

»Warte mal ab. Das wird sich schon alles fügen. Da bin ich mir sicher.« Ulrike zögerte, dann griff sie nach der Hand des Mädchens und legte sie kurz in ihre. »Tanja, wäre es in Ordnung für dich, wenn ich dir ein paar Fragen stelle? Wenn du nicht antworten willst oder es dir zu viel ist, dann kannst du mich unterbrechen, und ich hör sofort auf, okay?«

Sie fixierte Ulrike mit wachen Augen.

»Du weißt noch, was passiert ist, bevor ... vor deinem Unfall.«

»Ja ... Ich weiß. Leo ist tot«, sagte sie, und ihre dünne Stimme klang wie die eines Kindes. Wieder wurde das ebenmäßige Gesicht von tiefer Trauer benebelt.

»Ja. Und, Tanja, weißt du auch, wie er umgekommen ist?«

»Ermordet.«

Ein Schauer lief Ulrike über den Rücken, als sie dieses Wort aus Tanjas Mund hörte. »Ja.«

Sie wartete einen Augenblick ab. Es fühlte sich an, als müsse sie das Mädchen an immer kälteres Wasser gewöhnen, als würden sie gemeinsam durch ein Schwimmbecken laufen.

»Weißt du, wer das war, Tanja?«

Tanjas Antwort kam schnell. »Nein. Ich weiß es nicht.« Sie schloss die Augen für einen Moment, dann öffnete sie sie wieder und blickte auf den Katheter in ihrem Handrücken, als habe sie einen Käfer entdeckt.

»Wir haben dein Tagebuch gefunden, Tanja. Und ich weiß, dass dir das vielleicht nicht so gut gefällt, aber es gibt da einen Eintrag, in dem du von einer anderen Frau erzählst.«

Tanja schaute Ulrike unverwandt an, ihre Augen blitzten plötzlich. »Ja. Es gab da jemanden. Aber Leo hat mir geschrieben und mir gesagt, dass es nicht so ist, wie ich mein, und dass ich zurück nach Haus kommen soll.«

Immer wieder machte sie Pausen, während sie sprach, um tief einatmen zu können.

»Aber als ich zu Hause war, da hat ... da war er ...« Sie sprach nicht zu Ende.

»Wer ist diese Frau? Weißt du, wie sie heißt?«

Sie senkte den Blick. Ulrike beobachtete sie und stellte fest, dass sie allmählich müde wurde. Es würde noch lang dauern, ihr all die Fragen zu stellen, die Ulrike auf den Lippen brannten.

»Tanja, du hast von Briefen geschrieben, die zwischen Leonard und dieser Frau hin- und hergegangen sind, aber wir haben diese Briefe nirgendwo gefunden.« Ulrike bemerkte, wie das Mädchen in einen unruhigen Schlaf zu fallen schien, es war, als würde ihr Sand durch die Finger gleiten, als würde ihr die Zeit zu schnell davonlaufen. »Tanja?«

Sie antwortete nicht mehr. Ulrike seufzte erschöpft. Sie blieb noch eine Weile sitzen, darauf wartend, dass Tanja wieder aufwachte. Als nichts geschah, stand Ulrike auf, rückte ihren Stuhl zur Seite, blickte ein letztes Mal auf das Mädchen, dann ging sie zur Tür, schloss diese leise hinter sich und winkte der Krankenschwester mit den stacheligen Haaren zu, bevor sie die Intensivstation verließ.

Ulrike setzte sich mit einer dampfenden Tasse Tee ans Fenster des Krankenhauscafés und blickte nach draußen auf den wild bewachsenen Innenhof. Jedes Mal wenn sie Tanja besuchte, fühlte sie sich danach, als habe sie eine ganze Armada von Ohrfeigen über sich ergehen lassen. Das kleine blond gelockte Mädchen, ihre Tochter, war heute bloß ein Jahr älter als Tanja. Ulrike begriff, wie sehr Tanja jetzt eine Mutter brauchte und was für eine Mutter sie selbst gewesen war, damals, als sie ihr Kind allein gelassen hatte. Es gab nichts, was sie tun konnte, um das wiedergutzumachen. Weder Emma noch sie selbst würden sich das je verzeihen.

Jedes Mal wenn sie Tanja so vor sich sah, dann wurde sie an das Gefühl erinnert, als Mutter versagt zu haben. Hier, in diesen weißen Hallen, zwischen all den piepsenden Geräten, in der Nähe des hilflosen Mädchens, fiel es ihr besonders schwer, eine ungetrübte Sicht auf den Sachverhalt zu wahren.

Die Erschöpfung hatte sich in jeden Winkel ihres Körpers vorgearbeitet. Sie hatte sich mit den gestrigen Befragungen auf dünnes Eis begeben. Die Unprofessionalität, die sie gegenüber Goerschel und König an den Tag gelegt hatte, ärgerte sie noch immer. Sie war persönlich geworden, hatte die Fassung verloren, ihren kühlen Kopf eingebüßt, den sie in dieser Ermittlung ohnehin nur selten bewahrt hatte.

Auch wenn sie wusste, dass René Goerschels und Peter Königs Aussagen einstudiert gewirkt hatten, als hätten sie sich abgesprochen, auch wenn es keiner tiefgehenden Menschenkenntnis bedurfte, hinter den geprobten Antworten eine Lüge zu erahnen, konnte ihr dieses impulsive Verhalten doch leichthin als Regelbruch ausgelegt werden. Ganz gleich, ob sie das Weiterkommen im Fall dadurch behindert oder vorangetrieben hatte: Tanjas Aussage war entscheidend, aber Ulrike konnte sie nicht erzwingen. Sie musste Geduld haben.

Es war früher Mittag, und zahlreiche Besucher hatten sich an den Tischen niedergelassen. Sie erkannte den jungen Mann mit den eingegipsten Armen wieder, den sie bei ihrem ersten Besuch vor dem Haupteingang gesehen hatte. Er lachte und ließ sich von einer älteren Frau durch die Haare streicheln.

Zwei Jahre war es her, dass Ulrike ihre Tochter das letzte Mal gesehen hatte, und es verging kein Tag, an dem sie nicht an sie dachte. Sie nahm ihr Handy und überlegte, ihr eine Nachricht zu schreiben, die vermutlich wie üblich unbeantwortet bleiben würde. Emma wollte sie nicht sehen, sie wollte Ulrike nicht anhören oder verstehen.

Gerade hatte sie begonnen zu tippen, da klingelte es. Sie kannte die Nummer, konnte sie aber nicht gleich zuordnen. »Kork«, meldete sie sich.

»Hallo, Frau Kork, hier ist Schwester Sabine von der Intensiv. Ich ruf an wegen Tanja.«

Ulrike sprang auf und verschüttete dabei fast die halb volle

Tasse, die noch vor ihr auf dem Tisch stand. »Ist alles in Ordnung? Ich bin zufällig noch im Krankenhaus ...«

»Machen Sie sich keine Sorgen, ihr geht's gut. Sie schläft jetzt ohnehin. Ich soll Ihnen bloß was ausrichten.«

»Und was?«

»Für mich ergibt das natürlich wenig Sinn, aber sie hat gesagt, dass Sie im Schließfach schauen sollen.«

Ulrike runzelte die Stirn. »Im Schließfach? In was für einem Schließfach?«

»Sie hat gesagt: ›Leo hat ein Schließfach.‹ Das hat sie gesagt, und dass Sie darin nachschauen sollen.«

＊＊

Juni, letztes Jahr

Sie liebte es, nachts durch den Wald nach Nebeleck zu laufen und zu den erleuchteten Fenstern hinaufzublicken, sich vorzustellen, wie es wäre, wenn sie einfach durch die geöffnete Vordertür hineingehen könnte. Als würde sie hier wohnen. Als würde er sie erwarten.

Einmal hatte er sie durchs Fenster erblickt, unten im Mondlicht zwischen den Bäumen. Er hatte sich erschrocken, und sie war davongelaufen. Wieder hatte sie im Haus gewartet, auf eine Antwort, eine Reaktion, irgendetwas. Aber es geschah nichts, ihre Briefe blieben unbeantwortet, ihre Sehnsucht ungestillt. Leonard hatte noch nicht begriffen. Er brauchte noch Zeit.

An einem warmen Dienstag im Juni, als sie gerade vom Lebensmitteleinkauf heimgekehrt war, geschah es, dass er sie das erste Mal zu Hause besuchte. Sie hatte seinen dreckigen dunkelgrünen Subaru bereits in der Einfahrt gesehen. Überall hätte sie das Auto erkannt, das Nummernschild sofort zugeordnet, das ihr für immer eingeprägt war. Ihr Herz hatte heftig geschlagen, als sie zitternd durch die Vordertür ins Haus kam. Er war endlich gekommen, jetzt würde endlich alles gut werden. Sie roch sein herbes Aftershave in der Luft, spürte seine Präsenz wie ein Magnetfeld.

Sie folgte der weichen Karamellstimme in den Garten, wo sie schließlich erstarrte. Peter war zu Hause, normalerweise wäre er um diese Uhrzeit noch in der Wirtschaft oder in der Praxis gewesen. Heute nicht. Stattdessen stand er mit Leonard im Garten, beide mit einem Bier in der Hand, beide lachend. Plötzlich war ihr danach davonzulaufen, doch da hatte Peter sie schon entdeckt. »Schatz, komm doch raus. Steh doch da nicht so rum.«

Sie ging langsam auf sie zu und schaute zwischen ihnen hin und her, als hätten sie gerade über ihr Schicksal entschieden.

»Ich hab Leonard vorhin zufällig im Dorf getroffen und eingeladen. Er bleibt heut zum Essen, wir eröffnen die Grillsaison, was hältst du davon?«

Sie nickte konsterniert, als sie begriff, dass Leonard nicht ihretwegen gekommen war. Sie fixierte ihn verstohlen, aber sein Blick blieb leer, beinah teilnahmslos. »Ja … ja, natürlich! Ich bereite alles vor.«

Sie ging zurück ins Haus und verspürte eine Mischung aus Trauer und Nervosität, die ihr schließlich die Tränen in die Augen trieb, während sie stumm eine Paprika vor sich zerschnitt. Sie stellte sich vor, dass er hinter sie treten, seine Arme um ihren Bauch schlingen und ihren Hals küssen würde, und ihr Herz klopfte sehnsuchtsvoll. Doch nichts geschah. Sie blieb allein.

Es wurde ein langer Abend. Leonard und Peter schienen sich bestens zu verstehen. Es war quälend, ihm so nah zu sein, ohne ihn anfassen zu können. Jedes Mal wenn sich ihre Blicke trafen, setzte ihr Herz für einen Schlag aus. Als sich ihre Finger auf dem Tisch zufällig berührten, stockte ihr der Atem. Dennoch hatte sie das Gefühl, als stimmte etwas nicht, als wäre er weit entfernt, als wäre er außerhalb ihrer Reichweite. Sie konnte es kaum noch ertragen, in seiner Nähe zu sein.

Es war kalt und spät geworden, als sie beschloss, sich zurückzuziehen. Sie reichte ihm die Hand, widerstand der Versuchung, ihn zu umarmen, und ging ins Haus. Ohne das Licht einzuschalten, betrat sie das Schlafzimmer im ersten Stock, setzte sich auf den Fußboden. Durch das geschlossene Fenster und einen Spalt zwischen den zugezogenen Gardinen beobachtete sie ihn weiter, im Licht der rötlich-gelb leuchtenden Kerzen sitzend, im schwachen Schein der erlöschenden Grillglut.

Sie spürte, dass sie sich entspannte. Sie fühlte sich ihm näher, wenn er nicht wusste, dass sie in der Nähe war. Hier oben in der Dunkelheit, in der Einsamkeit, sah sie den Abend aus anderen Augen, erinnerte sich an einen Anflug der Eifersucht in seinem Gesicht, als Peter einen Arm um sie gelegt hatte, an längere Blicke aus den dunklen Augen, an eine Absicht hinter scheinbar zufälligen Berührungen.

Sie beruhigte sich, spürte, wie ihr Atem sich verlangsamte, ihr Herz in einem gleichmäßigeren Tempo zu schlagen begann. Es brauchte oft eine gewisse Entfernung, einen Abstand, um Dinge besser zu begreifen. Natürlich hatte er sie nicht an sich reißen können, sie länger anschauen oder berühren können, wenn Peter mit am Tisch saß, der Mann, der im Weg war. Noch dazu war es so viel schöner, ihn zu beobachten, wenn er nicht wusste, dass sie es tat.

Doch je länger sie die beiden Männer betrachtete, desto unwohler fühlte sie sich, desto mehr ahnte sie, was in der Luft lag. Sie waren betrunken, hatten begonnen zu lallen. Peter hatte seine Falle ausgelegt. Sie kannte seine Maschen genau, sie wusste, worauf er hinauswollte. Er hatte begonnen, Leonard einzuwickeln, ihm Dinge zu entlocken, die er sonst nie verraten würde. Er tat, was er immer tat, und wirkte in diesem Moment wie ein Raubtier, das seine Beute ins Visier genommen hatte.

Sie war versucht, hinunterzurennen und Leonard zu befreien aus dem toxischen Griff ihres Mannes, dessen Gift man erst später in sich spürte. Aber es war vergeblich. Sie verstand nicht, worüber sie sprachen, aber Leonard hatte ihm etwas verraten. Peter prustete, und sie konnte seine Stimme bis hierhin hören, als er überrascht lachend ausrief: »Vierzehn Jahre alt? Du alter Hund, du!«

28

Es war ein Leichtes gewesen, das Schließfach zu finden. Nur ein Anruf bei der Raiffeisenbank in Fuhlberg, dem nächstgelegenen Städtchen, hatte genügt, die Anmietung Bergers wurde bestätigt. Als Ulrike vor dem Bankschließfach stand, dachte sie darüber nach, wie es war, einen Menschen kennenzulernen, welche eigentümlichen Prozesse sich dann in Gang setzten. Es gab Dinge, die man sofort teilte, die man nach außen trug und stolz in Szene setzte. Es gab Dinge, die etwas tiefer vergraben lagen, die mit Schmerz und Schwäche verbunden waren, die man nur dann offenlegte, wenn man Vertrauen geschöpft hatte. Und es gab die Dinge, die man nie preisgab, die man versteckte in einem verschlossenen Raum, zu dem das Gegenüber keinen Zutritt hatte. Der letzte unentdeckte Ort, das tiefste Innere, das für immer verborgen lag und einen auf ewig fremd sein ließ.

Es war Ulrike im Verlauf der gesamten Ermittlung schwergefallen, Leonard Berger zu begreifen, seine Motive zu verstehen. Die Gründe für sein Handeln waren vielschichtig, sein Charakter ein Mysterium. Als sie sich das erste Mal mit ihm befasst hatten, meinten sie, es mit einem Kauz zu tun zu haben. Ein Mann, der sich in tiefer Verbitterung über den Tod seiner Frau in die Einsamkeit zurückgezogen hatte. Dann hatten sie Tanja kennengelernt, seine Begleiterin, sein Geheimnis, sein Gespenst, das er versteckt gehalten hatte in dem kleinen nebligen Universum.

Bergers Fassade war widersprüchlich, sein Wesen glich einem verwucherten Garten. Es war dementsprechend verwunderlich, dass das Schließfach einer so peniblen Ordnung unterlag. Dieser Ort, außerhalb seines direkten Einflussbereiches, war die letzte Bastion seiner Kontrolle und öffnete den Ermittlern eine bis zu diesem Moment verschlossene Tür zu seinem Innersten.

Der gesamte Inhalt des Schließfaches wurde in die Polizeiinspektion gebracht. Es fanden sich Dokumente wie seine
Heirats- und seine Geburtsurkunde. In einer kleinen bordeaux-
roten Samtschatulle waren sein Ehering und der seiner Frau
gefunden worden, neben weiterem Schmuck, der wohl seiner
Frau gehört hatte. Doch das war bei Weitem nicht alles. Man
fand sechsunddreißig Briefe, die in einem Zeitraum von etwa elf
Monaten entstanden waren, der erste datiert auf den 20. April
letzten Jahres. Sie waren in Handschrift verfasst und begannen
immer mit den gleichen Worten: *Hallo du*. Sie erzählten die
Geschichte einer unerfüllten Liebe, sie erzählten von Verfolgung, von Beobachtung. Die Ermittler hatten die Spur zu der
anderen Frau gefunden, von der Tanja geschrieben hatte, der
Grund, warum sie den Hof verlassen hatte.

Den Briefen nach zu urteilen hatte Leonard sie das erste
Mal vor etwa einem Jahr getroffen. Es gab Abstände zwischen
den Dokumenten, und doch waren sie in einer gewissen Re-
gelmäßigkeit verschickt worden. Ulrike versuchte, jemanden
zu erkennen hinter den geschwungenen Buchstaben, den ge-
quälten Worten, und mit der Zeit gelang es ihr, eine Frau zu
sehen, die offenbar in ihrer eigenen Phantasie lebte, in der
Berger die Hauptrolle spielte. Diese Phantasie schien eine
Flucht zu sein aus ihrem Leben, das bestimmt war durch einen
dominanten Partner, durch Unfreiheit, durch Zwang. Irgendwann hatte die Verfasserin von Tanjas Existenz erfahren. Der
Tonfall der Briefe war daraufhin fordernder geworden, beinah
bedrohlich. Schließlich mussten sich die beiden nähergekom-
men sein, unklar blieb allerdings, was bei diesem Treffen geschehen war. Der letzte Brief war auf einen Zeitpunkt vor
etwa vier Wochen datiert, kurz bevor Leonard Berger ermordet worden war. Diese Worte, die so kurz vor seinem
Ableben verfasst worden waren, strotzten vor Enttäuschung,
vor Trauer und vor Wut.

Ulrike hatte sich mit ihrer Sonderkommission ins Besprechungszimmer zurückgezogen. Yusuf stand an der Wand, hatte
eine Hand vor den Mund gelegt und blickte nachdenklich auf

den Inhalt des Schließfaches, der ausgebreitet auf dem Tisch vor ihnen lag.

»Worüber denkst du nach?«, fragte Ulrike, die ihn aus dem Augenwinkel beobachtete.

Er schüttelte den Kopf. »Eine Stalkerin stalkt einen Stalker.«

»Eine seltsame Parallele, das stimmt«, gab Ulrike zu. »Aber er war ein gut aussehender Mann, und nach allem, was wir wissen, hatte er schon einen Effekt auf Frauen, eine gewisse Ausstrahlung.«

»Jetzt müssen wir sie nur noch finden«, sagte Yusuf und setzte sich wieder an den Tisch. Es war bereits später Nachmittag, die Sonne stand bald am Horizont. Ulrike hatte das Fenster geöffnet und beobachtete, wie ein leichter Windstoß die Blätter langsam über den Tisch wirbelte.

Franka hatte das Kinn auf die Handinnenflächen gestützt. Plötzlich richtete sie sich auf, griff nach dem ersten Brief, der ganz zuoberst lag, und tippte auf das Datum. »Zwanzigster April«, sagte sie. »Das könnte doch ... Das könnte das Frühlingsfest gewesen sein ...«

Ulrike nahm den Brief entgegen, dann griff sie nach ihrem Handy und suchte das Foto von Leonard Berger und Peter König heraus, das Dieter Nowak ihr zugesandt hatte. Sie ließ sich die Dateidetails anzeigen und konnte so das Aufnahmedatum ablesen. »Bingo, der dritte Samstag im April«, sagte sie dann. Sie schaute wieder auf das Bild, auf Leonard Berger und Peter König. Dann hatte sie plötzlich eine Eingebung. Auch sie zog einen Brief aus dem Stapel hervor, der ihr schon bei der ersten Durchsicht aufgefallen war.

»*Wenn ich dir sage, was er alles getan hat*«, las sie laut vor und dachte bei den Worten an die Frau mit den langen schwarzen Haaren, seltsam entrückt am Biertisch sitzend, schaurig lächelnd aus dem Fenster blickend. Und sie dachte an Peter König. »Dominik? Du hast dich doch mit Peter König befasst, kurz bevor die Ermittlungen eingestellt wurden.«

»Ja, das ist richtig.«

»Was kannst du mir über seine Frau sagen? Über Natascha?«
Plötzlich war es still im Raum, so still, dass man eine Stecknadel hätte fallen hören können.

Dominik Stöckl sammelte sich, wühlte in seinen Unterlagen. »Natascha König kommt ursprünglich aus Hamburg, sie hat gemodelt.« Er überlegte kurz. »Ich glaub, die sind verheiratet seit 2002 oder 2003. Sie ist mit ihm nach München gezogen und dann weiter nach Schwanghaus.«

»Und dann ist da ja noch das, was die Schwester gesagt hat«, warf Stefan Brunner ein. »Die wusste sehr wenig Gutes zu sagen über deren Ehe. Das könnte passen.«

Yusuf, der aufmerksam zugehört hatte, blickte Ulrike an. »Ulrike? Was meinst du? Könnte sie es sein?«

Ulrike holte tief Luft, sie biss sich auf die Unterlippe und starrte auf die Briefe vor sich, die Buchstaben und Worte, die Verzweiflung und Sehnsucht, die aus ihnen triefte. »Ja, das könnte sein. Aber das sind Spekulationen. Wir sollten die Pferde noch nicht scheu machen, bevor wir nicht mehr haben.«

»Was schlägst du vor?«, fragte er.

»Wir beide nehmen uns die Schwester noch einmal vor, und der Rest ...« Sie erhob sich. »Der Rest untersucht Natascha König auf Herz und Nieren.«

Ulrike betrachtete gedankenverloren die vor ihr liegende Straße, die vorbeibrausenden gelb blühenden Felder, die Bäume am Wegrand. Yusuf hatte das Radio angestellt, eine helle Frauenstimme warnte vor einem Geisterfahrer auf der A 3, dann ertönte das Intro von Buffalo Springfields »For What It's Worth«. Yusuf tippte den Takt mit den Fingern auf dem Lenkrad mit. »Guter Song«, sagte er, Ulrike nickte.

»Was für ein Durcheinander«, gab sie irgendwann leise zurück, als hätte sie zu sich selbst gesprochen.

»Was meinst du? Den Fall?«

»Den Fall, ja«, antwortete sie. »Ich habe Goerschel ziemlich grob angepackt. König auch«, fügte sie hinzu und fasste sich an die Stirn.

Yusuf drehte das Radio leiser. »Mist. Rechnest du mit Konsequenzen?«

Ulrike zuckte mit den Schultern. »Schwer zu sagen. Wir werden sehen. Es war dumm, Anfängerfehler, habe einfach die Fassung verloren.«

Yusuf räusperte sich, als wolle er etwas sagen, zögerte jedoch.

»Was?«, fragte Ulrike.

»Nichts.«

»Wie geht es eigentlich mit deiner Frau?«

»Gut«, sagte er. »Besser«, fügte er dann hinzu, sah sie kurz an und grinste vorsichtig.

Ihre zweite implizite Frage schien damit beantwortet. »Dann freut's mich.«

Wieder sperrte Yusuf wie ein Fisch den Mund auf, als schnappte er nach Luft.

»Gott im Himmel, was denn?«, fragte Ulrike noch einmal.

»Nichts für ungut, Ulrike, aber ich hab es dir gesagt, ich hab dir gesagt, du darfst es nicht so nah an dich ranlassen. Vielleicht ist es das Beste, du nimmst dir eine Auszeit. Vielleicht –«

»Wir bringen das zu Ende.« Sie sah wieder aus dem Fenster. »Irgendwie, egal wie«, fügte sie leise hinzu, als spräche sie mit sich selbst.

Angela König lebte in einem weiß verputzten Häuschen am Ortsrand von Eichenhofen, nahe Parsberg. Die Hauswand war beinah vollständig von Kletterpflanzen bewachsen, die nur vermuten ließen, wo sich die Fenster befanden. Trotzdem wirkte es gepflegt und liebevoll hergerichtet und stand im starken Kontrast zur Millionärsvilla des älteren Bruders.

Yusuf hatte Frau König kurz vorher angerufen und ihren Besuch angekündigt. Er öffnete das kleine Tor vor dem Haus, und sie traten in den reich bepflanzten Vorgarten, der farbenfroh leuchtete. Auf das Klingeln an der Vordertür folgte keine Reaktion, und so gingen sie um das Haus herum, wo sie Angela König auf der Terrasse in einem Stuhl sitzend vorfanden. Sie hatte bereits ein paar Tassen auf den Tisch gestellt und schreckte hoch, als Ulrike sie vorsichtig ansprach. »Frau König? Frau Angela König?«

»Herrgott, haben Sie mich erschreckt.«

»Tut mir leid. Wir hatten angerufen. Kork von der Kripo Regensburg, mein Kollege Yusuf Kaya.«

Angela König war groß, hatte dunkelblonde, grau melierte Haare, die sie zu einem ordentlichen Pferdeschwanz zusammengebunden hatte. Sie war mit Bernstein behängt, eine rot geränderte Lesebrille hing an einer goldenen Kette um ihren Hals, und die gleichen grünen, stechenden Augen wie die ihrer Brüder blickten Ulrike entgegen.

»Kein Problem«, antwortete sie und reichte ihnen die Hand. »Setzen Sie sich. Kaffee?« Ihre Stimme klang tief und schwer, wie die einer Opernsängerin.

Es war schon nach sechs, und die lange Heimfahrt nach Regensburg würde Ulrikes letzte Reserven beanspruchen. Ein Kaffee könnte nicht schaden. »Gern.«

Während die Frau den Siebstempel der French Press nach unten drückte, zupfte sie mit der anderen unentwegt am Ende ihres Pferdeschwanzes. Sie schien nervös zu sein. »Ich habe Ihrem Kollegen eigentlich schon alles gesagt, was ich zu diesem Mann weiß.«

»Ja, es geht auch nicht um ihn. Wobei … indirekt schon. Wir würden gern über Ihren Bruder sprechen. Und über Ihre Schwägerin.«

Angela stutzte. Dann stellte sie die Tasse vor Ulrike ab, setzte sich wieder auf ihren Stuhl und faltete die Hände vor dem Bauch. »Über meinen Bruder wollen Sie sprechen? Was kann ich Ihnen denn zu ihm sagen?«

»Wie stehen Sie zu ihm?«

Sie lachte spöttisch auf. »Gar nicht, wir haben kaum noch Kontakt.«

»Warum?«

»Es gibt viele Gründe.« Mechanisch rührte sie den Löffel in ihrer Tasse hin und her.

»Nennen Sie mir einen.«

»Er ist ein ... Er ist ein schlechter Mensch. So denke ich über ihn. Dass er erst jetzt auf Ihrem Radar erschienen ist, ist schon erstaunlich. Er bewegt sich eigentlich seit Jahren am Rande der Kriminalität, so wie ich das sehe. Zumindest führt er die Geschäfte anders als mein Vater. Peter hat nicht die besten Karten mit auf den Weg bekommen, das gebe ich zu. Aber nicht alles ist dadurch zu rechtfertigen. Selbstsüchtig ist er, ziemlich manipulativ, könnte man sagen.« Sie starrte auf ihre bunt gemusterte Tischdecke, dann schaute sie wieder nach oben und lächelte vage. »Reicht das als Grund?«

»Was ist mit seiner Frau? Was können Sie uns über Natascha sagen?«

Sie schien zu überlegen, nach den richtigen Worten zu suchen. »Natascha ... Natascha habe ich nie wirklich kennengelernt. Sie ist sehr schüchtern. Nicht unfreundlich, aber sehr zurückhaltend. Sie steht unter seiner Fuchtel, so viel ist sicher. Und er hat keinen Funken Respekt für sie übrig.« Sie schnaubte. »Sie kennt niemanden in Schwanghaus, eigentlich ist sie dauernd allein, säuft wie ein Loch und spricht mit keinem. Darüber ist sie irgendwie durchgedreht, und zwar schon vor langer Zeit.«

»Wie meinen Sie das, durchgedreht?«

»Vielleicht nicht durchgedreht, na ja ... Vielleicht ist das nicht der richtige Ausdruck.«

»Frau König«, schaltete sich Yusuf plötzlich ein. »Bitte sprechen Sie offen. Jedes noch so kleine Detail kann von Bedeutung sein.«

Die Frau setzte die Hände auf den Stuhllehnen auf und presste die Lippen aufeinander. Es vergingen lange Sekunden, bis sie erneut zu reden begann.

»Ich hätte das Ihrem Kollegen vielleicht sagen sollen ...« Sie wirkte unsicher, strich mit den Fingern über den Rand ihrer Kaffeetasse. »Ich war mir nicht sicher und wusste nicht, ob es wichtig war, ob ich damit vielleicht nur unnötig Unruhe stifte.« Sie seufzte schwer. »Mein Bruder und mein Vater hatten ein schlechtes Verhältnis. Peter konnte ihm nie gerecht werden, er hat immer alles falsch gemacht in seinen Augen. Als Blender hat er ihn bezeichnet, als Angeber. Peter ist der Älteste von uns, und er ist sofort nach der Schule abgehauen. Als mein Vater nicht mehr so gut konnte, hat Christian sich um alles gekümmert, und wir waren uns sicher, dass mein Vater an ihn vererben würde. Irgendwer hat sogar behauptet, dass er das Testament ihm zugunsten geändert habe.«

Sie machte eine kurze Pause, um von einer Wasserflasche zu trinken, die neben ihrem Stuhl stand. »Aber das geänderte Testament ist nie aufgetaucht, und mein Vater ist so plötzlich gestorben, dass keiner Fragen gestellt hat. Christian erst recht nicht. Er ist ein guter Kerl, aber leider hat er kein Rückgrat. Und außerdem hat Peter uns beide mehr als großzügig ausbezahlt.« Sie zuckte mit den Schultern. »Das fühlt sich bis heute an wie Schweigegeld«, fügte sie leise hinzu.

»Und wie kommt Natascha da ins Spiel?«, fragte Yusuf.

Angela zögerte kurz. »Wir haben vor ein paar Jahren den zehnten Todestag meines Vaters gefeiert. Es war das erste Mal, dass ich dort war seit seinem Tod. Natascha war irgendwie … Sie war ziemlich durch den Wind an dem Abend, war ziemlich betrunken, und da hat sie mir was erzählt. Dass sie was beobachtet hat.«

Etwas in Angela verspannte sich, plötzlich klang sie so, als sei sie weit weg. »Meine Schwägerin meint gesehen zu haben, dass Peter unseren Vater getötet hat. Und Ihr Opfer … dieser Berger, der mich damals besucht hat. Der hat auch danach gefragt.«

✳✳✳

Juli, letztes Jahr

Es hatte in Strömen geregnet, als er plötzlich vor der Tür stand. Peter war noch nicht zu Hause, und sie war auf dem Sofa eingeschlafen, als sie das laute Hämmern wachgerüttelt hatte. Es war schon Abend, die Sonne war bereits untergegangen, alles war in graues Dämmerlicht getaucht. Sie schlug die weiße Wolldecke zurück und erschrak ein zweites Mal, als sie aus dem Fenster blickte und den grünen Subaru vor der Haustür stehen sah. Ihr Herz schlug schnell, sie eilte die Treppe hinunter und riss die Haustür auf. So lange hatte sie auf diesen Augenblick gewartet, ihm so viele Stunden entgegengesehnt, und nun wusste sie nicht, was sie sagen sollte.

Leonard stand vor ihr, die grauen Haare hatten sich in nassen Strähnen in sein Gesicht gelegt, den Kragen seiner Lederjacke hatte er hochgeschlagen und die Schultern nach oben gezogen.

»Hallo«, sagte er bloß und trat dann an ihr vorbei ins Haus.

Sie schaute ihm hinterher und folgte ihm in den Flur.

»Ist dein Mann da?«

Sie schüttelte den Kopf. »Nein, ich …«

Leonard ging schnellen Schrittes in die Küche, wieder folgte sie ihm. Dann stand er einfach so da, während die Regentropfen von seinen Jackenärmeln fielen und sich auf dem Fußboden zu kleinen Pfützen vermengten. Er sah müde aus, irgendwie erschöpft.

Sie beobachtete ihn, während das Blut laut in ihren Ohren rauschte. Sie tat wie ferngesteuert einen Schritt auf ihn zu, stellte sich vor, seine Hand zu nehmen, ihn zu umarmen, ihn zu küssen. Aber er schien gar nicht richtig da zu sein, es war, als stünde seine Projektion vor ihr. Er schien nicht zu wissen, was er sagen sollte, musterte sie und dann den Raum, in dem sie sich befanden.

Es war dunkel im Flur, nur das Licht aus dem Treppenhaus drang zu ihnen, warf gespenstische Schatten an die Wand, als wären nicht nur sie zwei, sondern doppelt so viele Gestalten im Raum.

Gerade setzte er an zu sprechen, da wurde die Haustür geöffnet und fiel kurz darauf wieder krachend ins Schloss. Peter stand im Flur. »Na, so was, Leonard. Was verschafft uns die Ehre?« Er blickte verwundert zwischen beiden hin und her.

Ein dritter Schatten hatte sich in langen, breiten Linien neben ihrem aufgestellt. Sie hatte das Gefühl zu träumen, als würde sie alles von weiter weg beobachten.

»Ich muss mit dir reden«, brachte Leonard mit tiefer Stimme hervor.

Peter zog den nassen grauen Mantel aus, hängte ihn über das Treppengeländer und wies auf das Arbeitszimmer, das gegenüber der Küche lag. Die beiden gingen in den großen, dunklen Raum und schlossen die Tür hinter sich. Sie versuchte, ruhig zu atmen, den Lärm des rauschenden Blutes in ihrem Kopf zu überhören. Es gelang ihr nicht. Sie pustete die Luft in unregelmäßigen Stößen aus und sog sie dann hektisch wieder ein, der Boden unter ihren Füßen schien zu beben, sie stützte sich auf dem Geländer ab und wartete, bis ihr Herzschlag sich verlangsamt hatte. Dann setzte sie sich auf die oberste Treppenstufe und lauschte auf die gedämpften Worte, die aus dem Arbeitszimmer kamen.

Leonards Karamellstimme, die sie so liebte, klang plötzlich wie die eines keifenden Tiers. »Das ist eine Riesenverarsche, und du hast mir fast eine halbe Million dafür abgeknöpft!«

»Der Kaufvertrag ist unstrittig«, erwiderte Peter spöttisch.

»Schwachsinn!«, rief Leonard aus. »Was weiß ich, woher du so ein Gutachten hast, aber die Sache ist faul, und ich krieg dich dafür dran. Das kannst du mir glauben!« Er brüllte beinah, schlug mit der Faust auf den Tisch.

Sie begann zu verstehen. Peter hatte den Grundstückspreis für Nebeleck in absurde Höhen getrieben, kein Mittel war ihm dabei zu niederträchtig gewesen. Sie hatte es mitbekommen. Matthias hatte fadenscheinige Renovierungen vorgenommen, und im Gegenzug dafür hatte Peter seiner Schlosserei lukrative Aufträge für die Gemeinde erteilt. Vielleicht wäre es nicht so früh herausgekommen, wenn das Frühjahr nicht so warm gewesen wäre in diesem Jahr, wenn die Feuchtigkeit sich nicht so schnell ausgebreitet und damit den wahren Zustand des Hauses preisgegeben hätte.

Auf den Stufen sitzend dachte sie plötzlich, dass dies der Augenblick war, der Moment, in dem Peter zu Fall gebracht wurde, in dem jemand sie befreite aus diesem Gefängnis, aus dem sie sich selbst nicht zu befreien vermochte.

Sie legte die Hände ineinander, sie waren kalt und feucht. Sie hatte das Gefühl, als würde sie erwachen, als würde etwas von ihr abfallen. Doch dann vernahm sie die Stimme ihres Mannes, laut und deutlich, so klar, als säße er direkt neben ihr auf den harten Stufen.

»Mein Lieber«, begann er. Sie schauderte. »Ich glaube, du vergisst da was.« Er schien etwas aus seiner Schreibtischschublade hervorzuholen.

Leonard stammelte: »Woher hast du die Fotos?«

»Nicht so wichtig. Aber ich habe sie. Und bevor du mir solche Unverschämtheiten unterstellst, solltest du dir ins Gedächtnis rufen, was du selbst für einer bist.« Er ging durch das Zimmer, stand nun näher an der Tür. »Die Welt ist nicht schwarz und weiß, Leonard. Das solltest du doch wissen.«

Er öffnete die Tür. Es war totenstill. Sie wartete. Dann stürmte Leonard aus dem Zimmer zur Eingangstür, schlug diese hinter sich zu, ohne noch einmal zu ihr zurückzublicken.

Peter stellte sich in den Flur und betrachtete sie, musterte sie von oben bis unten. Ein triumphierendes Lächeln legte sich auf sein Gesicht. »Geh schon mal ins Bett, Baby. Ich komm gleich nach.«

Sie sah auf seine nackte Brust, die sich hob und senkte. Er war direkt danach eingeschlafen, wie ein nasser Sack neben ihr in die Laken gefallen, und hatte begonnen, laut zu schnarchen. Als sie sicher war, dass sie ihn nicht mehr wecken würde, schlich sie sich aus dem Zimmer. Über die Treppe ging sie nach unten in sein Büro und öffnete die Schreibtischschubladen, eine nach der anderen. Sie konnte nichts finden. Er musste diese Fotos woanders aufbewahrt haben.

Als sie ein Geräusch aus dem oberen Stockwerk zu hören meinte, zuckte sie zusammen und stürmte in die Küche. Mit zitternden Händen öffnete sie den Hahn und ließ sich ein Glas Wasser einlaufen. Sie schaute hoch und sah seine Reflexion in

der Fensterscheibe vor ihr. Er stand direkt hinter ihr, ging auf
sie zu und schlang dann in einem festen Griff seine Arme um
sie. Sein Atmen hallte laut in ihren Ohren wider. Sie war wach.
Sie war nüchtern. Sie hatte Angst. Plötzlich hatte sie genug.
Und so setzte sich in ebenjenem Augenblick, knirschend und
kreischend, der Prozess ihrer Befreiung in Gang.

29

Mittlerweile war es schon am frühen Morgen angenehm warm, und so beschloss Ulrike, den Kaffee an diesem Donnerstag auf ihrem kleinen Balkon einzunehmen. Ihre Wohnung befand sich im zweiten Stock, sie hatte einen guten Blick auf den Innenhof, der voller Fahrräder und Kinderspielzeug stand. Ein paar kräftige Linden wuchsen bis zu ihr nach oben und spendeten etwas Schatten. Unten im Hof beobachtete sie einen kleinen Jungen, der unentwegt einen Fußball an die Hauswand schoss, aus einer benachbarten Wohnung schallte Musik zu ihr herüber.

Ihr Nachbar, ein freundlicher Mann von etwa siebzig Jahren, trat ins Sonnenlicht, sprühte seine frisch gepflanzten Keimlinge mit einer Wasserflasche an und nickte ihr höflich zu. Er hatte jeden Platz, den der kleine Balkon bot, vollständig ausgenutzt und aufwendig bepflanzt. Bienen schwirrten um die Blüten herum, die sich in den Hängekästen am Geländer befanden, und verirrten sich manchmal zu ihr, bevor sie merkten, dass es hier nichts zu holen gab.

Sie hatte einen Küchenstuhl auf den Balkon getragen, davon abgesehen befand sich hier draußen nichts bis auf ein Paar Schuhe, die sie vor zwei Tagen zum Lüften herausgestellt und seitdem vergessen hatte. Sie erinnerte sich an Lutz, der in dem kleinen Häuschen, das sie sich ein paar Jahre nach ihrer Hochzeit gekauft hatten, immer viel angepflanzt hatte und Stunden damit zubringen konnte, den Garten zu pflegen oder einfach nur anzuschauen, so als beobachtete er das Wachstum der Pflänzchen. Emma hatte ihm manchmal dabei helfen wollen, hatte aber doch nur Unsinn angestellt.

Wenn sie die Augen schloss, sah sie die beiden vor sich im Garten herumlaufen, das Leben, das sie hätte führen können, wenn sie nicht für die Stelle beim LKA vorgeschlagen worden wäre, wenn sie sich anders entschieden hätte. Aber das war viele Jahre her, und sie bemühte sich jeden Tag, sich nicht allein die Verantwortung dafür zu geben, wie alles ausgegangen war. Lutz und sie hatten unterschiedliche Dinge gewollt, und sie hatten diesen Umstand zu lange ignoriert.

Sie hatte versucht, Emma einmal im Monat zu sehen, sie abgeholt, hatte kleine Ausflüge mit ihr unternommen, war mit ihr an den Badesee gefahren, in den Freizeitpark, ins Kino. Irgendwann passierte es häufiger, dass etwas dazwischenkam, dass kaum mehr Zeit blieb. Und dann gelang es Ulrike, den Blick ihrer Tochter zu deuten. Sie verstand, dass Emma sich verpflichtet fühlte, dass sie nicht wirklich bei ihrer Mutter sein wollte, dass Ulrike ihr fremd geworden war. Ulrike konnte sich nur vorstellen, welche Version der Geschichte ihr Ex-Mann der gemeinsamen Tochter aufgetischt hatte. Seltsam, wie schnell alles zerbrechen konnte, dessen man sich eigentlich sicher gewesen war, dachte sie.

Der kleine Junge wurde von einer lauten Frauenstimme gerufen, er nahm den Ball in die Hand und lief über den Innenhof, bis er aus ihrem Blickfeld verschwand. Ulrike schüttelte die trüben Gedanken ab und konzentrierte sich wieder auf den Fall.

Der gestrige Tag hatte viele neue Erkenntnisse ans Tageslicht gebracht und stellte eine Figur in den Mittelpunkt, die Ulrike noch immer nicht ganz fassen konnte. Sie hatte alle Informationen über Natascha König einholen lassen, die die Register hergaben, und das war erschreckend wenig.

Natascha war zweiundvierzig Jahre alt und stammte aus Hamburg, aus einer alteingesessenen, gut situierten Händlerfamilie, zu der der Kontakt allem Anschein nach in den letzten Jahrzehnten mehr als sporadisch gewesen war. Peter hatte sie kennengelernt, da war sie gerade zweiundzwanzig und ein aufstrebendes Model gewesen. Er war zehn Jahre älter als sie und hatte zu diesem Zeitpunkt in einer Hamburger Klinik hospitiert. Kurz nach der Hochzeit in München waren die beiden nach Schwanghaus gezogen, da war sie gerade sechsundzwanzig. Sie hatten keine Kinder bekommen, und eine

Arbeit hatte sie auch nie gehabt. Vor einigen Jahren war sie als Schirmherrin einer Wohltätigkeitsorganisation in Erscheinung getreten, davon abgesehen blieb ihr Wesen konturlos.

Diese seltsame Parallele zu Tanja Grass war Ulrike sofort ins Auge gesprungen. Zwei dominante, charismatische Männer und ihre folgsamen, geisterhaften Frauen. Fest stand, dass Natascha Angst hatte vor diesem Mann in ihrem Ehebett, dem sie den Mord am eigenen Vater unterstellte. Sie mussten mit ihr reden, auch wenn sie bezweifelte, dass Peter König das zulassen würde. Zunächst stand jedoch die nächste Befragung von René Goerschel an, und Ulrike hoffte, herausfinden zu können, wie er sich in dieses Bild fügen würde.

Es klingelte an ihrer Tür. Ulrike erhob sich, stellte die Kaffeetasse auf den Esstisch und nahm den Hörer der Türsprechanlage ab. »Bin sofort unten«, sagte sie. Dann zog sie sich ihre Jacke über, griff nach der braunen Ledertasche und begutachtete sich im riesigen Flurspiegel. Sie hatte eine weiße Bluse angezogen und eine dunkle Jeans, die roten Wellen hatte sie gegelt. Sie fühlte sich zum ersten Mal seit einigen Tagen etwas ausgeschlafen und gewappnet für diese Ermittlung, die sich in immer verworreneren Bahnen endlos fortzusetzen schien.

Franka wartete unten auf sie, gemeinsam würden sie in die JVA Regensburg fahren, die nur wenige Kilometer von ihrer Wohnung im Westenviertel entfernt lag. Franka war das erste Mal bei einer kriminalpolizeilichen Vernehmung dabei, sie schien nervös zu sein, hatte sich an die Fahrertür gelehnt und zupfte an den Ärmeln ihres schwarzen Oberteils herum. Ulrike hatte beschlossen, ihr Engagement im Fall zu belohnen und das junge Talent zu fördern, vielleicht auch deswegen, weil viel an Franka sie an sie selbst erinnerte.

»Guten Morgen«, begrüßte Ulrike sie. »Bereit?«

Franka nickte, und sie stiegen ins Auto. Nach kurzer Zeit parkte Franka den Wagen in der Augustenstraße, direkt neben dem Dörnbergpark. Die JVA lag hinter dem herrschaftlichen Gebäude des Landgerichts und war vor einigen Jahren aufwendig renoviert worden. Der moderne Betonbau ließ das Gebäude allerdings noch mehr wie ein Gefängnis aussehen als selbst das Außengebäude der JVA Stadelheim. Ulrike war erst zweimal hier gewesen, und auch jetzt konnte sie das beklemmende Gefühl nicht abschütteln, das sie beim Eintreten verspürte.

»Sieht aus wie Peter Königs Villa«, wisperte Franka ihr zu, und Ulrike musste schmunzeln. Der Vergleich war recht naheliegend, zumal sich der Verdacht zunehmend bestärkte, dass sich in Peter Königs Villa auch so etwas wie eine Gefangene befand.

Ulrike und Franka wurden vom Vollzugsbeamten in das Zimmer geführt, in dem die Vernehmung stattfinden würde. Ein großer, hagerer Mann wartete dort schon auf sie. Er trug einen grauen Anzug und eine grün-weiß gestreifte Krawatte. Sein Haar war grau, die blauen Augen blitzten wach.

»Hans-Peter Straßer, freut mich«, sagte er und reichte ihnen die Hand.

»Ulrike Kork, von der Kripo Regensburg. Das ist meine Kollegin Franka Brandl. Sie nimmt ebenfalls an der Vernehmung teil.«

»Schon viel von Ihnen gehört«, sagte der Anwalt, lächelte und entblößte dabei eine Reihe schiefer Zähne. Dann zeigte er auf die beiden Stühle ihm gegenüber und setzte sich selbst. »Es ist Ihnen schon bewusst, dass Sie mit der ersten Befragung meines Mandanten gegen die Vorschrift verstoßen haben? Diese Befragung ist nichtig vor Gericht.«

»Ihr Mandant wurde schriftlich belehrt, und ich habe ihn vor der ersten Vernehmung auch ein weiteres Mal über seine Rechte aufgeklärt. Er hat trotzdem ausgesagt«, antwortete Ulrike.

»Wir werden sehen, Frau Kork. Ich spiele außerdem auf Ihre, sagen wir mal, temperamentvolle Verhörmethode an.« Dann schwieg er triumphierend.

Ulrike erwiderte nichts und vermied, sich ihre Verunsicherung anmerken zu lassen. Sie betrachtete das schiefe Gesicht des Mannes vor ihr, der nicht mit Schönheit gesegnet worden war. Die hervorstehenden Wangenknochen, die hohe Stirn und die schmalen Lippen ließen ihn fast wie einen verzerrten Charakter aus einem Comicbuch wirken. Trotz seines seltsamen Aussehens musste Ulrike davon ausgehen, dass sie es mit einem fähigen Juristen zu tun hatte, der den Ausgang der Befragung stark beeinflussen konnte.

Stumm warteten sie, bis sich die gegenüberliegende Tür öffnete und René Goerschel in Begleitung eines Vollzugsbeamten den kargen Raum betrat, der von einer grellen Neonröhre an der Decke erhellt wurde. Der Wirt sah ungepflegt aus, das blond gefärbte Haar war fettig und strähnig. Er trug einen dunkelblauen Pullover und eine ausgewaschene Jeans, auf der ein paar Flecken zu sehen waren. Er nahm neben seinem Anwalt Platz und hob kaum den Blick, als er die beiden Polizistinnen murmelnd begrüßte. Ein Schwall kalter Rauch stieg Ulrike in die Nase.

Sie zog ein Aufnahmegerät aus ihrer Tasche und schaltete es ein. »Zweite Vernehmung des Beklagten René Goerschel im Mordfall Matthias König. Es ist Donnerstag, der dreißigste April, zehn Uhr drei. Anwesend sind: der Beklagte selbst, sein Verteidiger Hans-Peter Straßer, Franka Brandl, Polizei Neumarkt. Die Vernehmung führt Ulrike Kork, Kriminalpolizei Regensburg. Herr Goerschel, ich darf Sie noch ein weiteres Mal über Ihre Rechte aufklären. Einfach nur, um sicherzugehen, dass alle Parteien auf derselben Seite sind.« Sie räusperte sich und warf dem Anwalt einen gefälligen Blick zu. »Sie haben das Recht zu schweigen, alles, was Sie sagen, kann vor Gericht gegen Sie verwendet werden. Haben Sie das verstanden?«

Goerschel nickte.

»Wie geht es Ihnen?«

Er zuckte mit den Schultern.

»Ich sehe, Sie haben mittlerweile einen Rechtsbeistand, mit dem Sie sich im Vorhinein beraten haben?«

Er schwieg noch immer.

»Herr Goerschel, wir haben einige Fragen an Sie, was Ihre Beziehung zu Peter König betrifft.«

»Mein Mandant wird dazu keine Aussage machen«, antwortete der Anwalt.

»Es würde ihn ja nicht belasten, über Peter König zu sprechen, oder würde es das?«, konterte Ulrike.

»Das spielt keine Rolle«, gab Straßer darauf zurück.

»Herr Goerschel?« Ulrike beobachtete ihn genau. Keine Reaktion. »Gut, dann fange ich einfach mal an, und Sie entscheiden, wann Sie etwas dazu sagen wollen.«

»Bitte«, erwiderte der Anwalt und verschränkte die Arme vor der Brust.

Ulrike holte tief Luft und legte die Hände gefaltet auf den Tisch. »Unsere aktuellen Ermittlungsergebnisse lassen vermuten, dass die Familie König in den Fall involviert ist. Es lässt sich eine Verbindung von Leonard Berger nicht nur mit Peter König, sondern auch mit dessen Frau nachweisen. Daher können wir auch eine Beteiligung der beiden am Tod von Matthias König nicht ausschließen. Sie stehen in einem finanziellen Abhängigkeitsverhältnis zu Peter König, daher frage ich Sie noch einmal: Wie sieht die Beziehung zu ihm genau aus?«

»Das sind alles Spekulationen«, warf Straßer ein. »Außerdem muss ich Ihnen wohl nicht sagen, dass die Vorwürfe, die Sie gegen meinen Mandanten vorbringen, absolut bodenlos sind. Diese Indizien werden vor Gericht nie Bestand haben. Es ist überhaupt erstaunlich, dass Sie, ohne einen einzigen stichhaltigen Beweis in der Hand, einen Haftbefehl erwirkt haben.«

René Goerschel starrte auf die Tischkante, sein Kopf war gesenkt, man konnte sein Gesicht kaum erkennen.

»Herr Goerschel?«, versuchte sie es noch einmal. »Falls Sie nicht allein beteiligt waren oder jemand Drittes dahintersteckt, dann könnten Sie mit einer Aussage ganz anders dastehen vor Gericht. Wenn Sie uns bei der Tataufklärung unterstützten, besteht die Möglichkeit, dass Sie mit einer milderen Strafe davonkommen könnten. Ich hoffe, darüber hat Ihr Anwalt Sie aufgeklärt.«

Goerschels Reaktion kam unvermittelt, er blickte seinen Rechtsbeistand nur für einen kurzen Moment an, dann schaute er wieder auf die Tischkante und presste die Lippen aufeinander.

»Die Unschuldsvermutung gilt nicht nur für meinen Mandanten, sondern auch für jeden anderen. Bleiben Sie professionell«, zischte Straßer.

Etwas hatte sich plötzlich verändert, die Dynamik war verschoben. Es war, als habe Ulrike ein Schlupfloch entdeckt, eine Lücke, die sie nutzen konnte. »Herr Goerschel, für wen arbeitet Ihr Anwalt wirklich?«

Straßer ließ die Hände auf die Tischkante sausen. »Frau Kork, das ist unerhört!«

Sie erwiderte seinen Blick seelenruhig und schaute dann wieder auf René Goerschel. »Helfen Sie uns doch lieber, das alles zu verstehen. Zu begreifen, wer wirklich dahintersteckt. Oder wollen Sie weiter eine Marionette bleiben? Was bringt Ihnen das am Ende, wenn Sie hier drin sitzen und jemand anders in Freiheit?«

Ihr war, als könnte sie beobachten, wie die beiden Männer ihr gegenüber auseinanderdrifteten. Auch Franka hatte ihren Stift niedergelegt, mit dem sie sich Notizen gemacht hatte, und starrte auf Goerschel, die hängenden Schultern, den schweren Kopf, die zusammengepressten Lippen.

»René, wir haben das besprochen, nicht wahr?«, wisperte der Anwalt, doch Goerschel schien kaum noch auf ihn zu reagieren. Trotz des gesenkten Blicks konnte Ulrike Panik in seinen Augen aufflammen sehen.

»Also, was ist passiert, Herr Goerschel? Was ist passiert am vorletzten Sonntag? Waren Sie allein bei Matthias König? War jemand bei Ihnen?« Sie wartete noch einen Augenblick. »Wen decken Sie?«

Der Mann ihr gegenüber presste die Handflächen ineinander.

»Die Befragung ist hiermit beendet«, sagte Straßer laut und machte Anstalten aufzustehen.

»Warum schweigen Sie?« Ulrike beugte sich vor. »Sie könnten einfach die Wahrheit sagen, sich davon befreien.«

Für einen langen Moment war es ruhig, dann hob René

Goerschel endlich den Kopf und blickte sie direkt an. Seine Augen waren eingefallen, er sah müde aus. Nichts mehr war übrig von seinem Kampfgeist, den er bei der letzten Vernehmung noch bewiesen hatte.

»Ich sag Ihnen nur das«, begann er. »Ich war nicht allein bei Matthias. Peter war auch da. Und ich bin auch nicht der Einzige in Schwanghaus, der Ihnen was verschweigt.« Dann schaute er Franka an. Er lächelte schief. »Sprechen Sie mal mit Ihrer Cousine.«

***

September, letztes Jahr

In einer Nacht vor einigen Wochen hatte sie es gesehen. Das Mädchen, von dem man im Dorf gemunkelt hatte. Es stand damals im Fenster und wirkte so, als würde es geradewegs zu ihr nach unten blicken, auf die dunkle Gestalt im Schatten der Bäume. Sie hatte den Gerüchten so lange keinen Glauben schenken wollen. Doch da hatte es nun gestanden, so klein und doch bedeutend. Das Mädchen bewegte sich nicht, ein Schatten erschien hinter ihm, dann ging das Licht aus.

Kamen ihr all die vergangenen Jahre vor wie ein Traum, den sie schlafwandelnd beobachtet hatte, so hatte sie in den letzten Monaten und Wochen das unheimliche Gefühl, aufgewacht zu sein. Jeder Tag war quälend lang, jeder Augenblick eine Tortur. Sie hatte aufgehört, nach Nebeleck zu gehen, sie ertrug den Gedanken nicht, das Mädchen wieder anzutreffen, sich vorzustellen, was die beiden taten, wenn das Licht ausgeschaltet war. Sie hatte ihm geschrieben, auf ein Zeichen gehofft, eine Anweisung, eine Erklärung. Aber nichts war geschehen.

Sie brauchte Zeit, um nachzudenken, zu verstehen, was all das zu bedeuten hatte. Und so verbrachte sie die schlaflosen Nächte in ihrem Ehebett, neben ihrem schnarchenden Mann. Doch damit war es in dieser Nacht vorbei.

Als sie Peter betrachtete, erinnerte sie sich an den Mann,

den sie damals kennengelernt hatte. An seine Versprechungen, seine Liebesschwüre, und sie erinnerte sich an ihre Hoffnungen und Träume. Alles war gelogen und zerplatzt. Leonard hatte sie aufgeweckt, und plötzlich ertrug sie es nicht mehr. Peters Atem und seine Nähe fühlten sich mehr denn je wie Gift an, das sie immer mehr von innen aufzufressen schien, die Sehnsucht nach Leonard wurde übermäßig. Auch wenn sich ihre Begierde mit wilder Eifersucht vermischt hatte, hatte sie das unstillbare Verlangen, ihn sofort zu sehen, zu ihm zu gehen, um weiter darauf zu hoffen, dass bald alles gut werden würde.

Die Nacht war sternenklar, als sie sich auf den Weg nach Nebeleck machte. Auch wenn es Wochen her war, seit sie diese Wanderung das letzte Mal auf sich genommen hatte, hätte sie sie blind zurücklegen können. Den Hang hinunter, am Dorfrand über Feldwege entlang bis hin zum Wald auf der anderen Seite.

Sie ging schnell und war schon bald außer Atem, aber eine ungeahnte Energie hatte von ihr Besitz ergriffen. Endlich war sie im Wald angekommen, bis nach Nebeleck waren es nur noch wenige hundert Meter, als sie plötzlich ein Geräusch hörte.

Der silberne Mondschein lugte hell zwischen den Baumwipfeln hervor. Sie drängte sich an den Wegrand und beobachtete mit klopfenden Herzen eine dunkle Gestalt, die ihr schlurfend entgegenkam. Obwohl sie versuchte, sich nicht zu bewegen, hatte sie das Gefühl, mit jedem Atemzug ein Geräusch zu verursachen, ihre Hände zitterten, der Schweiß lief ihr nasskalt den Rücken hinunter.

Die Gestalt wankte, ging trotzdem schnell über den dunklen Weg, so als wäre sie ihn schon tausendmal gegangen. Unter den unkontrollierten Schritten raschelte das trockene Laub, knackten die Äste. Je näher sie ihr kam, desto mehr hatte sie das Gefühl, ihr Herz würde ihr in der Brust zerspringen.

Als die Gestalt in den Mondschein trat, der durch eine freie Stelle im Blätterdach fiel, erkannte sie Leonard. Er war betrunken, seine Arme hingen schlaksig an seinem Körper hinab, der Kopf wackelte bei jedem Schritt langsam hin und her. Sie beobachtete ihn atemlos, versuchte, sich zu bewegen, doch ihr Körper gehorchte nicht.

Plötzlich blieb er stehen. Er hatte sie entdeckt. »Wer ist da?«, fragte er streng.

Sie trat schweigend aus der Deckung des Wegrandes in den Mondschein.

Er begutachtete sie. »Natascha?«

Sie nickte und erschauderte im selben Moment. Es fühlte sich so seltsam vertraut an, ihren Namen aus seinem Mund zu hören.

Er lachte, fuhr sich durchs Haar. »Du hast mich vielleicht erschreckt«, sagte er, seine Stimme stolperte über die gesprochenen Worte. »Was machst du hier, in Gottes Namen?« Er ging langsam auf sie zu.

Wieder wusste sie nicht, was sie erwidern sollte. Wann immer sie vor ihm stand, war es, als schnürte etwas ihre Kehle zu.

Leonard lachte wieder. »Natascha, Natascha«, sagte er. Seine tiefe Karamellstimme klang plötzlich fremd, neu und aufregend. »Du bist das, oder? Du schreibst mir immer diese niedlichen Briefe, oder?«

Sie nickte zögerlich. Ihr Puls hatte sich wieder beschleunigt, die Hände hatte sie krampfhaft hinter ihrem Rücken verschränkt.

Er kam weiter auf sie zu. Hinter dem dunstigen Geruch von abgestandenem Alkohol meinte sie sein herbes Aftershave wahrzunehmen. Sie schloss die Augen. Jetzt stand er so dicht vor ihr, dass sie sich nur ein wenig vorbeugen musste, um ihn zu berühren.

»Meine liebe kleine Natascha«, sagte er und legte einen Arm um ihre Taille.

Sie hatte das Gefühl, als würden tausend Pfeile in ihrem Herzen zugleich einschlagen. »Ja«, hauchte sie atemlos zur Antwort.

Er legte den zweiten Arm um ihre Taille, zog sie zu sich. Gleich würde sie zerspringen.

Er schwankte, hielt sich an ihr fest. »Du hast mir versprochen, du sagst mir, was er alles tut, oder?«, lallte er. Er nahm ihr Gesicht in seine Hand und blickte ihr tief in die Augen. Dann drückte er ihr einen langen, harten Kuss auf den Mund.

Sie schloss die Augen und ließ sich ergeben in seine Arme fallen. So lange hatte sie auf diesen Augenblick gewartet, und jetzt geschah es. Es geschah wirklich.

Er löste sich von ihr, stützte sich erschöpft an einem Baum neben ihr ab und starrte sie erwartungsvoll an. »Dann schieß mal los, kleine Natascha.«

Eine Stunde später legte sie sich wieder neben Peter und sah ihn kurz an. Nicht mehr lange, und ich bin frei, dachte sie und starrte glückselig lächelnd an die Decke, bis das Bild vor ihr ausbrannte wie ein alter Film. Sie führte sich die Vorstellung von Nebeleck vor Augen, sah sich selbst dort, in seinen Armen, geliebt und verstanden. Doch dann kam ihr für den Bruchteil einer Sekunde wieder das Bild des Mädchens im Fenster in den Sinn, und zwischen die Vorfreude und Erregung mischte sich das ungute Gefühl, in einen Spiegel zu blicken.

30

Es war später Nachmittag. Die Fahrt nach Neumarkt legte Ulrike auf der Überholspur zurück. René Goerschels Aussage kam einem Brandbeschleuniger gleich, Ulrikes Vermutungen hatten sich bestätigt. Der Suizid von Matthias König war inszeniert worden, der Abschiedsbrief erzwungen. Goerschel hatte ausgesagt, dass Peter ebenfalls am Mord beteiligt gewesen war, trotzdem war er selbst es gewesen, der den Abzug der Waffe gedrückt hatte.

Es würde noch dauern, mehr aus ihm herauszubekommen, die Tat zu rekonstruieren. Peter König würde alles tun, um seinen Hals aus der Schlinge zu ziehen, und im Augenblick standen seine Chancen nicht schlecht. Sie hatten nur Goerschels Aussage. Man hatte keine Spuren gefunden, es gab keine weiteren Indizien, die seine tatsächliche Beteiligung nachweisen könnten. Trotzdem war er genau wie seine Frau vorgeladen worden.

Sie hatte Mühe, Frankas Wagen vor ihr zu folgen. Franka war schweigsam gewesen, als sie gemeinsam aus der JVA ins Freie getreten waren, hatte nur einsilbig auf Ulrikes Frage geantwortet, ob sie sich vorstellen könne, worauf Goerschel hinausgewollt hatte. Jetzt waren sie auf dem direkten Weg nach Schwanghaus. Wenn Frankas Cousine Stefanie Schweiger tatsächlich etwas wusste, das ihnen helfen könnte, einen Verdacht gegen Peter König zu untermauern, so mussten sie dieser Spur so rasch wie möglich nachgehen.

Ulrike rekapitulierte im Wagen sitzend die bisherigen Ermittlungsergebnisse. Der Fall war verworren, und manchmal fiel es ihr schwer, nicht den Überblick zu verlieren. Es war, als habe jeder seine Finger im Spiel, als wüsste jeder etwas über den nächsten und als könne jeder in diesem herausgeputzten Dorf durch ein falsches Wort zu Fall gebracht werden.

Als Ulrike Franka in den Drosselweg folgte, hielt sie für einen Augenblick vor dem Haus mit der Nummer 28 an. Alles war noch so wie vor anderthalb Wochen, als sie Matthias Königs Leiche gefunden hatten. Der Betonmischer stand vor der Tür, die Rollläden waren heruntergelassen. Das Haus schien dazu verdammt, für immer unvollendet zu bleiben, eine unheimliche Parabel auf die Geschichte seines Besitzers, der gewaltsam aus dem Leben gerissen worden war.

Sie erinnerte sich an ihren ersten Besuch bei Frankas Cousine Stefanie Schweiger, das Gefühl, dass diese ihnen nicht die ganze Wahrheit gesagt, dass sie Angst gehabt hatte, und erinnerte sich daran, wie Matthias König langsam zu ihrem Haus getrottet war. Hatte er sie aushorchen wollen, um herauszufinden, was sie der Polizei verraten hatte? Oder hatte es einen anderen Grund für seinen Besuch gegeben?

Ulrike stellte ihren Wagen hinter dem von Franka ab. Das minzfarbene Haus strahlte wie immer in voller Perfektion. Mittlerweile standen neben den Frühjahrsblüten große Terrakottatöpfe, aus denen Geranien und Primeln wucherten. Aus dem Garten hörte man Kindergeschrei.

Franka wartete am Gartentor auf Ulrike. Sie schien angespannt zu sein.

»Möchtest du lieber draußen bleiben?«

»Nein, ich komme mit.«

Ulrike nickte. Sie gingen durch das Gartentor und betätigten die Türklingel. Franka hatte Stefanie bereits über ihren Besuch informiert, und so dauerte es nur wenige Sekunden, bis Stefanie Schweiger hektisch die Tür aufriss.

»Hallo«, sagte sie und klang dabei so, als wäre sie außer Atem. »Kommt rein.«

Ulrike tat es Franka nach und streifte ihre Schuhe ab, dann wies Stefanie auf den Küchentisch, an dem sie auch bei ihrem ersten Besuch gesessen hatten. Die Osterdeko war einem bunten Blumenarrangement gewichen, das auf einem roten Deckchen stand.

Stefanie ging eilig durch die Küche ins Wohnzimmer und

schloss die Terrassentür. »Entschuldigung, die Kinder sind draußen, aber mein Mann ist bei ihnen.«

Sie stellte eine Wasserflasche und drei Gläser auf den Tisch. »Ich kann euch gar nichts anbieten, das war jetzt so spontan. Außer, ihr wollt Cracker oder so? Chips?«

»Alles in Ordnung, Steffi. Nimm einfach Platz«, sagte Franka mit ruhiger Stimme.

»Frau Schweiger, danke, dass es so kurzfristig geklappt hat. Ich hoffe, dass es nicht allzu lang dauert. Wir haben noch einige Fragen an Sie.« Ulrike machte eine kurze Pause, bevor sie weitersprach. »Sie kennen René Goerschel?«

»Der Wirt? Ja, den kenn ich. Flüchtig, aber ich weiß, wer er ist.«

»Sicher haben Sie vom Tod Ihres Nachbarn Matthias König gehört. Mittlerweile steht fest, dass es sich dabei nicht um einen Suizid, sondern um Mord gehandelt hat. René Goerschel sitzt für dieses Verbrechen seit Kurzem in Untersuchungshaft.«

Die Frau schluckte. »Ich hab das schon mitbekommen, ehrlich gesagt. Ich hab Gabi neulich einen Kuchen vorbeigebracht, und da hat sie mir alles erzählt. Die arme Frau … Wie man das verkraften soll.« Sie seufzte schwer. »Aber was hat das mit mir zu tun?«

»Heute ist etwas Seltsames passiert, Frau Schweiger. Wir haben Herrn Goerschel vernommen, und er hat ausgesagt, dass es in diesem Fall noch andere gibt, die nicht die ganze Wahrheit gesagt haben. Dabei ist Ihr Name gefallen.« Ulrike sprach leise, sie hatte bemerkt, dass eines der Kinder durch die Terrassentür ins Wohnzimmer geschlüpft war.

Stefanie Schweiger folgte Ulrikes Blick und drehte sich um. »Jonas, raus mit dir!«, herrschte sie den Jungen an. »Geh brav zum Papa, die Mama hat gerade Besuch.«

Das Kind ließ den Kopf hängen und verschwand wieder im Garten. Stefanie Schweiger schüttete sich schwungvoll ein Glas Wasser ein.

»Steffi, du musst uns die Wahrheit sagen. Das ist eine ernste Sache.«

Stefanie trank das Glas auf einen Zug leer, dann sah sie kurz so aus, als wolle sie sich übergeben. »Es ist wahr, ich hab was nicht erzählt. Vor ein paar Wochen hab ich was gesehen, und ich hab es Gabi gesagt, als ich mal zum Kaffee drüben war. Und dann, ein paar Tage später, stand der König höchstpersönlich vor meiner Tür und hat gesagt, dass ich das mal lieber für mich behalten soll.« Ihre Stimme zitterte, sie schien kurz davor zu sein, in Tränen auszubrechen.

»Meine Güte, Steffi. Warum hast du das gemacht?«, warf Franka verärgert ein.

Stefanie zögerte lange. »Es ist vielleicht schwer zu verstehen, aber das ist Schwanghaus. Wir halten hier zusammen.«

Sie klang so, als würde sie sich selbst nicht mehr abnehmen, was sie da sagte, als hätten die Worte, die sich in ihrem Kopf so überzeugend angehört hatten, all ihren Sinn verloren in dem Augenblick, in dem sie sie aussprach.

»Wir haben das Grundstück von König bekommen, und das ist noch nicht ganz abbezahlt. Er war immer so freundlich zu uns, hat immer gegrüßt, gefragt, wie es den Kleinen geht. Und dann hat er uns sogar eine Rate erlassen, einfach so.«

Franka schnaubte verächtlich. »Einfach so … Kann es sein, dass er euch die Rate erlassen hat, weil du versprochen hast, nichts zu sagen?« Sie war laut geworden.

»Nein, das hatte nichts damit zu tun. Er wollte nur nett sein, er hat ja mitbekommen, wie es gerade mit Toms Arbeit –«

»Wann wäre die Rate fällig gewesen?« Franka herrschte ihre Cousine gereizt an, die den Kopf sinken ließ.

»Nächsten Monat«, gab sie kleinlaut zu.

»Steffi, das kann unmöglich dein Ernst sein! Das ist Bestechung! Das muss dir doch klar sein. Als wir das letzte Mal hier waren, hattest du danach Besuch von Matthias König? War er da?«

Stefanie nickte langsam. »Er wollte wissen, was ihr hier wolltet. Was ich euch gesagt hab.« Plötzlich schien sie zu begreifen.

Ulrike schüttelte den Kopf, Stefanie Schweiger schien allem Anschein nach nicht das hellste Licht zu sein. »Was haben Sie gesehen, Frau Schweiger?«, sagte Ulrike mit ruhiger Stimme in die Stille hinein.

Stefanie Schweiger zog die Schultern zurück und atmete tief ein. Dann begann sie zu erzählen.

**

Sonntag, 12. April

Es war schon spät am Abend, die Kinder waren längst im Bett. Tom und sie waren vor dem Fernseher bei einer Folge »CSI New York« eingenickt. Ein lauter Werbejingle riss Stefanie aus dem Schlaf. Tom hatte sich unter der grauen Wolldecke vergraben, sein Arm hing schlaff über die Sofakante, das Bier stand halb ausgetrunken vor ihm. Stefanie schaute auf die Uhr. Halb eins. Sie gähnte und streckte die Glieder, dann nahm sie das Bier und das Rotweinglas vom Couchtisch und ging in die Küche, um die Reste in den Ausguss zu gießen. Sie blickte aus dem Fenster. Ihr Haus befand sich am Rand des Drosselweges, von der Küche aus sah sie auf die Umgehungsstraße, die von hellen Laternen gesäumt war. Alles lag ruhig da, nur wenige Autos fuhren um diese Zeit noch durch das Dorf.

Stefanie gähnte noch einmal und ließ etwas warmes Wasser in das Waschbecken laufen, um das letzte Geschirr, das vom Abendessen übrig war und nicht mehr in die Spülmaschine gepasst hatte, sauber zu machen. Sie ließ die Hände in das schäumende Wasser sinken, als sie plötzlich meinte, etwas aus dem Augenwinkel wahrzunehmen. Am Rande der Umgehungsstraße sah sie plötzlich einen langen Schatten, der sich in rasender Geschwindigkeit vergrößerte, dicht gefolgt von einer Person, einer Frau. Stefanie zuckte zusammen und stieß dabei das Weinglas um.

Die Frau rannte auf ihr Haus zu. Sie hatte die Arme angewinkelt, die Hände zu Fäusten geballt, der Kopf hing leicht gesenkt nach unten. Sie trug ein weißes, fleckiges Oberteil. Sie war in den Drosselweg abgebogen. Als sie an Stefanies Haus vorbeikam, schaute sie durch deren Küchenfenster nach oben. Ihre Augen waren so dunkel, fast schwarz, das pechschwarze Haar hing ihr in Strähnen vom Kopf.

Stefanie stieß einen spitzen Schrei aus, hielt sich die Hand vor den Mund und trat zurück.

Sie hörte Tom im Wohnzimmer. »Was ist los, Schatz?«, rief er halb verschlafen.

Die Frau war verschwunden.

Tom kam ins Zimmer, blickte auf Stefanie und das umgestoßene Weinglas. »Was ist passiert?«, fragte er.

»Das … da …«, brachte Stefanie stotternd hervor und wies mit dem Zeigefinger aufs Fenster. »Da war die Frau König … Die ist da langgerannt wie eine Wahnsinnige. Und Tom … Ich glaub, die hatte Blut auf dem T-Shirt.«

***

Oktober, letztes Jahr

Es war ein lauwarmer Herbstabend. In dem nahe gelegenen Städtchen Fuhlberg fand heute Abend wie jedes Jahr das Herbstfest statt. Zwischen den beiden mittelalterlichen Stadttoren waren allerhand Imbissbuden, Bierschenken, ein kleiner Cocktailstand, eine Tombola und eine Bühne aufgebaut. Aus dem gesamten Landkreis waren die Besucher angereist, standen schwatzend und lachend vor den Buden herum, während die Sonne unterging, rote Schlieren an den Himmel malte, der sich innerhalb weniger Minuten vollständig verdunkelte. Die hellen Laternen und Scheinwerfer verdeckten die Sicht auf den sternenklaren Himmel.

Es war laut, doch sie nahm die Geräusche nur verschwommen wahr, als sie sich durch die Menschenmassen bewegte, um ihn zu suchen. Der Kuss lag bald vier Wochen zurück, und seitdem hatte sie nichts mehr von ihm gehört.

Die Massen verdichteten sich um die Ausschänke herum, fröhliche rote Gesichter wurden von Zigarettenrauch vernebelt.

Doch all das bemerkte sie kaum, sie taxierte die herumstehenden Leute nur kurz, richtete ihre gesamte Aufmerksamkeit darauf, sein Gesicht zwischen all den anderen zu erkennen.

Sie hatte sich ein rotes Kleid angezogen und dunkelroten Lippenstift aufgelegt. Ihre Haare hatte sie zu einem lockeren Pferdeschwanz zusammengebunden und Ohrringe aus Holz ausgewählt, die sie bei einem Urlaub auf Korsika vor fünf Jahren gekauft hatte. Zum ersten Mal seit Jahren fühlte sie sich wieder wie sie selbst.

Stumm und mystisch durch die Massen gehend, wohl gewahr ihrer wieder aufflammenden Schönheit, sog sie die Blicke, die auf sie gerichtet wurden, dankbar ein. Sie hatte unentwegt an ihn gedacht in den letzten Wochen, hatte den Kuss wieder und wieder Revue passieren lassen, sich jeden Moment der Begegnung eingeprägt. Es war, als sei sie zu neuem Leben erwacht, als habe sie Kräfte entwickelt, von denen sie nie etwas geahnt hatte. Trotzdem konnte sie in diesen Augenblicken, in denen sie durch die Altstadt Fuhlbergs lief, ihre Enttäuschung nicht verbergen, dass sie ihn unter all diesen Menschen nicht finden konnte, dass er nicht hier zu sein schien. Sie hatte sich nur für ihn so hergerichtet, sie hatte es für ihn getan. Und doch war er nicht da.

Plötzlich blieb sie stehen. Sie starrte auf die Person, die vor ihr durch die Massen wanderte. Es war das Mädchen, sein Mädchen. Sie trug eine helle Jeans und eine dunkelblaue Sweatshirtjacke, ihr braunes Haar hing über die Kapuze. Das Mädchen spazierte langsam herum, schaute sich neugierig um, als habe es so etwas noch nie gesehen, die Hände in den Taschen der Jacke verborgen.

Natascha beobachtete sie, folgte ihr auf Schritt und Tritt und konnte auch dann nicht ihren wachsamen Blick von ihr wenden, als das Mädchen sich über die Schulter zu ihr umdrehte. Sie ging nun etwas schneller, wechselte öfter die Richtung. Auf einmal unterbrach etwas ihren Gang. An einem Biertisch in der Nähe lehnte eine Gruppe von Männern. Sie waren offensichtlich betrunken, ihre Gesichter hatten eine puterrote

Farbe angenommen, sie lachten aus schweren, vollen Bäuchen. Einen davon erkannte Natascha. Er war ein Forstarbeiter aus Schwanghaus, der oft im Wirtshaus anzutreffen war.

»Hey«, sagte er laut. »Hey, wart mal!« Er zeigte auf das Mädchen, das sich erschrocken zu ihm umwandte. »Hey, du bist doch das kleine Flittchen vom Berger!«

Alle lachten laut. Der Forstarbeiter kam auf sie zu, hielt sie am Arm fest, als sie weitergehen wollte. »Hey, nicht so schüchtern! Bleib mal stehen, Kleine. Wir wollen uns nur ein bisschen unterhalten.«

Das Mädchen versuchte sich loszureißen. Da erkannte Natascha plötzlich Matthias, der der Gruppe gegenüber an der Schenke stand. »Willi. Lass sie los.« Er trat auf die beiden zu. »Spiel dich mal nicht so auf hier.«

Noch immer hatte Willi die fleischige Hand um den Arm des Mädchens gelegt, und schon sauste Matthias' Faust in sein Gesicht. So war er schon immer gewesen, einen Grund zum Prügeln suchte er nie lang. Als hätte er in ein Wespennest gegriffen, kreiste ein Pulk von umstehenden Personen die beiden aufeinander einschlagenden Männer ein. Es wurde unübersichtlich.

Das Mädchen befreite sich und rannte davon, Natascha hinterher. »Stopp!«, sagte sie laut und wusste nicht genau, warum.

Das Mädchen blieb stehen. Natascha ging auf sie zu und lief um sie herum. »Was machst du hier?«, fragte sie und neigte den Kopf zur Seite.

»Ich … Ich wollte nur mal schauen …« Sie war bloß etwas kleiner als sie, ihre Augen schienen zu groß geraten zu sein, ihr schmallippiger Mund hing schief nach unten. Sie war verängstigt und zitterte.

»Wo ist er? Wo ist Leonard?«, fragte Natascha.

»Er ist im Boschuoster.« Sie zögerte. »Bitte verraten Sie es nicht, dass ich hier war, ja?«

Natascha zog die Augenbrauen zusammen. »Warum?«, fragte sie und verschränkte die Arme vor der Brust.

»Er will das nicht. Dass ich allein rausgeh.«

Sie blickte über Nataschas Schulter in die Masse. Die Schlägerei hatte sich aufgelöst. »Besser, du gehst«, sagte Natascha zu ihr.

Das Mädchen nickte ergeben, drehte sich um und trottete davon.

Matthias erschien neben ihr und wischte sich mit dem Ärmel seiner Lederjacke Blut weg, das ihm aus der Nase lief. »Ich bring sie«, sagte er und folgte ihr. Natascha beobachtete sie, bis die beiden hinter dem Stadttor abgebogen waren.

Sie stand noch lange an derselben Stelle. Dann lief sie durch eine Seitenstraße zum Parkplatz, der vor den Toren der Stadt lag. Sie zog den Autoschlüssel aus der Handtasche, öffnete den Wagen, eine rote Mercedes S-Klasse, die ihr Peter zum zehnten Hochzeitstag geschenkt hatte, und fuhr die wenigen Kilometer nach Schwanghaus zurück. Sie parkte ihr Cabrio an der Hauptstraße, schlüpfte in ihren langen schwarzen Mantel und ging zu Fuß über den dunklen Gehweg, bis sie vor dem Wirtshaus stand.

Es war etwa zehn Uhr, sie blickte durch das Fenster ins Innere und erspähte ihn an einem Tisch sitzend. Er sah anders aus als sonst, müde, erschöpft. So oft hatte sie ihn beobachtet, und doch hatte sie das Gefühl, als würde ein ganz anderer Mensch vor ihr sitzen. Die Erinnerung an die Nacht im Wald ließ sie erschaudern.

Wer bist du?, dachte sie und legte die Hände unwillkürlich an die Sprossen des Fensterrahmens, als könne sie ihn berühren, der Frage so auf den Grund gehen. Sie dachte wieder an das Mädchen, an das, was es gesagt hatte.

Doch wie sie ihn so betrachtete, seine gekrümmte Haltung, die schweren Augen, da war sie sich sicher. Jeder wurde zu dem, der er war, durch die Menschen, mit denen er sich umgab. Das Mädchen war falsch für ihn. Wenn sie nur endlich zusammen wären, dann wären alle frei, dann würde alles gut werden. Für ihn, für sie, für das Mädchen.

31

Ulrike wachte auf der schwarzen Ledercouch in Yusufs Büro auf, als die ersten Sonnenstrahlen durch das schmutzige Fenster auf den Linoleumboden fielen. Sie hatte in der gestrigen Nacht noch lange hinter dem Schreibtisch gesessen, versucht, die neuen Erkenntnisse zu begreifen und in die richtige Perspektive zu rücken, bis das künstliche Licht der Schreibtischlampe ihre Sinne vernebelt hatte. Die Erzählung, die Stefanie Schweiger ihnen aufgetischt hatte, klang beinah zu absurd, um wahr zu sein. Sollte etwas an dieser Geschichte dran sein, dass Natascha König blutverschmiert in der Mordnacht durch das Dorf gerannt war, dann rückte es die mysteriöse Frau des Lokalmatadors endgültig ins Zentrum der Ermittlungen.

Ulrike erinnerte sich an ihre nächtliche Fahrt durch Schwanghaus und wie sie Natascha König, die aussah, als würde sie schlafwandeln, durch die Fenster des Hauses beobachtet hatte, wie sie plötzlich in der Dunkelheit verschwunden war. Sie war im Verlauf der Ermittlungen nie fassbar gewesen, blieb bis zu diesem Zeitpunkt ein schöner Geist, der sich immer dann, wenn man ihn zu packen versuchte, in Rauch auflöste.

Ulrike setzte sich auf dem Sofa auf und streckte die müden Glieder, dann zog sie ihre Schuhe an und ging in das kleine Badezimmer auf dem Flur. Sie blickte sich im Spiegel an, spritzte sich etwas kaltes Wasser ins Gesicht und zog eine Reisezahnbürste aus dem kleinen Kulturbeutel, den sie bei sich trug, seit sie als junge Polizistin noch recht regelmäßig Nachtschichten abgeleistet hatte.

Als sie die Kaffeemaschine in der Küche einschaltete, war es etwa sieben Uhr, und Yusuf kam durch die verglaste Tür der oberen Etage auf sie zu. »Morgen«, sagte er, als er sie im Türrahmen erblickte. »Gut geschlafen?«

Sie zuckte mit den Schultern. »Es geht. Kaffee?«

Er nickte und zog sich dann in sein Büro zurück. Wenig später folgte Ulrike ihm mit zwei gefüllten Tassen und setzte sich ihm gegenüber auf den Stuhl am geöffneten Fenster.

»Natascha König, was?«, sagte er nur.

»Natascha König«, antwortete sie. »Vorgeladen ist sie schon, besser noch, wir fahren sofort hin. Ich will nicht mehr warten. Ihren Mann müssen wir auch so schnell es geht drankriegen.«

Yusuf presste die Lippen aufeinander. »Ich wollte es dir gestern noch nicht sagen, aber was Peter König betrifft …«, begann er zögernd.

»Was?«

»Sein Anwalt, dieser Straßer, hat ziemlich Wirbel gemacht beim Polizeichef. Gestern hab ich einen Anruf von ihm bekommen.«

»Was für einen Anruf?«

»Er will dir ganz schön an den Kragen. Hat gemeint, du hättest das Geständnis erzwungen, hättest dem Goerschel Sachen suggeriert, zum Beispiel, dass er aus der Nummer gut rauskommt, wenn er nur jemand Zweiten mit reinzieht. Ich weiß nicht, ob –«

Ulrike schlug verärgert mit der Faust auf den Tisch. »Warum ruft der mich nicht an?«

»Das weiß ich nicht …« Er seufzte. »Ich glaub, das mit Peter König wird noch schmutzig. Ich bezweifle, dass wir ihn so schnell drankriegen. Der Typ ist ein verfluchter Fuchs.«

Ulrike schaute nach draußen auf die Straße, ihr war danach, die Tasse in ihrer Hand aus dem geöffneten Fenster zu werfen. »›Dinge suggeriert‹ … Die Vernehmung hat vielleicht fünf Minuten gedauert, zehn, wenn es hochkommt. Ich hatte gar keine Zeit, dem Schwachkopf was zu suggerieren«, brachte sie durch zusammengepresste Zähne hervor.

»Mach dir keine allzu großen Sorgen, wir haben das Ganze ja auf Band. Trotzdem müssen wir uns mit ihm auf was gefasst machen, das ist alles.«

Ulrike stand auf, stellte ihren Kaffee schwungvoll auf dem

Tisch ab, sodass die schwarze Flüssigkeit über den Rand schwappte. »Dann holen wir uns jetzt die Frau.«

Ulrike blickte an der Fassade des Hauses nach oben. In den Fenstern reflektierte blitzend das helle Morgenlicht, es war kaum möglich, etwas dahinter erkennen zu können. Als sie durchs Dorf gefahren waren, hatte Ulrike den schwarzen Geländewagen von Peter König in der Einfahrt seiner Praxis gesehen, Natascha musste allein zu Hause sein. Sie hatten schon zweimal geläutet, doch noch immer hatte niemand geöffnet. Ulrike wählte die Festnetznummer, hörte das Telefon im Inneren dumpf klingeln, aber keiner nahm ab. Beide Garagentore waren geschlossen.

Sie läuteten ein drittes Mal, dann ging Ulrike an dem langen Gartenzaun entlang und konnte schließlich am äußersten Rand des Grundstücks am Haus vorbei in den dahinterliegenden Garten blicken. Dort stand sie in einer cremefarbenen Leinenhose und einer weißen Strickjacke, die schwarzen Haare hingen ihr über die Schulter. Sie schien die Arme vor der Brust verschränkt zu haben und sah auf das Dorf zu ihren Füßen.

»Frau König?«, rief Ulrike ihr entgegen.

Ohne sie eines einzigen Blickes zu würdigen, drehte die Frau sich erhobenen Hauptes um und verschwand im Inneren des Hauses.

Ulrike ging zurück zum Toreingang. »Die Tussi will mich doch verarschen«, sagte sie mehr zu sich selbst als zu Yusuf und drückte immer wieder auf die Klingel.

Endlich ertönte ein Surren, das Tor gab quietschend nach, und sie gingen auf die große weiße Haustür zu, die sich ebenfalls von selbst öffnete. Im nächsten Augenblick standen sie in der riesigen, weiß gestrichenen Eingangshalle.

»Frau König?«, rief Ulrike und legte die Hand an ihre Dienstwaffe. Die Frau aus Rauch war unberechenbar, so viel wusste sie.

Gerade wollte sie ein drittes Mal rufen, da erschien sie vor ihnen. Fast wirkte es so, als würde sie sich nur durch das schwarze Haar von der strahlend weißen Umgebung abheben, so blass war sie, so leuchtend hell ihre Kleidung. Es war, als stünden sie vor einem Foto.

»Hallo«, sagte sie mit einer hellen Stimme. »Was kann ich für Sie tun?«

Ulrike war völlig perplex, so unwirklich fühlte es sich an, jetzt tatsächlich vor ihr zu stehen. Sie war ganz klar in diesem Augenblick, ganz anders, als Ulrike sie am Frühlingsfest erlebt hatte. Sie schien zwei Gesichter zu haben, so wie viele im Dorf. »Frau König, wir müssen mit Ihnen reden. Es geht um Leonard Berger.«

Natascha nickte beherrscht und wies auf das Wohnzimmer. Als sie ihnen vorausging, stieg Ulrike der Geruch ihres Parfums in die Nase, der ihr plötzlich seltsam vertraut vorkam. Eine graue Sofagruppe umgab einen hölzernen Tisch, eine geöffnete Flasche Wein und ein großes bauchiges Glas darauf, zur Hälfte gefüllt.

Natascha ließ sich auf das Sofa sinken, überschlug die Beine und trank einen Schluck, als sei es das Selbstverständlichste der Welt, sich an einem Wochentag morgens um acht einen Drink zu genehmigen. Sie machte den Eindruck einer Puppe, die sich beinah mechanisch bewegte, als würden ihre Gliedmaßen an langen, unsichtbaren Seilen hängen.

»Leonard Berger«, sagte sie mit ruhiger Stimme. »Was möchten Sie wissen über ihn?« Dann nippte sie erneut von ihrem Wein und hob die Augenbrauen. »Wie unhöflich, möchten Sie auch?«

Ulrike hatte eine Gänsehaut, sie und Yusuf verneinten wie aus einem Mund. »Kannten Sie Leonard Berger?«, fragte Ulrike.

»Ich kannte ihn, ja. Mein Mann und er waren kurzzeitig befreundet.«

»Wie war denn Ihr Verhältnis zu ihm?«

»Er war immer freundlich zu mir.« Ein schmales Lächeln umspielte ihre Mundwinkel, für einen Augenblick schien sie sich in einer Erinnerung verloren zu haben, dann fing sie sich wieder und starrte Ulrike wie zuvor kühl und klar an.

Ulrike ging um den Tisch herum und stellte sich für einen Augenblick an das Fenster, drehte sich unvermittelt wieder um. »Sie haben ihn geliebt, nicht wahr? Ihm Briefe geschrieben?«

Natascha lachte, griff zum Glas, trank es in einem Schluck aus, füllte es erneut. Yusuf warf Ulrike einen vielsagenden Blick zu. Ulrike beobachtete sie genau, wie in ihren Augen plötzlich Panik aufflammte, wie ihre Hände begannen zu zittern. »Was spielt das für eine Rolle?«, sagte sie.

»Herr Berger ist ermordet worden, das wissen Sie, nicht wahr?«, warf Yusuf ihr ungeduldig entgegen.

Natascha stellte das Glas mit bebenden Fingern auf dem Tisch ab und sah aus dem Fenster. »Ich weiß.«

Ulrike holte tief Luft und setzte zum letzten Schlag an. »Frau König, Sie wurden in der Mordnacht von einer Zeugin gesehen. Sie waren blutüberströmt und sind aus Richtung des Walds ins Dorf gelaufen. Wie können Sie mir das erklären?«

Die Frau wendete sich langsam Ulrike zu und sah ihr direkt in die Augen. Ihr Blick war plötzlich ganz anders, ihre Augen schienen dunkler geworden zu sein.

Es war genau dieser Moment, in dem sich Ulrike entsann, wann ihr der süßliche Geruch des Parfums zum ersten Mal in die Nase gestiegen war. Sie erinnerte sich an die dunkle Nacht in ihrem Zimmer im Wirtshaus, an die Gestalt im Fenster, die wenig später im Licht der Straßenlaternen erschienen war.

»Sie waren das«, sagte Ulrike. »Sie waren das auch in meinem Zimmer, nicht wahr?«

Die Frau stand auf, die Hände in den Taschen versunken. Sie kam auf Ulrike zu, die schwarzen Augen auf sie gerichtet. Sie war schnell, und es war Ulrike kaum möglich zu reagieren, als die Hand wieder aus der Tasche ihres Cardigans hervorkam und etwas Schimmerndes zum Vorschein brachte.

Natascha verzog den Mund zu einem schiefen Lächeln, die Zähne rot vom Wein, und ließ das Messer in ihrer Hand mechanisch auf sie niedersausen.

Ulrike hörte noch einen Schuss, lautes Gebrüll, dann wurde ihr schwarz vor Augen.

***

12. April

Sie saß auf dem Badezimmerboden, an die Duschwand gelehnt, und blickte auf die Fliesen vor ihr. Das Licht, das durch das breite Fenster hereinströmte, wurde weniger, die Dunkelheit nahm zu. Und je mehr sie voranschritt, desto mehr hatte sie das Gefühl, wieder atmen zu können. Noch immer hallten die Worte dumpf in ihr wider, die Peter ihr entgegengespuckt hatte. Jetzt tat er so, als wäre das alles nie geschehen. Die Lautsprecher des Fernsehers schallten aus dem Wohnzimmer bis nach oben. Sie schloss die Augen.

Er war heute früher nach Hause gekommen, hatte sie gesehen, wie sie am Küchentisch gesessen und geschrieben hatte. Er hatte ihr den Zettel aus der Hand gerissen und höhnisch die Worte vorgelesen: »*Hallo du, endlich können wir zusammen sein.*«

Als sie versucht hatte, ihm den Brief wegzunehmen, hatte er ihren Arm festgehalten und sie von sich gestoßen. Ihm war das Lachen vergangen, als er leise weiterlas. Seine Gesichtsfarbe hatte sich verändert, seine Augen begannen zu blitzen, dann war er auf sie zugestürmt, hatte sie mit beiden Armen gegen die Wand gestoßen.

»Was hast du ihm verraten?«

Sie drückte ihn von sich und stützte sich am Küchentisch ab.

Er kam wieder auf sie zu. »Ich habe das alles akzeptiert bis jetzt. Deine kleine Verliebtheit.«

Sie schaute erstaunt hoch.

»Baby, was meinst du denn? Dass ich das nicht merke? Für wie dumm hältst du mich? Ich hab gesehen, wie du ihn anschaust, wie du dich nachts nach draußen schleichst.« Er kam ihr noch näher. »Aber was bildest du dir ein? Dass er Interesse an dir hat?«, zischte er.

Sie zuckte zurück. Dann lachte er wieder. »Ihm ist sein Mädchen abgehauen. Was weiß ich, was er dir gesagt hat, es war gelogen.« Er sprach ganz leise, und dennoch zerschnitt seine Stimme die Luft wie eine Guillotine. »Er will nichts von dir.«

Dann zerfetzte er den Brief, warf ihr die Schnipsel entgegen. »Reiß dich zusammen.«

Er ging aus dem Zimmer, sprach die nächsten Worte beiläufig aus und gerade so laut, dass sie sie hören konnte. »Verrückte Schlampe.«

Der Fernseher wurde ausgeschaltet. Sie hörte seine Schritte, die sich langsam die Treppe nach oben schleppten. Er blieb für einen Augenblick vor der Badezimmertür stehen. Sie beobachtete, wie er die Klinke nach unten drückte, einen Moment wartete und dann weiter ins Schlafzimmer schlurfte.

Sie starrte wieder auf die Fliesen. Sie war nicht verrückt. Sie war doch nicht verrückt. Er hatte angerufen. In der Nacht, als Peter geschlafen hatte. Hatte gesagt, dass er ihren letzten Brief erhalten habe, dass er nun bereit sei. Sie müsse nur noch etwas warten. Nur noch ein bisschen. Sie war nicht verrückt, das hatte sie sich nicht eingebildet. Es war echt, es war real. Doch sie hatte schon so lang auf ihn gewartet, so lang darauf gewartet, dass er sie befreien würde.

Als sie an Peters Blick dachte, seinen festen Griff, an die Worte, die er gesprochen hatte, wurde sie von der nüchternen Wahrheit erfasst, dass es kein Zurück mehr gab. Dies war die Nacht, in der ihr Alptraum enden würde. Diese Gewissheit legte sich wie ein dunkler Schatten über sie und ließ ihr sonst so ungestüm pochendes Herz laut und doch regelmäßig schlagen, trieb sie an wie eine Lokomotive.

Wie ferngesteuert stand sie auf. Sie bemühte sich nicht einmal, besonders leise oder vorsichtig zu sein. Sie blickte durch die Tür des Schlafzimmers auf ihren schlafenden Mann, drehte sich um und hoffte, nie wieder zurückkehren zu müssen.

Sie fror, als sie nach draußen trat. Sie trug nur ein weißes T-Shirt. Nicht einmal eine Jacke hatte sie sich mitgenommen.

An diesem Abend erschien ihr der Weg anders zu sein als sonst, so als wäre sie ihn noch nie gegangen und gleichzeitig so als würde sie ihn das letzte Mal gehen.

Als sie vor dem alten Haus im Wald ankam, leuchtete fast jedes Fenster hell. Sie blieb einen Augenblick an ebender Stelle stehen, an der sie so oft schon gestanden hatte, dann atmete sie tief durch, ballte die Hände zu Fäusten und ging mit gesenktem Kopf auf das Gebäude zu, als müsse sie eine Wand durchbrechen. Mit großen Schritten übertrat sie ein erstes und ein letztes Mal die Schwelle der Eingangstür.

32

Der stechende Schmerz zog sich wie ein nicht enden wollender Blitz durch ihren gesamten Körper. Sie öffnete langsam ihre Augen, nahm die Umgebung zunächst nur verschwommen wahr, dann hörte sie Yusufs tiefe Stimme neben sich, ein weit entferntes, kaum definierbares Murmeln, das sich schließlich zu klaren Worten formte.

»Ulrike?«

Sie richtete sich langsam auf und blickte an sich hinab. Eine tiefe Schnittwunde in ihrem Unterarm klaffte ihr entgegen. Yusuf hatte ihr den Schal abgenommen und wickelte ihn im nächsten Augenblick eng um ihren Arm. Sie saß in einer Lache aus Blut. Auch wenn Ulrike in einem Reflex der Abwehr die Arme vor ihrem Gesicht verschränkt hatte, hatte das Biest die Schlagader nur knapp verfehlt.

Ihr war übel, und sie meinte, sich übergeben zu müssen, atmete tief durch und schaute sich dann im Raum um. Natascha lag neben ihr, auch um sie herum war der Teppich rot getränkt.

»Ist sie tot?«

Yusuf schüttelte den Kopf. »Schulterschuss. Ich hab schon einen Krankenwagen gerufen.«

Er hatte die Hände auf ihre Wunde gelegt, sein Gesicht war mit Blutspritzern bedeckt, die Augen weit aufgerissen.

»Was ist das für eine kranke Scheiße hier?«, wisperte er leise. »Geht's dir gut?«

Ulrike nickte. »Ja …« Sie verzog den Mund und beobachtete, wie das Blut durch den dünnen Stoff ihres Schals sickerte. »Wird schon gehen.«

Es dauerte weitere zehn Minuten, bis der Krankenwagen mit lauter Sirene vor der Tür der Villa eintraf. Ulrikes Wunde wurde vor Ort provisorisch verklebt und mit einem Druckverband behandelt.

Natascha, die mittlerweile wieder zu Bewusstsein gekommen war, wurde auf eine Liege gehievt. Ihr Blick war leer, teilnahmslos, so als wäre all das gerade nicht geschehen. Sie war kaum ansprechbar, reagierte nicht auf die Sanitäter, die ihr unentwegt Fragen stellten. All die lebendige, brennende Wut war aus ihren Augen verschwunden und einer seltsamen Gleichgültigkeit gewichen.

Ulrike hielt sich den schmerzenden Arm und beobachtete, wie Natascha König auf der Trage liegend das Haus auf dem Berg verließ.

Ulrike hatte überlegt zu widersprechen, als Yusuf sie gebeten hatte, mit ihm zusammen dem Sanitäter ins Krankenhaus zu folgen. Doch immerzu wurde ihr schwarz vor Augen, immerzu vernebelte sich ihr Blick. Die weiße Bluse, die sie gestern früh zur Vernehmung von René Goerschel angezogen hatte, war beinah vollständig durchtränkt. Sie hatte viel Blut verloren in der kurzen Zeit ihrer Bewusstlosigkeit. Nun lag sie in einem kleinen Raum in der Notaufnahme hinter einem Vorhang, eine Infusionsnadel im Arm, und beobachtete, wie der Nebel in ihrem Kopf sich allmählich verzog. Gleichzeitig hatte sie das Gefühl einer starken Erschöpfung.

Ein junger Arzt betrat den Raum und begrüßte sie höflich.

»Frau Kork?«

Sie nickte.

»Wie geht's Ihnen?«

Sie versuchte sich aufzurichten, doch der Arzt drückte sie an der Schulter sanft zurück auf die Liege.

»Mir geht's besser.«

»Wunderbar«, gab er zurück. »Ich vernähe kurz die Wunde, und Sie bleiben noch hier liegen, bis die Infusion durchgelaufen ist.«

Ulrike zuckte vor Schmerz erneut zusammen, als er den Verband öffnete und die Wunde freilegte. Er setzte ihr die Betäubungsspritze, wartete für einige Momente und begann dann, sie zu vernähen.

»Wie geht es Frau König?«

»Sie ist wach, stabil. Das war ein glatter Durchschuss, Ihr Kollege hat den Knochen verfehlt. Sie wird wieder.«

»Kann ich zu ihr?«

»Im Moment nicht, Frau Kork. Vielleicht heute Nachmittag. Sie sollten sich erst mal ausruhen und abwarten, bis Sie wieder ganz wohlauf sind.«

»Keine Zeit.«

»Das sagen sie alle.«

»Wer denn?«

»Polizisten«, antwortete er. »Und Frauen«, fügte er dann vorsichtig hinzu.

Ulrike musste schmunzeln, schloss die Augen und schlief im nächsten Augenblick ein.

Wirre Träume zogen vor ihrem inneren Auge vorbei, tausend Gesichter vereinten sich zu einem, das schaurig lächelte und den Mund zum Schrei öffnete.

Ulrike schreckte auf. Sie blickte um sich, erkannte Yusuf auf einem Stuhl neben ihrer Liege sitzend. Er blätterte in einer Zeitschrift und klappte sie schnell zu, als Ulrike sich räusperte.

»Wie geht's?«

Sie rieb sich mit der unverletzten Hand die Augen und erhob sich schwer stöhnend. »Passt.«

Die Infusionsnadel hatte man entfernt und den Verband erneuert. Sie setzte sich auf. »Natascha König?«

»Alles in Ordnung.« Er hatte ihr aus der Wache ein blaues Polohemd mitgebracht. »Hoffe, das passt«, fügte er hinzu und drehte sich um, damit sie die blutgetränkte Bluse ausziehen konnte. Das letzte Mal hatte sie vor fünf Jahren Uniform getragen, bei der Beerdigung eines Kollegen. Das Hemd saß wie angegossen.

»Gehen wir zu ihr!«

Yusuf drehte sich wieder um, legte die Zeitschrift beiseite und schüttelte den Kopf. »Wir haben morgen noch alle Zeit der Welt, du solltest dich erst mal erholen.«

Ulrike erwiderte nichts, trank einen großen Schluck Wasser

aus dem Glas, das man ihr hingestellt hatte, und winkte Yusuf ungehalten zu. »Wir reden jetzt mit ihr. Ich hab die Schnauze voll, bringen wir es endlich hinter uns.«

Sie stand auf, wartete einige Augenblicke, bis sich der Schwindel gelegt hatte, und ging dann Yusuf voraus auf den Ausgang der Notaufnahme zu.

Das Zimmer, in dem Natascha König untergebracht war, befand sich im zweiten Stock. Ulrike und Yusuf nahmen den Fahrstuhl, eine ältere Frau war bereits darin. Ihr grau-violettes Haar war mühevoll onduliert, sie trug Goldohrringe und hatte roten Lippenstift aufgetragen, der auch in die Fältchen um ihren Mund herum übergegangen war. In ihren Armen hielt sie einen grau-blonden Mops, der röchelnd hechelte. Er blickte über die Schulter seines strengen Frauchens aus schwarzen Knopfaugen direkt auf Ulrike, setzte ein großes Hundelächeln auf und ließ seine rosa Zunge aus dem Mund hängen.

Bis auf das komisch laute Hecheln des Hundes war es still im Aufzug. Ulrike schloss die Augen und sehnte sich nach ein bisschen Ruhe, ein bisschen Normalität. Sie überlegte, sich einen Hund anzuschaffen. Der Mops kommentierte diesen Gedanken mit einem euphorischen Grunzer, dann öffneten sich die Türen, und Hund und Frauchen verließen den Aufzug im ersten Stock. An ihrer Stelle blieb eine perfide Duftwolke zurück, die auch dann nicht verflog, als sich die Türen längst wieder geschlossen hatten.

Stefan Brunner saß auf einem Stuhl vor der Tür von Natascha Königs Zimmer und trank Kaffee aus einem grauen Pappbecher.

»Ist sie wach?«, fragte Ulrike.

Er zuckte mit den Schultern. »Ich weiß es nicht.«

Ulrike klopfte an die Tür und öffnete sie dann leise. Die Jalousien waren geschlossen und warfen gestreifte Schatten auf die Frau im Bett. Sie lag etwas erhöht in ihrem Kissen, ihre Schulter war verbunden, das Haar hatte man ihr auf die andere Seite gelegt.

»Frau König?«

Natascha drehte ihren Kopf und schenkte Ulrike einen teilnahmslosen Blick. Es war, als säße ihnen eine andere Person gegenüber als die, die noch vor wenigen Stunden versucht hatte, Ulrike das Leben zu nehmen.

»Wie geht's Ihnen?«

Sie antwortete nicht und wendete sich wieder zum Fenster, als habe Ulrike nicht mit ihr, sondern mit jemand anderem geredet.

»Wir wurden ja vorhin unterbrochen, vielleicht haben Sie jetzt Lust, das Gespräch fortzusetzen?« Ulrike lehnte sich ans Fenster.

»Was wollen Sie denn wissen?«, fragte Natascha mit rauer Stimme.

»Ich würde gern wissen, was in der Nacht vom zwölften April passiert ist.«

Natascha schüttelte fast unmerklich den Kopf. »Es ist viel passiert in dieser Nacht«, sagte sie leise.

Plötzlich wurde die Tür aufgerissen. »Meine Frau wird keine Aussage machen!«, brüllte der Mann, der soeben das Zimmer betreten hatte. Peter Königs Gesicht war rot, jeder Muskel zitterte vor Anspannung. Er stellte sich neben Natascha und griff nach ihrer Hand. »Meine Frau ...«, begann er wild gestikulierend. »Ich weiß nicht, was sie Ihnen schon erzählt hat, aber meine Frau ist schwer medikamentenabhängig. Wir haben schon viel versucht, um das in den Griff zu bekommen ...«

Sie entzog ihm ihre Hand. In ihrem Blick lag etwas, das Ulrike nur schwer deuten konnte, eine Mischung aus Faszination und Ekel. »Es tut mir leid, dass ich Sie verletzt habe, Frau Kork. Ich war außer mir«, sagte sie.

»Passiert Ihnen das häufiger?«, fragte Ulrike.

Peter König schaute zwischen ihr und seiner Frau hin und her, die Anspannung zerfurchte sein Gesicht.

»Hin und wieder«, antwortete Natascha, und erneut lag ein geheimnisvolles Lächeln auf ihren Lippen.

»Ich muss Sie bitten zu gehen, meine Frau muss sich ausruhen. Eine Befragung zum jetzigen Zeitpunkt ist in höchstem Maße unangemessen«, schnauzte Peter König.

Ulrike hatte ihn zuvor noch nie so gesehen. Seine Souveränität war von ihm abgefallen, er wirkte mitgenommen. Er hatte in diesem Augenblick seine Maske abgelegt und blickte ihnen aus stumpfen Augen entgegen.

Natascha hingegen richtete sich plötzlich auf, Leben kehrte in ihren schmalen Körper zurück, sie taxierte den Raum, die beiden Polizisten und ihren Mann, die ob der unerwarteten Regung der Frau im Bett angespannt warteten.

»Das, was ich Ihnen sage, wiederhole ich auch vor Gericht.« Ihre Stimme klang hell und klar, die Frau, die vor ihnen saß, war nun wieder dieser anderen gewichen, mit den dunklen Augen und dem mystischen Lachen. Ulrike beobachtete den Blickwechsel des Ehepaars, meinte, einen flehenden Ausdruck in seinen Augen wahrzunehmen.

Natascha wendete sich ab und sprach weiter. »Ich habe Leonard Berger geliebt. Und ich war es auch, die ihn getötet hat.« Ihre Stimme brach ab, als habe man etwas entzweigerissen. Sie ließ sich wieder in ihre Kissen sinken und schaute erneut aus dem Fenster.

***

14. April

Sie hatte die Dunkelheit mit in den Tag genommen. Die Nacht in Nebeleck kam ihr noch immer vor wie ein finsterer Fiebertraum. Es fiel ihr schwer, sich daran zu erinnern, was in den Stunden, seit sie vom Hof geflohen war, passiert war. Sie war sich in manchen Augenblicken fast sicher, dass sie seither hier saß, hier auf diesem Stuhl in der Sonne. Doch in anderen Momenten kehrte die Erinnerung in blassen Fragmenten zu ihr zurück. Sie war gerannt, so schnell sie konnte. Hatte all ihre Klamotten ausgezogen und in die Waschmaschine gestopft. Hatte sich unter die laufende Dusche gekauert, den Kopf zwischen den Armen vergraben. Hatte sich in ihren Bademantel gewickelt, wieder auf den Fußboden gesetzt, an dieselbe Stelle wie noch zuvor am Abend.

Dann hatte sie sich so dicht neben ihren Mann gelegt, gierig auf seinen Herzschlag gelauscht, als hoffte sie, dass dieses Geräusch sie vergessen ließ, was gerade geschehen war. Sie hatte so lang auf den Anbruch eines neuen Tages gewartet. Doch selbst als die Sonnenstrahlen den dicken Stoff der Gardinen durchdrangen, wollte die Dunkelheit nicht verschwinden. Sie würde nie verschwinden.

Zwei Tage waren vergangen. Die Sonne schien an diesem Frühlingsmorgen, ließ alles in unwirklichem Licht erstrahlen. Sie hatte die Sirenen gehört, hatte sie von hier oben sogar gesehen, die Polizeiwagen, die durch die Straßen von Schwanghaus fuhren, bis in den Wald. Sie hatten ihn gefunden. Ihr kam es so vor, als könne sie das Geflüster der Bewohner des Dorfes hören, als würden sich all die Stimmen zu einer einzigen vereinen.

Sie schloss die Augen, als sie hörte, wie Peter den Schlüssel im Schloss umdrehte, die Tür zuknallte, ihren Namen brüllte, sie dann im Garten entdeckte und nach draußen stürmte. Sie atmete tief durch, bevor er sich über sie beugte, sie hochriss und ihren Hals mit beiden Händen für einen langen Moment umklammerte. »Was hast du getan, du dumme Schlampe?« Die Worte spuckte er ihr entgegen. »Nur weil er dich nicht ficken wollte, oder was? Nur deswegen riskierst du alles, was wir uns aufgebaut haben?«

Er lockerte den Griff um ihren Hals und drückte sie auf den Gartenstuhl zurück. Sie hustete, schnappte nach Luft und schaute ihn an. Speichel hing wie Schaum in seinen Mundwinkeln, seine Augen waren vor Zorn geweitet. Er sah aus wie ein wildes Tier.

Sie ging in die Küche, nahm ein Glas aus dem Schrank und füllte sich Wasser ein. Er folgte ihr, riss ihr das Glas, von dem sie gerade noch getrunken hatte, aus der Hand und schleuderte es gegen die Wand. Es zersprang klirrend in tausend Teile. Sie wich zurück, ging aus der Küche ins Wohnzimmer.

Er hielt sie am Arm fest und zog sie zu sich. »Ich hab deinen Scheiß lang genug mitgemacht, deine ständige Sauferei, deine Pillen. Du bist krank, weißt du das? Ein krankes Stück Scheiße.« Dann ließ er ihren Arm los und stieß sie von sich. »Aber das hast du dir selbst eingebrockt. Ich werde dich nicht decken. Ich ruf die Bullen, jetzt gleich.« Er grinste beinah und ging an ihr vorbei zu dem schnurlosen weißen Telefon, das auf der Holzkommode am Fenster stand.

Natascha blickte in den Spiegel, der vor ihr an der Wand über dem Kamin befestigt war, blickte in ihre großen dunklen Augen und meinte, jemand anderen anzusehen. Sie hatte die Dunkelheit mit in den Tag genommen. Dann formte ihr Mund wie von selbst die Worte. »Dein Vater wollte alles an Christian vererben. Er hat ein Testament geschrieben, aber hat es nicht mehr notarisieren lassen. Das hast du verschwinden lassen.«

Sie sah ihr Spiegelbild an, lächelte und drehte sich dann zu ihm um. Jegliche Farbe war aus seinem Gesicht gewichen.

»Du hast das Gutachten über Nebeleck gefälscht. Du hast dem Schneider im Gemeinderat den Bauauftrag für den Kindergarten zugeschustert.«

Sie beobachtete, wie er das Telefon langsam sinken ließ. »Weißt du noch, wie die Frau Deininger ihr Kind verloren hat? Weißt du noch, warum? Das muss zu der Zeit gewesen sein, als ich dir unten ausgeholfen hab. Das Medikament damals, das hätte sie gar nicht nehmen dürfen. Nicht zu vergessen, dass es genau eine der Pillen von dem Pharma-Konzern war, der deine ganze Praxis finanziert hat, damit du ihr Zeug verschreibst. Und …« Sie machte eine lange Pause, bevor sie weitersprach. »Du hast deinen eigenen Vater auf dem Gewissen.«

Er wollte etwas sagen, doch sie unterbrach ihn. »Wenn ich untergehe, für diese große Sache, dann nehme ich dich mit für all die kleinen Sachen, die du getan hast, als der kleine, der winzige Mann, der du bist.« Sie holte tief Luft. »Ich sag nichts, wenn du nichts sagst. So machen wir es doch schon immer.

Hier in unserem schönen Dorf.« Sie beugte sich vor, so dicht, dass sie seinen kalten Schweiß riechen konnte. »Ab jetzt tust du, was ich sage«, flüsterte sie in sein Ohr.

Er antwortete nicht, stellte das Telefon zurück in die Station und verließ wortlos das Wohnzimmer. Sie drehte sich um und sah wieder ihr Spiegelbild an. Sie war wach, jedes der Haare auf ihren Armen hatte sich aufgestellt, jedes Geräusch drang ungefiltert zu ihr, jeder Gegenstand hob sich gestochen scharf ab.

Sie drehte sich um, ging wieder nach draußen und ließ sich erneut in ihren Gartenstuhl fallen. Sie sah auf das Dorf und auf den Wald am Horizont, dort, wo sich die Leiche von Leonard befand. Sie erinnerte sich an die Nacht in Nebeleck, an das, was in jener Nacht tatsächlich geschehen war. Sie würde es nie verraten.

33

Einige lange Tage lagen hinter Ulrike. Nach Natascha Königs Geständnis hatte sie zunächst alle nötigen Schritte für eine Festnahme eingeleitet und war dann nach Regensburg zurückgekehrt. Kaum hatte sie die Tür ihrer Wohnung geöffnet, war ihr die Einsamkeit und Dunkelheit mit solch einer Wucht entgegengeschlagen, dass sie für einen Augenblick im Türrahmen stehen geblieben war und die Augen geschlossen hatte. Fast augenblicklich hatte sie in der Inspektion darum gebeten, sich ein paar Tage freinehmen zu dürfen, und dann damit begonnen, die letzten Umzugskisten auszupacken, Bilder aufzuhängen und Musik zu hören. Bis tief in die Nacht hatte all das gedauert, und als die ersten Sonnenstrahlen am nächsten Morgen durch das Wohnzimmerfenster auf den Parkettboden gefallen waren, hatte sie beschlossen, dass es an der Zeit war, endlich zu akzeptieren, dass hier nun ihr neues Zuhause war, ihr Neuanfang.

Es war Mittwochmittag, Ulrike hatte im Gartencenter einen Liegestuhl und einen Hängekasten gekauft, in den sie einen Strauch Petersilie gepflanzt hatte. Die Sonne lag hinter einer dunstigen Wolke, einer Milchglasscheibe gleich, verborgen. Dennoch war es warm und trocken. Sie beobachtete ihre Nachbarn, die wie geschäftige Ameisen durch den Innenhof liefen, und strich über ihren verbundenen Unterarm. Nur noch selten verspürte sie ein Stechen und konnte dennoch das schaurige Bild von Natascha König, ihrem verzerrten Gesicht und dem blitzenden Messer nicht ganz abschütteln. Es war, als hätte jemand von ihr Besitz ergriffen gehabt in diesem Augenblick, als wäre etwas aus ihr herausgebrochen, als hätte nicht Ulrike, sondern eine andere Person vor ihr gestanden. Ulrike dachte an die Frau mit den seidigen schwarzen Haaren und dunklen Augen, an ihre zwei Gesichter, und ließ die vergangenen Tage Revue passieren.

Die letzte Woche der Ermittlungen hatte mit der dritten Vernehmung von René Goerschel begonnen. Sein Versprechen, sich in Schweigen zu hüllen, war hinfällig geworden. Seit seiner letzten Aussage lechzte er nur danach, seine Version des Geschehens darzulegen und seinen einstigen Gönner und Freund Peter König ans Messer zu liefern. Er hatte einen neuen Rechtsbeistand, einen verhuschten Junganwalt, der gar nicht recht zu wissen schien, wie er dem Redebedarf seines Mandanten entgegenwirken sollte. René Goerschel erzählte ihnen eine Geschichte, deren Einzelheiten sich in die bisher bekannten Tatsachen wie fehlende Puzzleteile einfügten und bestätigten, was Ulrike die ganze Zeit geahnt hatte.

Peter König hatte alle in seinem Umfeld dazu gebracht, sich bedeckt zu halten und Bekanntschaften mit Tanja oder Leonard schlichtweg zu leugnen. Matthias war es gewesen, der hatte reden wollen. Er wollte es für Tanja tun, auf die er seit dem Stadtfest in Fuhlberg ein Auge geworfen hatte. Er wollte reinen Tisch machen. Das war ihm zum Verhängnis geworden. Laut Goerschel hatte Peter König die Idee gehabt, den Selbstmord zu inszenieren, die Ausführung hatte er dem Wirt überlassen.

Goerschel war ein Mann, der Anweisungen befolgte und sich die Konsequenz seines Handelns erst später bewusst machte. Ulrike hatte bei der Befragung das Gefühl gehabt, dass ein Teil von ihm es sogar genossen hatte, die Waffe auf jemanden zu richten und abzudrücken, die absolute Macht zu haben, Gott zu spielen. Vielleicht hatte auch Peter König diese geheime Phantasie erahnt und für sich genutzt.

Goerschel selbst hatte nie hinterfragt, warum Peter König keinen anderen Weg gesehen hatte, als Matthias aus dem Weg zu räumen, nur um seine Frau zu schützen. Es schien ein offenes Geheimnis zu sein, dass die Beziehung der Eheleute mehr als gestört war. Trotzdem kettete sie ein seltsames Band aneinander – auch für Ulrike war dies eines der letzten Mysterien im Fall Nebeleck.

Das »Mörderdorf in der Oberpfalz« hatte Schlagzeilen gemacht, mittlerweile hatten sogar die großen Zeitungen von der Geschichte des Königs, seinen Schergen und den schweigenden Dorfbewohnern erfahren. Goerschel inszenierte sich als Opfer Peter Königs, als Hüter der Wahrheit, der das Schweigen in Schwanghaus gebrochen hatte, der sich nicht länger von seinem König manipulieren ließ, und kehrte dabei zu gern die Tatsache unter den Tisch, dass derjenige, der eigentlich hatte sprechen wollen, durch seine Hand zu Tode gekommen war.

René Goerschel erlebte seine fünf Minuten Ruhm wie im Glücksrausch. Das Blatt wendete sich allerdings, als weitere Details des Falls ans Licht kamen und damit auch Natascha König bekannt wurde. Am Dienstag wurde sie bereits aus dem Krankenhaus entlassen und unverzüglich in die JVA Regensburg gebracht. Fotografen und Journalisten tummelten sich vor dem Eingang des Betonbaus und verwandelten die Ansammlung in ein aufgestacheltes Wespennest, als der Wagen, in dem sie saß, vorfuhr. Die Menschen liebten mordende Frauen. Die Tatsache, dass Natascha als Model gearbeitet hatte, dass sie noch dazu mit einem Millionär verheiratet, Alkoholikerin und tablettenabhängig war, lockte die sensationslüsternen, geiernden Journalisten an wie hungrige Mücken. Ihre Modelfotos aus den Neunzigern wurden in Großauflage gedruckt, ihre dunklen Augen blickten einen von überallher an.

Tanjas Rolle im Fall und ihr Alter wurden hingegen konsequent heruntergespielt. Eine zweite Frau passte nicht in das Bild, gefährdete das wohlkonstruierte Gefüge zwischen Gut und Böse, das die Geschichte so reizvoll, so gut verkäuflich machte. Was Leonard und Natascha betraf, war keine Spekulation zu verwegen, kein Gerücht zu unglaubwürdig. Schlagzeilen im Alliterationstaumel betitelten Natascha König als »Model-Monster«, als »schöne Schlächterin« oder sogar als »nekrophile Nymphe«, während Berger zum freundlichen, zurückhaltenden Naturliebhaber stilisiert wurde. Das schöne Biest und der gefühlvolle Biologe, verbunden durch Verehrung und Liebe, Wahnsinn und Hass.

Es war so viel komplizierter, es gab so viele Dinge, die selbst Ulrike nicht verstand und vielleicht nie verstehen würde, aber sie wunderte sich nicht. Die Presse interessierte sich nicht für die wechselhaften, dunklen Tiefen der Psyche, für die Komplexität menschlicher Verbindungen. Die Leute liebten die Dinge schwarz und weiß, und die Druckertinte befeuerte diese Liebe, wie nichts anderes es je gekonnt hätte.

Peter König gelang es, hinter all dem unfreiwilligen Ruhm seiner Frau zu verschwinden, kaum einer fragte mehr nach ihm. Seitdem Natascha ins Zentrum der Aufmerksamkeit gerückt war, verlor der Part, in dem ihr Mann ein ganzes Dorf zum Schweigen angehalten, in dem er selbst einen Mord in Auftrag gegeben hatte, plötzlich an Bedeutung. Das gab ihm Zeit, sich eine Verteidigungsstrategie zurechtzulegen und als geläuterter Ehemann in die Öffentlichkeit zurückzukehren, der unter dem Wahnsinn seiner Frau gelitten hatte.

Die Möglichkeit, dass er einfach so davonkommen könnte, frappierte Ulrike am meisten. In einer ersten Befragung hatte Ulrike Natascha dazu angehalten, auch über ihren Mann zu reden, seine Beteiligung zu schildern, aber die Anweisung ihres Gegenübers war klar gewesen. Wie angekündigt hatte sie fünf Minuten ausgesagt, ihr zunehmendes Interesse und den Mord an Leonard Berger kühl und sachlich beschrieben und dann jede weitere Aussage verweigert. Sie gestand, sagte das Nötigste und verschwieg doch alles. Sie hatte sich wieder in Rauch verwandelt.

Ulrikes Nachbar trat hinaus ins Sonnenlicht, nur mit Shorts und einem weißen Unterhemd bekleidet, und sprühte seine Keimlinge ein, die um fast einen Fingerbreit gewachsen waren. Er nickte ihr höflich zu, warf einen anerkennenden Blick auf das Pflänzchen auf ihrem Balkon und zog sich dann wortlos auf seinen Sonnenstuhl zurück. Das Handy, das neben ihr auf dem Boden lag, klingelte. Der schrille Ton ließ sie aufschrecken.

»Kork?«, meldete sie sich ungehalten.

»Frau Kork, hier ist Dieter Nowak aus Schwanghaus.«

Ulrike zog überrascht die Augenbrauen nach oben. »Herr Nowak, was kann ich für Sie tun?«

Er klang angespannt. »Ich hab was Seltsames erhalten«, begann er und zögerte dann kurz. »Am besten, Sie kommen her und sehen es sich an.«

Als Ulrikes Mercedes etwa anderthalb Stunden später vor dem grün umwucherten Häuschen zum Stehen kam, war es fast Punkt sechzehn Uhr. Genau wie die Keimlinge ihres Nachbarn schienen auch die Pflanzen in Dieter Nowaks Garten in die Höhe geschossen zu sein und verdeckten an manchen Stellen fast vollständig die blau verputzte Fassade des Bungalows. Nur die Holzskulptur der nackten Frau vor dem Gewächshaus, die sich wie eine Galionsfigur über das grüne Reich erhob, hatte Dieter Nowak freigeschnitten.

Ulrike kämpfte sich fluchend durch die Pflanzenflut und erblickte ihn dann, in einer roten Leinenweste über einem weißen Hemd, auf der Terrasse.

Er begrüßte sie lachend. »Ich dachte, Sie wollten Ihre Machete mitbringen!«

Sie schmunzelte, reichte ihm wortlos die Hand und setzte sich wie bei ihrem ersten Besuch auf den Stuhl in der Ecke der Terrasse, auf dem noch immer das große Batikkissen lag. Dieter Nowak brachte Kaffee und stellte ein paar selbst gebackene Kekse auf den Tisch, bevor er sich ebenfalls auf seinen Stuhl fallen ließ. Er warf ihr einen langen Blick zu, so als habe er den eigentlichen Grund ihres Besuches vollständig vergessen.

»Was wollten Sie mir zeigen?«, erinnerte Ulrike ihn.

Dieter Nowak schob die Kaffeetassen zur Seite, griff nach einem Karton auf dem Stuhl neben ihm und stellte diesen auf den Tisch.

»Komisch ist das«, begann er. »Der stand heute vor meiner Tür. Kein Absender, nichts. Das Einzige, was man erkennen kann, ist, dass das Paket vor einer knappen Woche aufgegeben wurde. In Fuhlberg, bei der nächsten Postfiliale. Ich war verreist, ich bin erst heute zurückgekommen.«

Ulrike starrte auf den kleinen Karton vor ihr. »Was ist drin?«

Dieter Nowak pustete die Luft aus, dann öffnete er die Kiste und gab den Blick auf einen Stapel Papier frei. Ulrike erinnerte sich an Leonard Bergers Hinterlassenschaft, daran, welchen seltsamen Wert Papier in den letzten Ermittlungswochen gehabt hatte. Der schlichte Zettel, das einfache Bedürfnis des Menschen zur Dokumentation war in diesem Fall häufig ein Segen gewesen.

Dieter Nowak nahm den Stapel heraus. »Das hier ist ein ganzes Manifest …« Er schüttelte ungläubig den Kopf. »Nachweise über gefälschte Grundbucheinträge, gefälschte Gutachten …« Er zog einen Zettel hervor. »E-Mail von Peter König an Matthias König, Insiderabsprachen bei Bauaufträgen.« Er zog einen weiteren Zettel hervor. »Hier ein echtes Gutachten über Nebeleck – die reinste Bruchbude. Schwamm in den Wänden, Holzwürmer in den Decken, Missstand überall. Dann zwei Wochen später …« Ein weiteres Papier wurde herausgefischt. »Das hier.«

Er wühlte weiter, seine Gesichtszüge waren von einem fremdartigen Ausdruck beherrscht. »Viel davon verstehe ich noch nicht, wie die Kopie von dieser Patientenakte einer Frau Deininger. Schwangerschaftsabgang. Dann ist da noch ein Rezeptabschrieb angehängt … Aber das hier …« Ein letztes Mal legte er ein Blatt, das in eine Klarsichtfolie gesteckt worden war, vor Ulrike und tippte mit dem Finger auf die Worte darauf. »Handgeschriebenes Testament von Thomas König – Peters Vater. 13. Oktober 2004. Das war ein paar Monate bevor er gestorben ist.«

Ulrike sah auf die nur schwer zu entziffernden, wenigen Sätze, die krakelige Unterschrift.

»Das könnte das Original sein«, sagte Dieter Nowak. »Die Echtheit müsste noch überprüft werden. Aber wenn es echt ist, dann ist Peter König ruiniert.«

Ulrike betrachtete die Wildnis im Vorgarten und konnte sich eines ungläubigen Lächelns kaum erwehren. »Natascha«, murmelte sie.

»Sie meinen, dass sie das war?«

Ulrike zuckte mit den Schultern und nippte an ihrem Kaffee. »Ich weiß es nicht.« Sie nahm den kleinen Stapel Papier und legte ihn zurück in den Karton.

»Was soll ich jetzt damit anfangen?«, fragte Dieter Nowak. »Nehmen Sie das mit? Ich mein, schließlich ist das eine laufende Mordermittlung.«

Ulrike dachte nur kurz nach, ihre Entscheidung war schnell gefallen. »Warten Sie noch einige Monate damit. Warten Sie, bis die Ermittlungen abgeschlossen sind, bis sich alles beruhigt hat.«

Er sah sie an, als habe er nicht verstanden, was sie gerade gesagt hatte. »Wie meinen Sie das?«

»Tun Sie damit, was Sie wollen. Aber machen Sie es gut, wasserfest.« Sie trank ihren Kaffee in einem Zug leer und schob die Tasse von sich. »Und passen Sie auf, unterschätzen Sie nicht, mit wem Sie es zu tun haben.« Sie stand auf und lächelte Dieter Nowak an. »Ich hoffe, dass ich von Ihnen höre.«

»Was machen Sie jetzt?«

»Urlaub, denke ich«, antwortete sie und blickte auf die im Westen untergehende Sonne. Es wurde Zeit, nach Hause zu fahren.

Er erhob sich ebenso, nahm ihre Hand und zog sie dann zu sich, um sie kurz zu umarmen. »Danke.«

Sie nickte ihm zu, griff nach ihrem Autoschlüssel, der auf dem Tisch lag, und ging über die kleinen Stufen der Terrasse in den Urwald zurück. Sie war schon auf der Hälfte angekommen, da vernahm sie durch die hohen Gräser seine Stimme. »Ulrike!«

Sie drehte sich um und konnte ihn schemenhaft zwischen all dem Grün erkennen.

»Gehen wir doch mal was essen!«

Sie lachte. »Lieber nicht.«

»Warum nicht?«

Ulrike schritt weiter, erreichte das Gartentor.

»Was ist das Schlimmste, was dir passieren könnte?«, fügte er hinzu.

Ulrike sah über ihr Autodach auf die vor ihr liegenden Felder und lächelte. »Vierte Scheidung!«, rief sie zurück und hörte ihn kurz darauf beherzt lachen.

Ein letztes Mal stellte Ulrike ihren Wagen auf der kleinen Lichtung ab und blickte auf die verdreckte Fassade der Scheune. Die Sonne schien wie am ersten Tag. Sie stieg aus dem Auto, ging auf das Haus zu und stellte sich dann in den Innenhof. So verlassen, wie die Gebäude vor ihr lagen, so unwirklich wirkte das, was sich in den letzten Wochen und Monaten hier zugetragen hatte.

Sie musste an Tanja denken. In wenigen Tagen stand ihre Verlegung in die Reha an, und auch wenn immer noch unklar war, wie und wo sie in Zukunft leben würde, hatte sie eine zweite Chance bekommen, die Möglichkeit, all das hinter sich zu lassen, neu zu beginnen. Sie war so fragil, so zart und gleichzeitig bemerkenswert widerstandsfähig. Ulrike war sich sicher, das farblose Mädchen mit dem geheimnisvollen Lächeln würde es schaffen. Irgendwie.

Ulrike schaute durch die geschlossenen Fenster in das Dunkel des Hauses, versuchte sich vorzustellen, welche Tragödien diese Gemäuer bezeugt hatten, welche Geschichten sie erzählen könnten, welche Geheimnisse sie kannten. Dann sah sie in den Himmel. Alles ist gut, und alles ist böse, dachte sie.

Sie steckte die Hände in die Taschen und ging zurück zu ihrem Wagen. Sie betrachtete, wie sich die Kronen der Kiefern am Rand der Lichtung sanft im Wind bewegten, lauschte auf das Gezwitscher der Vögel und das Rauschen der Blätter. Alles war gedämpft, hier an diesem Ort, als würden die Geräusche von einem Vakuum verschluckt.

Sie erschauderte, als sie ein letztes Mal das Gebäude betrachtete. Eine tödliche Stille lag über Nebeleck. Sie wendete den Blick ab, stieg in den Wagen, schaltete den Motor an und ließ den Hof und all seine Geheimnisse hinter sich zurück.

Epilog

Es war eine Nacht, so schwarz, wie nur wenige es zu sein vermochten. Durch die Bäume hindurch erblickte sie schon die erleuchteten Fenster des Hauses. Ihre Knie zitterten, als sie auf Nebeleck zuging, nicht gewahr, was sie zu erwarten hatte, wie er reagieren würde, wenn er sie sah. Das Haus stieß sie ab und zog sie doch an, wie ein Magnet, der sich immerzu um sie zu drehen schien.

Als sie im Innenhof war, stockte sie. Die Tür stand offen, der bekannte muffige Geruch schlug ihr wie eine Wand entgegen, und sie hörte Stimmen, dann plötzlich Gepolter.

Sie übertrat leise die Schwelle, ihr Herz klopfte, Angst schnürte ihre Kehle zu. Sie ging lautlos in die Küche, registrierte das ungewaschene Geschirr, all die Flaschen, den Gestank.

Wieder hörte sie Gepolter, lautes Geschrei. Ohne lang darüber nachzudenken, griff sie nach dem Messer, das auf der Anrichte lag, und schlich über die Stufen nach oben in den Flur.

Die Stimmen kamen näher. Im Schlafzimmer brannte Licht. Unruhige Schatten bewegten sich an der gegenüberliegenden Flurwand. Sie erkannte Leonards Stimme, er war betrunken. Und sie erkannte die Stimme einer Frau.

»Was denn?«, schnauzte er. »Im Wald warst du doch auch nicht so zimperlich.« Er klang wütend, so als würde er bald seine Geduld verlieren. »Das wolltest du doch die ganze Zeit. Was zickst du denn jetzt so rum?«

Die andere Stimme sagte etwas, das sie kaum verstehen konnte. Wieder hörte sie Gepolter.

»Was meinst du damit, ›nicht so‹, wie denn dann? Du bist ein krankes Miststück!«, brüllte er.

Sie hörte das Keuchen der zweiten Person. Als sie dem schwachen Lichtschein näher kam, sah sie Leonard, der eine Frau gegen die Tür drückte. Sein graues Haar war in sein Gesicht gefallen, etwas Fremdes lag in seinen Augen, das ihr in diesem Augenblick gleichzeitig seltsam bekannt vorkam, als habe sie es in all den Jahren nur aus dem Augenwinkel wahrgenommen und versucht auszublenden.

Auch die zweite Person erkannte sie, sie hatte die Frau damals auf dem Stadtfest in Fuhlberg gesehen. Ihre Augen waren wie im Schock ungläubig geweitet. Er hatte ihren Kiefer fest umklammert, den anderen Arm hatte er hinter ihrem Rücken verschränkt. Als er sie im Türrahmen bemerkte, schreckte er zurück.

»Tanja«, stieß er überrascht aus. »Tanja, meine Elfe.«

Tanja beobachtete, wie die Frau sich von ihm löste, wie er auf sie zukam und seine Arme, die er gerade noch um die andere geklammert hatte, um sie legte. Sein Griff war fest. Er stank.

Sie versuchte sich aus der Umarmung zu befreien, doch er war zu stark. Sie kannte diesen Leo gut. Er war in den letzten Monaten immer öfter in Erscheinung getreten, hatte immer öfter Besitz ergriffen von diesem anderen, diesem ruhigen und nachdenklichen Leo, in dessen Armen sie sich wohlfühlte, vor dem sie sich nicht verstecken wollte, vor dem sie keine Angst hatte, vor dem sie sich nicht ekelte. Plötzlich begriff sie, dass sie nicht hätte herkommen sollen.

Immer noch hielt sie das Messer in ihrer Hand und sah über die Schulter in die dunklen Augen der anderen Frau. Die Zeit schien für einen Moment stehen zu bleiben.

»Befrei dich von ihm«, sagte die andere Frau auf einmal mit klarer Stimme. »Er wird sich niemals ändern.«

Leonard drehte sich um, wollte die Frau wieder packen, da bemerkte er den Gegenstand in Tanjas Hand. »Was hast du da?«

Er schreckte zurück, drückte sich gegen das Türblatt.

Für diesen Bruchteil einer Sekunde hatte sich der Nebel verzogen, plötzlich war alles ganz klar, als sie in seine Augen blickte und verstand. Sie war im Rausch.

Als der Moment der Klarheit verzogen war, ließ sie das blutige Messer auf den Boden fallen, brach in Tränen aus und blickte auf den verkrümmten Körper im Türblatt.

Die Frau mit den dunklen Augen stand direkt neben ihr.

»Hau ab. Ich werde nichts verraten«, sagte sie und hob das Messer vom Boden auf. Tanja starrte sie an, Tränen stiegen ihr in die Augen, sie schüttelte unaufhörlich den Kopf. Die Frau nickte ihr ruhig zu. »Geh.« Tanja drehte sich um, lief über die Treppe nach unten, stürmte nach draußen und rannte so schnell sie konnte, bis sie sich von der sicheren Dunkelheit des Waldes vollständig umschlossen fühlte.

Zwei Tage waren vergangen. Die Erinnerung schien beinah verblasst, fühlte sich unwirklich an. Je mehr Zeit verstrich, desto sicherer war Tanja sich, dass das Ungeheuerliche nicht geschehen war, nicht geschehen sein konnte, dass sie bloß geträumt hatte, dass er im Haus auf sie wartete, dass alles so werden könnte wie früher, wenn sie nur Geduld hatte. So hatte er es ihr versprochen. Er zog sie an und stieß sie ab.

Sie nahm all ihren Mut zusammen und kehrte mit hoffendem Herzen in den frühen Morgenstunden zum Hof zurück. Es dämmerte.

Die Lichter im Haus waren eingeschaltet. Theo jaulte hungrig im Zwinger. Und sie begriff, dass es kein Traum gewesen war.

Danksagung

Bücher zu schreiben ist mein Traum, seit ich schreiben kann. Dass sich der Traum jetzt erfüllt, habe ich vor allem diesen Menschen zu verdanken:

Dem gesamten Team des Emons Verlags, die an dieses Buch und an mich geglaubt haben.

Meinem Lektor Carlos Westerkamp, der mit seiner präzisen Beobachtung und seinem Einfühlungsvermögen einen großen Beitrag zu dieser Geschichte geleistet hat.

Meinen Eltern, meinen Geschwistern und meiner Großmutter dafür, dass sie seit meiner Kindheit meine Fähigkeiten fördern und mich immer wieder davon überzeugen, dass ich etwas zu sagen habe.

Stefan, meinem ersten Leser und Kritiker, der nie müde wird, mich zu ermutigen, herauszufordern und zu motivieren, besser zu werden.

Meinen Freunden, meiner bunten und unerschöpflichen Quelle der Motivation und Inspiration.

Allen Lesern der ersten Stunde, deren Zuspruch und Kritik mir starken Rückenwind gegeben haben und mich daran haben glauben lassen, dass es möglich ist, diesen Weg einzuschlagen.

Wie viel mir eure Unterstützung bedeutet, ist schwer in Worte zu fassen.

Danke!